漫 长 的 阴 影

［美］伊丽莎白·C.邦斯 著

朱其芳 译

浙江文艺出版社

MYRTLE#3: COLD-BLOODED MYRTLE
by Elizabeth C.Bunce
Text copyright © 2021 by Stephanie E. Bunce
Simplified Chinese translation copyright © (2025) by Zhejiang Literature & Art Publishing House
Published by arrangement with Algonquin Young Readers through c/o Right People
ALL RIGHTS RESERVED
本书简体中文版权为浙江文艺出版社独有。
版权合同登记号：图字：11-2023-128号

图书在版编目（CIP）数据

梅朵的推理世界.漫长的阴影/（美）伊丽莎白·C.邦斯著；朱其芳译.—杭州：浙江文艺出版社，2025.1
 ISBN 978-7-5339-7617-0

Ⅰ.①梅… Ⅱ.①伊… ②朱… Ⅲ.①儿童小说—推理小说—美国—现代 Ⅳ.①I712.84

中国国家版本馆CIP数据核字（2024）第102312号

责任编辑	童潇骁	插　　画	呼呼CASSIE
责任校对	萧　燕	装帧设计	吕翡翠
责任印制	吴春娟	营销编辑	周　鑫

梅朵的推理世界：漫长的阴影

[美] 伊丽莎白·C. 邦斯 著　朱其芳 译

出版发行	浙江文艺出版社
地　　址	杭州市环城北路177号
邮　　编	310003
电　　话	0571-85176953（总编办）
	0571-85152727（市场部）
制　　版	杭州天一图文制作有限公司
印　　刷	浙江新华印刷技术有限公司
开　　本	880毫米×1230毫米　1/32
字　　数	208千字
印　　张	10.875
插　　页	1
版　　次	2025年1月第1版
印　　次	2025年1月第1次印刷
书　　号	ISBN 978-7-5339-7617-0
定　　价	48.00元

版权所有　侵权必究

纪念小弥尔顿·L. 邦斯

（除了读儿媳写的书的时候）
他这辈子从没想过谋杀。

给中国读者的信

亲爱的读者们:

  我很高兴向中国的新读者介绍"梅朵的推理世界"系列!阅读是一段旅程,你不仅将前往一块新大陆,而且能够穿越时空,来到19世纪90年代的英格兰。在那个时代,大多数英国人对中国及其习俗并不熟悉。但是,十二岁的梅朵·哈德卡索充满好奇、渴望学习,得知她在维多利亚时代的犯罪学冒险故事即将传到中国,她一定会非常高兴!

  推理小说的爱好者都知道大名鼎鼎的维多利亚时期的侦探:夏洛克·福尔摩斯。1887年起,他就开始智取罪犯。作者阿瑟·柯南·道尔知道,他的读者不仅渴望阅读烧脑的犯罪案件,还渴望了解最新的破案技术。19世纪末是充满科学发现和社会变革的时代。电力、电话、电影等技术的出现,将更多的人联系在一起。在几代人的努力下,铁路早已贯穿英国,使旅行变得越来越普遍。技术的进步影响了每一个科学领域,包括犯罪学和法医学(应用科学技术协助法律调

查)。在这段时间里,许多熟悉的破案工具和技术得到了初步的发展,包括指纹识别、犯罪现场分析、法医摄影、嫌犯照片等。世界各地的警察正在采用这些新技术——有时态度热情,有时将信将疑。普通读者通过道尔的流行故事了解了这种科学的破案方法。对于犯罪学来说,这是一个激动人心的时代——在我看来,这也是一个最适合推理小说作者写作的时代!像许多读者一样,我是读着夏洛克·福尔摩斯的故事长大的。我爱上了维多利亚时代的英国,尽管这与我在20世纪美国郊区的生活大相径庭。我很容易就能想象出,一个年轻的女侦探受到鼓舞、拿起自己的放大镜的样子!

在同一时代,英国的中产阶级也在经历着自己的变革——尤其是女孩和妇女。年轻的中产阶级男性纷纷进入大学,追求自己的事业,从事工程、医学、法律和警察等工作。而他们的姐妹们只能留在家中,做人们期望中的贤妻良母,将一生奉献给家庭。许多女性开始质疑,为什么她们不能也像男性一样,走出家庭,拥有有趣、充实的职业生涯——一些人大胆实践,进入了男性主导的领域。不出所料,这些变化也在被慢慢地接受。这是社会历史中的重要时期,那些开创性的女英雄值得被铭记、值得被庆贺。

我的主人公,立志当侦探的梅朵·哈德卡索,就是一个典型的维多利亚时代的女孩。她的父亲亚瑟是斯温伯恩村的起诉律师——这是英国法院系统中新设立的职位。她已故的母亲是一名医学生。而梅朵本人则从小就对犯罪学极为痴迷。她订阅《警察新闻画刊》，热衷于追踪她父亲的案件，关注社区中任何可疑的动向。在《梅朵的推理世界：百合花的秘密》一书中，她的邻居离奇去世，梅朵抓住机会证明这是一场谋杀并解决了案件——即使没有人相信她。

梅朵这个角色的灵感源于我几年前一次偶然的口误。在英语中，"谋杀"（murder）这个词的发音听起来和"梅朵"（Myrtle）的名字非常相似。某个睡眼惺忪的早晨，我和丈夫在讨论本地新闻。我原本打算说"预谋谋杀"（premeditated murder），但无意中说成了"预谋梅朵"（Premeditated Myrtle）。我和丈夫相视一笑，宣布道："这是个儿童推理故事！"

不过，这个故事直到另一个角色加入才算完全成形。在一个狂风骤雨的夏夜，我们家意外迎来了一位新邻居——一只黑白相间的小猫，它出现在我们门前，凄惨地喵喵叫着，诉说它的困境：下雨了，好可怜啊没有金枪鱼吃，也没有温暖、干燥、友善的地方过夜。随着对小猫苏菲越来越了解，我意识到，它那活泼有主见的性格正是我的故事所缺少的。于是，它成了梅朵的猫——皮妮，当它喵喵叫时，听起来真的很像是在说"不"。

我经常被问到：为青少年读者写推理小说与为成年人写推理小说有何不同？事实上，区别并不大。青少年读者和成年人一样，都希望看到迷人的侦探、百思不得其解的犯罪案件、引人注目的罪犯、诱人的误导情节和令人满意的谜团，他们都希望和侦探一起参与破案。少儿推理小说的挑战性在

于：如何让谋杀案既"适合孩子"又吸引孩子。青少年读者并不关心那些驱动了许多成人谋杀案情节的动机——比如情感的背叛、争风吃醋、商业竞争等。在为孩子们设计犯罪情节时，我需要挖掘得更加深入，创作出能激发孩子们想象力的情节：寻找宝藏、失踪的船只、闹鬼、神秘仪式……回想小时候那些令我激动的事情，并将它们融入梅朵的故事中，真是太有趣了！

亲爱的读者们，我希望你们能喜欢和梅朵·哈德卡索一起，在维多利亚时代的英格兰旅行。那里充满了狡猾的罪犯和令人伤脑筋的犯罪案件。请尽情拼凑线索，看看你能否比罪犯更聪明，甚至比梅朵更聪明！

祝阅读愉快！

你们博学的作者

伊丽莎白·C. 邦斯

美国中西部堪萨斯城，2024年7月

目录

1 都市假期 / 001

2 昔日圣诞的鬼魂 / 009

3 在相机里 / 017

4 不安的消息 / 028

5 假日精神 / 037

6 叮咚！来自天上的警惕 / 056

7 像荆棘一样尖锐 / 067

8 橱窗装饰 / 082

9 圣诞卡片 / 096

10 农神节 / 108

11 循环论证 / 123

12　尸冷 / 139

13　蛇蝎美人 / 152

14　恋人的愤怒 / 166

15　不要声张 / 182

16　"野猪头"再访 / 200

17　在晴朗午夜降临 / 211

18　一口喝光 / 224

19　混乱之主 / 235

20　街角的商店 / 244

21　女性是行动的领导者 / 253

22　不良后果 / 271

23　不要光说不做 / 282

24　一支火炬，珍妮特，伊莎贝尔 / 296

25　通过实际行动解决 / 308

26　永远的假日 / 320

作者的话 / 333

1

都市假期

> 随着我们迎来新世纪,古老的传统和庆祝活动与我们一起来到了这个现代世界中。
>
> ——H. M. 哈德卡索,《现代耶鲁节:关于圣诞节及其最神圣传统的历史与科学论述》,1893年

"要是你失望了可别怪我,我警告过你的。"我的家庭教师贾德森小姐将戴手套的手伸进外套口袋里,取出她的表,微微皱起眉头,"你父亲听到这个消息时几乎伤心欲绝。"

"我只是想亲自读一读。"我固执地说。我一直在等《岸滨月刊》的十二月刊,因为我还没有读到最新的福尔摩斯故事:《最后一案》。它上个月已经在美国发行了,我觉得这很不公平。毕竟,福尔摩斯是一位英国侦探。

没过多久,卡洛琳·穆加尔哈着白气加入了我们,等在莱顿商店外面。"它来了吗?"她边问边抖落黑发上的雪花。

我们不是唯一在等商店开门的人。这个周六早上,所有人都聚集在这里,等待见证莱顿商店一年一度的圣诞橱窗展示的盛大揭幕。这几天,卡洛琳一直迫切地猜测着,莱顿先生可能会选择展示什么场景。

"也许是红古园谋杀案!"

就在这时,另一个人影捧着一叠杂志,轻快地朝我们走来——那是我们的邻居、女继承人普瑞希拉·伍德豪斯。她宣布:"最新一期的《红古园的故事》刚印出来,准备放到莱顿先生的报摊上。"

"有梅贝尔·卡索尔顿的故事吗?"卡洛琳问。这些新的廉价恐怖小说越来越受欢迎,至少在一小群忠实拥趸中是这样。普瑞希拉对它们寄予厚望,希望能够畅销全球。我对梅贝尔这个主题心情复杂。

普瑞希拉眨眨眼睛:"你就等着看吧。"

"我看道尔医生①遇到对手了。"贾德森小姐观察道。

"我们两个都会读的。"卡洛琳是非常忠实的读者。

我踮起脚尖,目光试图越过聚集的人群看出去。橱窗里布置的会不会是一座微型的红古园庄园——我侦探生涯中第一次成功破案的地方?

"别抱太大希望,"贾德森小姐劝道,"今年村里大事很多。"

---

① 指侦探小说家柯南·道尔,他是一名医生。——译者注

"的确是这样。"穆加尔太太走过来,手臂上挎着大包小包。她在衣领上别了一小枝冬青,浑身散发着松树和薄荷的混合香气。"有花展、有兰斯洛特和伊莱恩的小天鹅"——这是指公园里脾气暴躁的天鹅——"当然,现在我们还有了一位市长。"

"别提他。"卡洛琳嘟囔着——但为时已晚。人群有些不情愿地分开,一对穿着华丽的母女像孔雀一样昂首走过。她们的衣着几乎一模一样,都是配套的天鹅绒料子和皮草,头上还戴着高高的、装饰着丝带的帽子。

"早上好,斯潘塞-黑斯廷斯夫人。早上好,拉鲁。"贾德森小姐用冷若冰霜的声音向我们从前的邻居打招呼。

"您可以称呼我为市长女士。"拉鲁的母亲说。这称呼并不准确,但没人费心去纠正她。

"也请称呼我为斯潘塞-黑斯廷斯小姐。"拉鲁插嘴。她完全就是她母亲的缩小版——在傲慢地俯视平民时,她们连低头的角度都非常一致。

我努力克制着没翻白眼,但卡洛琳没有忍住。自从拉鲁的父亲被任命为新市长以来,她比平常更加爱炫耀了。任命新市长是斯温伯恩村现代化进程中的一部分,旨在确保其成为英格兰最先进的村庄之一。

"橱窗里要展示的肯定是市长官邸。"拉鲁声称,"我们把它彻底翻新过了,你知道吧。为了举办市长圣诞舞会,我爸爸找了一棵全县最大的圣诞树。"

我无视斯潘塞-黑斯廷斯母女,把注意力转向人群中的其他人。尽管天气寒冷,但人群依然聚集在一起,等待圣诞橱窗的盛大揭幕。一支救世军管乐团演奏了一首充满激情的混合曲,由《东方三圣》和《愿主赐予你们平安》这两首歌组成。穆加尔太太费力地腾出一只手,将一先令扔进他们的红桶里。

店铺本身很安静,煤气灯关着,窗上拉着一块绿色的台面呢窗帘,窗户上方写着"莱顿商店:出售帝国各地的精品奇货"。那深色的玻璃窗里通常会摆满各种各样的必需品和奢侈品,从一卷卷花边到一排排书籍,再到一罐罐柑橘酱和肉酱[①]。他们最近展示过一台安德伍德打字机。我希望能在店里找到一个新款公文皮包,给父亲当圣诞礼物。但我还没决定要给贾德森小姐送什么。尽管她是我在这个世界上最亲近的朋友,但给她购买礼物是一件非常困难的事情。去年我为她准备的是毒理分析口袋套装(用于检测她的食物有没有毒),她收礼时的态度有些……缺乏热情。

由于这是十二月的第一个周六,商店里的普通商品已经被清理出橱窗,为圣诞展示腾出空间。其中一个橱窗里有一棵树,树上是亮晶晶的银色和红色的装饰品、纸链、糖果和蜡烛。另一个橱窗则专门用来陈列圣诞展示:一个精心制作

[①] 厨娘对此不屑一顾,她说任何有自尊的英国女人都会自己动手制作。——本书注释如无特殊说明,均为原文所带注释

的斯温伯恩村模型,带有节日装饰并描绘出村里的年度大事。莱顿先生一整年都在为这次展示做准备。在过去的两周里,橱窗始终被遮着,因为他正在做最后的修饰。在公开之前,它是绝对的机密。

乐队开始演奏,雪花飘落下来,斯潘塞-黑斯廷斯母女正在炫耀,而我们其他人都伸长了脖子,试图从窗帘四周窥探一番。

"您准备好迎接您的第一个英国圣诞节了吗,伍德豪斯小姐?"穆加尔太太的声音欢快又活泼。贾德森小姐和两位穆加尔小姐都穿着节日的衣服,戴着漂亮的帽子,一身装扮突显出了她们各自深浅不同的棕色皮肤——分别是深棕色、青铜色和橄榄色。普瑞希拉穿着粉红色的衣服,一头金发配上白里透红的脸颊,就如同画中的人物。在她们身边,我觉得自己瘦小又苍白,衣服还皱巴巴的。

普瑞希拉没来得及回答,因为就在那时,莱顿太太终于来了。她拿着商店大门的黄铜大钥匙,匆忙从聚集的人群中挤过。

"见到你们真是太好了!"她笑容满面,蓬松的红色刘海下是一双闪烁的蓝眼睛。"巴希尔今年工作得非常努力——他说这是他最好的一次展示,一点都不肯让我看!他昨晚甚至在店里过夜了,想确保一切都完美无缺。我得去给他送早餐。"她轻轻拍着篮子,"现在,请大家在这里等一等,我去叫醒他,正式来揭幕。他会想跟大家指出所有的细节。"

钥匙咔哒一下将店门打开，传出一阵非常有圣诞氛围的叮当声。过了一会儿，又过了一会儿，最终，绿色的布帘分了开来，然后——在一点点的拽扯和犹豫中（因为帘子勾住了建筑模型的屋顶）——一个微缩版的斯温伯恩村出现了。

人群爆发出一阵欢呼。乐队奏起了圣诞颂歌，我们都对这个完美的复制品赞叹不已：市政厅的破烟囱、每扇窗户上的常青花环、商业街电车站的红色邮箱和电话亭，一群小马模型拉着有光泽的雪橇穿过羊毛絮做的雪地——每个细节都很精确。

今年，莱顿先生没有选择复制红古园和镀金拖鞋百合，没有展示斯温伯恩村当地管理的变化，也没有聚焦天鹅。相反，他扩大了展示范围，将附近的斯科菲尔德学院也包括在内。村庄模型的街道上空无一人，村民的小人模型都聚集在大钟楼——学院那座著名的钟楼周围。见到这画面，人群开始窃窃私语。在小人模型的包围圈中，有两样看似不协调的小物件：一口石质的许愿井，被整个涂成了黑色，侧倾在一边；还有一串真实大小的葡萄——不，是橄榄——仍然附着在枝干上。

"这一点都不有趣，"市长夫人喊道，"这是什么意思？人们站在那里，盯着一堆垃圾？"

"这当然……很不寻常。"贾德森小姐提出，"您觉得它是什么意思？橄榄和一口井？"

"什么?让我看看!"穆加尔太太推开人群,从几个小孩和他们母亲身边跑过,他们尖叫着表示抗议。我挤到一边给她腾出空间,但她在离橱窗几英尺①的地方停了下来,凝视着展品,屏住了呼吸。"不,"她轻声说,"这不可能。又来了。"穆加尔太太没有进一步解释,只是抓住卡洛琳的胳膊,把她从商店拉走了。

"妈妈!"卡洛琳喊道——但无论是什么吓到了穆加尔太太,那都比卡洛琳的好奇心更重要。卡洛琳无法挣脱她母亲的桎梏。她一脸困惑,抱歉地朝我看了一眼。穆加尔太太迅速把她塞进马车,驾车离开。

"这是怎么回事?"普瑞希拉说。

"我不知道。"我说。但我们没有时间进一步思考,因为就在那时,商店里突然传出一声震耳欲聋的尖叫。

贾德森小姐和我迅速交换了一个凝重的眼神,转身向店门冲去。贾德森小姐抓着门猛地推开,映入眼帘的是一个怪异的场景:阴影深处,在靠近炉子的后方,莱顿先生坐在一把坚硬的厨房椅子上。他手里拿着一个马克杯,看起来就像刚刚坐下来喝茶,然后打了个瞌睡。

只不过,他的眼睛是睁着的,茫然地盯着虚空。

莱顿太太双手发白,紧紧捧着脸,面露痛苦:"他死了!"

---

① 1英尺等于30.48厘米。——编者注

2
昔日圣诞的鬼魂

> 基督教的待降节是一个通过祈祷、颂歌和庆祝来准备迎接圣诞的礼拜仪式。其中一个不太愉快的部分,涉及对"万民四末"的思考:死亡、审判、天堂和地狱。
>
> ——H. M. 哈德卡索,《现代耶鲁节》

莱顿太太激动地说:"我找不到他,他没在这里准备拉窗帘。大家都在等,所以我就自己上了,然后我看到——"她颤抖地指向后面的房间,"哦,天哪,我们该怎么办?"

贾德森小姐紧紧搂住店主太太:"我们先喘口气,莱顿太太,然后通知警察。梅朵,你可以给贝尔登医生打个电话吗?"

我迟疑着点了点头——但我冷静地盯着莱顿先生,心中确信:我们真正需要的是穆加尔法医。

　　我还叫了警察。毕竟他们就在街对面。可惜先来的是卡斯泰尔斯警官,而不是了解我工作的侦查科的哈迪警长。我想这是能够理解的。对于一场普通的死亡,我们并不需要侦探。贾德森小姐让我照顾可怜的莱顿太太,这样她就可以去外面维持秩序,所以我没有什么时间查看现场。

　　当然,也有可能是我太武断了,或许莱顿先生只是在晚上喝茶时突然去世了。但是他笔挺地坐在椅子上,手里握着茶杯。不知怎的,这姿势在我头脑中敲响了警钟。他身边有一个饼干桶。看起来他正在写一封短信,也许是写给莱顿太太的。

　　"这是什么?"卡斯泰尔斯警官凑近打量着,从莱顿先生手中抽出那张纸。"这是乱写的。他肯定是中风了之类的。"他挥舞着纸片,我瞥到一眼。

　　"不,那是希腊语,"我说,这引起了莱顿太太的注意。

　　"希腊语?"她含泪哽咽,"但是他好多年没写过了。自从他退休后就没写过。"

　　"啊?"

　　"他是一位大学教授。"她随意指了指橱窗里的展示品。

　　"我能看一下吗?"我礼貌地问道,就好像这是一个完全正常的请求,"我懂希腊语。"

　　"当然可以。"卡斯泰尔斯警官要把字条递给我,但我后退了一步,双手握在裙子后面。

　　"不,越少人碰它越好。上面可能有指纹。"我弯腰靠近,"额,您拿倒了,警官。"

他旋转了一下,我读着文字,眉头皱得更深:"这句话没有任何意义。"

"他说了什么,梅朵?这——这是遗书吗?"莱顿太太的声音很虚弱。

"我不这么认为。"但我愈发困惑了。莱顿博士的希腊语写得非常清晰,语法也很好,但它完全没有意义。这是一条毫无意义的信息。

"'我们欠阿斯克勒庇俄斯①一只公鸡。'"我先用希腊语读了一遍,然后又用英语读了一遍,一次比一次迷惑。

"你在说什么?"卡斯泰尔斯警官的声音冰冷而坚硬。

"这就是信上写的内容。别问我,我完全不懂。莱顿太太呢?"

她摇了摇头,手摸着颈部的蕾丝:"他为什么要写那话?"

或许,那并不是他写的。纸张被夹在他手指间,但附近没有笔,而且墨水是干的,没有污迹。"您得把这个留着当证据。"我对警官建议,他咕哝着道了声谢。

叮当的铃铛声宣告着贾德森小姐的归来,她带着贝尔登医生。我跑去给他们开门,自己则躲在门后。贝尔登医生大步走进商店,用一双智慧又敏锐的眼睛仔细地观察着现场。

---

① 古希腊神话中的医药之神。——译者注

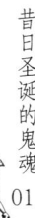

他一把年纪，模样可靠——驼着背，一双粗糙的手是数十年行医经验磨砺出的痕迹。自人们有记忆起，他就一直在商业街上开诊所了。

当他走进莱顿商店时，我内心所有的自信和确定都不复存在。这并非出于什么逻辑上的原因；我确信，他和英格兰能找到的任何医生一样技能娴熟、经验丰富。但我母亲去世前，就是他看的病。哪怕已经过去那么多年，但我每次见到他，都无法抑制内心越来越深的恐惧。他又朝我露出了那个悲伤的微笑，仿佛他想给我一些奇迹但给不了，所以他很痛苦。他让我觉得，自己根本不是什么杰出侦探，完全处理不了案子。

我退到一边，像个婴儿一样咬着拇指边缘，默默观察。看着教授浑浊的眼睛，医生皱起眉头，咂着舌头，仿佛在检查一个真的需要他帮助的病人。我想知道他是否也会对莱顿太太露出那种悲伤的微笑。他摸了摸教授冰冷又僵硬的手腕——尽管他不可能摸到脉搏。

"您带体温计了吗？"虽然我声音听起来可怜巴巴，但至少我没有说不出话来，这一点是值得骄傲的。

他皱着眉头，似乎没有完全认出我。"哦，哈德卡索小姐。"他不像警察，不常在工作中碰到我。

"给尸体测温吗？"我冒昧地说，"尸体大约每小时下降一摄氏度，具体温度取决于环境。"你可以根据体温推算死亡时间。穆加尔医生教过我这个知识。然而，现在是十二月，商店里很冷。这无疑会影响结果的准确性。

"当着你们所有人的面，我不会给这个人测体温。"医生严厉地说，"即使是一个死去的人，也应该有他的隐私。"

"他是心脏病吗？"莱顿太太的声音向我们传来。贾德森小姐走到她身边，安抚地搭着她的胳膊。

贝尔登医生凑近了些，凝视着莱顿先生的脸和手。"更像是中风。"他说，"可怜的老家伙。节哀顺变，莱顿太太。您的丈夫是个好人。"

我艰难地哽咽着。莱顿先生一直对我很好，会把他店里每件物品的来龙去脉高高兴兴地讲给我听——比如巴西橡胶做的防水雨靴，来自锡兰和爪哇的可可和肉桂——还会趁贾德森小姐不注意的时候，偷偷塞给我几份《警察新闻画刊》。我很想听听他对最新一篇福尔摩斯故事的看法，但我现在永远也听不到了。

就在这时，门铃叮当响起。法医穆加尔，卡洛琳的父亲，走了进来。他抓着医药包，喘着粗气。

"穆加尔！"贝尔登医生看起来很惊讶，"您来这里做什么？这又不是警察的事。"

"这可能是个犯罪现场，医生。"在穆加尔医生——或者我，还没来得及回答之前，贾德森小姐说话了。她比我更能说服人。亲爱的读者，我正在努力，虽然我很担心自己会变得更像警官，更擅长用大吼大叫的方式达到自己的目的。

贝尔登医生鹰一般的眼眯了起来，警官嘟囔了一声，而

穆加尔医生只是站在门槛上,一动不动。

"好了,"卡斯泰尔斯警官说,"那么所有人都出去吧。莱顿太太,我们可以——去别的地方——谈谈吗?"莱顿太太指了指商店楼上的一个房间,警官示意贾德森小姐带她上去,然后迈着沉重的步子,跟在她们身后上了楼梯。贾德森小姐的眼神明显是希望我陪她们一起去——但我假装没有注意到。

"接下来的事情由我处理,医生,如果您不介意的话。"穆加尔医生说,他微微点头以示尊敬。

"我当然介意。我是他的私人医生,而且这里没有任何迹象表明,这是一桩犯罪案件。"

那他手中的神秘字条呢?橱窗里的奇怪物品呢?那让穆加尔太太如此不安的东西呢?为谨慎起见,还是让穆加尔医生再检查一下比较可靠。

"是不是犯罪案件,我会判断的。"穆加尔医生个子矮小、整洁利落,比贝尔登医生矮了好几英寸①。但他礼貌地站在那里,还穿着大衣,一直等到贝尔登医生让开为止。我咬了咬嘴唇,想知道穆加尔医生是否经常要应付妨碍工作的同事。

我很想旁观穆加尔医生验尸,但贝尔登医生仍在附近徘徊——而且,他是对的。莱顿先生确实该有隐私。穆加尔医

---

① 1英寸等于2.54厘米。——编者注

生在这里——在莱顿先生度过了许多私人时光的温馨的商店里,对他进行临床解剖,这感觉像是一种冒犯。

我退到柜台后面,转而观察起橱窗里的展示。起初只是为了不妨碍他们工作,同时听一下发生了什么——但现在,这个奇特的场景引起了我的注意。许愿井和橄榄为什么会在唱圣诞颂歌的人和敲钟人中间?也许莱顿先生本来想把它们放在别处,但他突然身体不适,就在坐下前把它们扔在了那里。

可是这并不能解释穆加尔太太的反应——也不能解释为什么穆加尔医生在出事后立刻冲到了这里。我并没有给他打电话,我确信警方也没有。他们只会在有明显犯罪迹象时才这样做。那么,穆加尔医生是怎么知道这里有人死了呢?

"嘿,您现在——在干什么,伙计?"

贝尔登医生吃了一惊,因为穆加尔医生弯下腰,把脸贴近死者的嘴巴和鼻子,极其专注地嗅了起来。我顿时兴趣大增,赶紧走向他。他是在检查毒素吗?许多毒素都有明显的气味(正如一些疾病会通过病人的呼吸或皮肤显现出来,比如糖尿病和肾衰竭),医生的嗅觉是一个重要的诊断和调查工具。

柜台后的地板上,某样东西分散了我的注意——另外一样格格不入的东西,也许又是从展示品里掉下来的。橱柜底下露出一张苍白的、带金边的纸的一角,我得用脚趾抠一下才让它松动下来。

　　这是一张旧照片，照片上是几名在远足的年轻男女。他们站在一座山丘上，迎风摆好姿势。这群人的中心，是年轻一些的莱顿先生，穿着诺福克夹克①和粗呢猎装。我认出了他那张消瘦、沧桑的脸和锐利、好奇的眼睛。我翻过照片，背面有人草草写着：康沃尔郡，1873年。我把照片翻回来，心跳如擂鼓，在我的喉咙里发出一声坚硬冰冷的巨响。

　　在莱顿先生旁边，一位年轻女子拿着十字镐，对着相机露出得意的微笑。五年来，她深邃的眼睛第一次朝我回望。

　　那个人是我的母亲。

---

① 被称为"绅士的运动装"，源自19世纪英国诺福克公爵俱乐部的贵族在秋冬户外狩猎郊游时的装扮。——译者注

3

在相机里

> 英国有一项悠久的传统：要求用酒泡制一个完美的布丁，然后点燃它，让它如同燃烧的炮弹，放在圣诞晚餐的中央当装饰。毫无疑问，这是向帝国的敌人展示威慑力的标志。
>
> ——H. M. 哈德卡索，《现代耶鲁节》

我把照片当作证据收了起来。整个下午，我时不时地偷瞥一眼照片上的母亲和莱顿先生。没错，亲爱的读者，我把它顺手牵羊了。我还能怎么办呢？毕竟，你不可能每天都在一个死人身边找到你母亲的照片。我内心深处感到一阵痛苦，我知道这不是我该直接拿到卡斯泰尔斯警官面前的东西。但我也不能把它留在那里，假装自己从来没有看到过。于是，我小心翼翼地把它塞进包里，既紧张又激动。与此同时，医生和警官完成了他们的工作，带走了莱顿先生的尸体。

我独自回了家。贾德森小姐留在镇上,帮助莱顿太太料理后事。看到她如此孤单失落,想到自己什么忙也帮不上,走出商店时,我的脚步很沉重。穆加尔医生确认完贝尔登医生对中风的诊断,再次匆忙离开,不曾停下跟我和贾德森小姐交谈。这里没有什么谜题等待解决,也没有罪犯需要绳之以法。只有一个突如其来的悲伤结局:莱顿先生前一天晚上还在那里,第二天早上就去世了。我讨厌这样。

现在,皮妮和我坐在楼梯上,研究着这张照片。厨娘在厨房里做姜饼,父亲在练习莫里斯舞①,所以大半个屋子都只有我们俩。母亲是怎么认识莱顿先生的?照片上的其他人是谁?康沃尔郡,1873年。那是我出生前的几年,我对她当时的生活一无所知——但令我惊讶的是,莱顿夫妇从没提起过他们早就认识她,在她结婚生子前就认识她。不过仔细想想,我也记不得母亲活着时是否经常光顾莱顿商店。我摸着照片边缘,那里纸张发脆,开始分层。我思考着这一切究竟是什么意思——照片、橄榄和许愿井,穆加尔太太对展示品的奇怪反应,以及莱顿先生手中的神秘字条。

"喵?"皮妮一双严肃的绿眼睛里带着疑惑。

"你说得对。莱顿先生或许是自然死亡——但这里仍然存在疑问。"如果能解答这些疑问,至少解答其中一个,或许都会让我感觉好受些。如果我能给莱顿太太一些合理的解

---

① 英国的一种传统民间舞蹈。——译者注

释,这或许也对她有所帮助。

但无论我想找的答案是什么,都不会在我书房的图书或者实验设备里找到。我也不确定父亲是否能帮上忙。但他的书房温馨、整洁又舒适,待在那里向来能让我对这个世界有更清晰的认识。

房间里又黑又冷,于是我点亮了煤气灯,并打开暖气。屋内弥漫着柠檬和皮革的气味,那是家具抛光剂、胡须蜡和装订书籍的材料混合在一起的味道。我深深地吸了口气。在父亲的书桌对面,挂着一个相框,里面是母亲的照片。那是她在结婚之前拍的。她看起来不太像我记忆中的母亲,我记得她总是调皮地笑着,穿着睡衣在育儿室里追我,长长的黑发披散在她背后。而这个年轻的女人看起来端庄又古板,穿着一件僵硬的连衣裙,裙子还带着愚蠢的巴斯尔裙撑。她直勾勾地凝视着镜头,仿佛在朝相机发出挑战。

我站得更直了,打量着那张照片。我经常这样做。那张照片是在她攻读医学学位时拍摄的。我看过她当时拍的其他照片,那更像我记忆里的她:头戴学士帽,身披学士袍,在人体骨骼边上摆出滑稽的姿势。或者在康沃尔的山丘上挥舞着十字镐。

但父亲选择每天看她认真的一面,看她足够勇敢坚定地去反抗传统,看她拿起骨锯,站在所有说她做不到的男人旁边。

我走近照片,注意到一些我以前没有看到的东西。或者说,也许是我一直熟视无睹的东西。

我触摸着覆在刻了字母的椭圆形垫子上的玻璃。"斯科菲尔德学生会。"

"亲爱的斯科菲尔德。"我背后响起一个柔和而愉快的声音,带来一阵暖风和越发浓烈的柠檬蜡的香气。父亲走了进来,搂住我的肩膀。"亲爱的斯科菲尔德,我们是多么崇拜你,在你的象牙塔里,我们勤奋学习……"他唱道。我转过身,瞪大了眼睛。父亲以前从不唱歌。

皮妮跳上书桌,将身体舒展开,把父亲的信刀推到地板上。信刀刀尖朝下,插在了地毯中。她在墨水瓶前停顿了一下,以示威胁,直到父亲屈尊抱起她,让她去玩他的胡须。父亲仍然穿着他的舞蹈服——白裤子、护腕,腿上还绑着彩带铃铛。他是怎么悄悄靠近我们的?

我本应该趁机溜出房间,免得父亲数落我又卷入了一起可疑的死亡事件——但这是我能控制的吗?我做的都是绝对无辜和寻常的事情,却总是碰巧被波及。圣诞橱窗揭幕仪式正是他一直敦促我要多参与的那类活动——"怎么了?"

他走到后面靠着书桌:"我只是在想,你有多像你妈妈。"

我发出一声惆怅的叹息,拽了拽头发:"是吗?"

大家告诉我,我长得像父亲的姑姑海伦娜[①],读者可能

---

① 遗憾的是,在法律文件和官方记录中,我其实叫海伦娜·梅朵·哈德卡索。我与海伦娜姑婆很少能在事情上达成一致。我常常希望,我继承的是其他亲戚的名字。比如外公的名字,阿尔吉侬。而且我相信有一只狗叫作拉斯蒂。

还记得,她在我之前的冒险中出现过。但现在我满怀希望地搜索着这幅画像,并非在寻找我记忆中的母亲,而是在寻找我自己的容貌特征。也许,我昂起下巴表露决心的样子确实有点像她。大多数人称之为"固执"。(海伦娜姑婆称之为"无礼"。)

"她过去常常咬着嘴唇,就像你现在这样。"

我把嘴唇紧紧抿在一起,看着自己的手。

"莱顿教授是她最喜欢的老师之一。"父亲说。我警惕地抬起头。

"莱顿教授?"我试图用无辜的语气问,"妈妈认识他吗?"

"哦,是的。他教授古典学。"

父亲踱步走到书柜边,抽出一本陌生的小册子。1874年的《斯科菲尔德年鉴》。另一面有母亲的签名,潦草而优雅:杰迈玛·M. 林当,边上还画了一只鸟和一个铃铛的小图案。父亲过去常给我写便条,落款就是这样的签名。杰迈玛的名字源自《圣经》,意思是"鸽子"。

我坐下来翻看册子,渴望了解更多信息,但里面都是拉丁文,没有图片,只有关于课程、教授和学生姓名的枯燥列表。

"莱顿教授非常支持女学生求学。"父亲说

"我以为斯科菲尔德学院一直都收女学生。"这点和英格兰的许多高等学府不同,也和世界各地的学府不同。

"确实是这样。"他说,"巴希尔·莱顿创校之初就在了,是他帮助创办了这所学校。他相信,凡是想在这个世界上有所作为的人,无论男女老少,都应该得到优质的教育。他很了解你妈妈。"

我不知道我应该说什么。但肯定不是我脱口而出的那一句:"现在他们俩都去世了。"

父亲叹了口气。皮妮(虽然不认识他们俩,但她过世的朋友比我多)也叹了口气。"很抱歉你看到了那种事情。"父亲说。

"我没有——"我试图开口,但他伸出一只手制止了我。

"我知道。我知道你没有。但有一天你可能会有自己的女儿,到时你就会明白我的意思。"

这让我更加不安。"我也很抱歉发生了这种事。"我当然很抱歉——我为莱顿先生、莱顿太太和所有认识他的人感到抱歉。这让我想起了一些事情。"穆加尔一家也在现场。出于某种原因,橱窗展示让穆加尔太太感到很不安,穆加尔医生的表现也很奇怪。"穆加尔医生曾经和母亲一起在医学院念书,所以当时他可能也认识莱顿先生。但这仍然解释不了他是怎么知道要来验尸的。

父亲双臂交叉,头歪向一边,认真聆听着。"继续说。"他说。我激动地直接讲出了整个故事。这是他第一次想与我讨论案子!我描述了橱窗展示的场景,钟楼和聚在它周围的人群,最后讲了奇怪又不合时宜的橄榄和许愿井。

"井是什么颜色的?"

他这是什么问题?"井全涂成了黑色。怎么了?"

"橄榄,黑井。"他把这两个词像一个名字一样连在一起,"甘兰·黑津?他为什么要展示那个?"

我一下子挪动到座位边缘:"这名字对你也有意义吗?"

"不,对我个人并没有。早在我遇到你妈妈之前,这事就已经发生了。而莱顿教授就是因为这件事才离职的。"他把手插进他姜黄色的头发里,"现在要是有张褪色的旧报纸就好了,这样我就能戏剧性地把它展开,让你亲自阅读那些肮脏的细节。甘兰·黑津是斯科菲尔德的一名学生,和你妈妈一个班。有一天晚上,她神秘失踪了。传言说,她摔下了大钟楼——"

"就和那个展示的场景一样!"村民们聚集在大钟楼周围,仿佛在目睹一场奇观。只是,如果黑津小姐真掉下去的话,那个场景中显然缺少了某样东西。"但是——"

父亲替我解答了疑惑:"她的尸体从没被找到过。人们只知道,她就这样凭空消失了,从此再也没有任何消息。"

现在我真的感到了一阵寒意,这并不是因为父亲把窗户开了条小缝。"莱顿教授和这事有关?"

"其实我不太了解具体情况。"父亲说,"我想,甚至连你妈妈也不知道到底发生了什么。但那引发了一场丑闻,莱顿教授被迫退休。"

我缓慢地点了点头:"而当时,穆加尔医生——哦,那

时他还不是医生——也在那里。"

"我想他当时可能也在吧。我不确定。"

但我很确定。如果穆加尔太太对这场丑闻一无所知,她不会一看到橄榄和井就做出那样的反应。穆加尔医生是否以某种方式参与了这事?那母亲呢?我一点儿也不喜欢这个念头。我从莱顿先生那儿带走的那张照片有着锐利的边缘,正透过裙子口袋戳着我。我捏紧手指,告诫自己:在弄清楚发生了什么事以及它背后的含义之前,我不能把照片拿出来给父亲看。

"您对莱顿教授还知道些什么?"我问道,"我事先声明,我没有掺和这种事,免得您要怪我。但是,某个我妈妈认识的人去世了。"

父亲靠在书桌边缘:"我知道。我无法想象她会怎么应对这个消息。"

"我能想象。"我说,"她一定会做些什么的。她会给他的妻子送上一道热菜。"

他微笑起来:"还会给她织一条围巾。"

"再组织一场守夜。"

"然后为他的寡妇和孩子们筹款。"

说着说着,我们俩都笑了起来。"没错,那就是你的妈妈。"他说,"一旦她下定决心要做某件事,你就没法阻止她。"他给了我一个柔情的眼神,让我心都要暖化了。"你有想到什么我们认识的其他人吗?"

他思索地抚摸着皮妮的背。"再把一切都跟我描述下。"

他催促道。

我说得很仔细,不想漏掉任何一个细节,描述了当时的整个场景:莱顿先生坐在他的椅子里,手里拿着茶杯。希腊文的字条就在他旁边。"莱顿太太没法确定那是不是他的笔迹。那话可能是他写的,但它没有任何意义。"

"写的是什么?"

我已经将它一字不改地抄到了我的笔记本上,但我拿给父亲的是我的翻译版。"我们欠阿斯克勒庇俄斯一只公鸡。"

他转过身:"什么?你确定吗?抱歉,是的,你当然确定。"

"这句话有什么含义吗?"

"听起来有点耳熟。我能看一下吗?"

我手头不可能有证据,但他知道我会做记录,这让我很自豪。我把笔记本递给他,然后不再说话,也不再焦躁。

"我知道这话。"他最终说道。他朝书架转过身,长长的手指沿着一排排书滑动。"我知道这个,在哪里呢……"他的手停在一本旧教科书的书脊上,皮革装订已经磨损开裂。他翻阅得越来越快,然后停了下来,手指落在书页中间,似乎在向一个不配合的证人指出确凿无疑的证据。

"哈哈!《克力同篇》①!"

---

① 《克力同篇》为古希腊哲学家柏拉图所写的一篇著名对话,内容为苏格拉底与其追随者雅典富人克力同的对话。——译者注

"什么?"

他把那本书递给我,我顺着希腊文的文本往下读,直到找到我自己写过的相同文字。这是柏拉图的一部著作集。在数千年前的一个段落里,真的有那句稀奇古怪的话:"克力同,我们欠阿斯克勒庇俄斯一只公鸡。要还上,别忘了。"

"这是苏格拉底的遗言。"父亲的声音充满了以智取胜的得意。他书房的氛围充满了兴奋又富有深意,仿佛他刚给我出了一道谜题,并向我发出挑战,希望我解决它。

我皱着鼻子:"我不明白。"

"我也不明白!"父亲的声音几乎称得上是欢快,"在临死之前写下这样奇怪的字条!我希望我也有这种头脑,能留下这样一份神秘文件——让你们所有人猜上数十年。就像费马①一样。"

"爸爸!"

他重新把注意力转向我:"对不起。我刚才有点得意忘形了。"

"苏格拉底与莱顿先生有什么关系?"

父亲从书架上取下另一本书,心不在焉地翻阅着(书拿倒了)。"嗯,"他慢慢说,"苏格拉底被指控犯了亵渎之罪,

---

① 皮埃尔·德·费马的最后猜想,是250年前他在一本书的页边空白处草草写下的一个毫无头绪的数学问题,至今无人能解。但出于某种原因,人们仍在不断尝试。(他为什么不能留下一张字条,写一些我们想知道的事情呢?)

以及腐蚀雅典青年的思想。"

我震惊地脱口而出:"那是什么意思?"

父亲脸色一红,让情况更加尴尬,但他还是匆忙回答:"苏格拉底鼓励他们独立思考。"他顿了顿,又微笑着补充道:"你或许能理解这种事。"

我确实理解。尤其是人们会积极劝阻女孩,不让她们独立思考;各种杂志都致力于这种宣传,而像拉鲁·斯潘塞-黑斯廷斯这样的人则将它奉为圭臬。

我晃动双脚,思考着这事。"莱顿先生为什么要留下那张字条?"

父亲若有所思:"也许他在怀念过去。但他在圣诞村的橱窗中展示甘兰·黑津的失踪,这点确实有些奇怪。"

我回想着我对这位希腊哲学家的了解,心缓缓沉了下去,一股寒意涌上心头。"苏格拉底被处决了,"我说,"他被判喝了毒参汁①。"

---

① 相传毒死苏格拉底的是毒芹汁,但毒芹多生长于中低海拔的杂树林下,湿地或者水沟边,而苏格拉底生活的地中海一带却没有分布。他喝下的应该是毒参汁。毒参是一种原产于地中海地区,后广泛归化于北温带的有毒植物。古希腊时期,毒参汁是对犯人施刑的常用毒剂。——译者注

4
不安的消息

中世纪领主会任命一位"混乱之主"来监督他们奢华的圣诞庆祝活动。在爱德华六世短暂的统治时期,"混乱之主"是一位名叫乔治·费雷尔斯的律师,他为1552年举办的圣诞盛宴花费了数百英镑,盛宴上有音乐、美食、假面舞会和备受欢迎的模拟斩首表演。

——H. M. 哈德卡索,《现代耶鲁节》

父亲把书放下,差点撞到桌子边缘。皮妮发出一声不满的咕噜,躲闪到一边。"你说教授是怎么被发现的?手里拿着一只杯子?像是坐下来,喝了什么,然后就死了?"

我勉强点了点头,但心脏已经开始怦怦地剧烈跳动起来。"我们需要告诉有关人士。"父亲是斯温伯恩的起诉律师。这意味着如果发生了谋杀案,他必须介入调查。

"告诉谁?说什么?我们一无所知。"即使他说了这些话,我也能感觉到他开始后悔了。

"穆加尔医生。"我简要地说。这显然是法医的事。

"好吧,我明天早上会去他办公室一趟。"

"现在就去。"我的声音很坚定。

"等一下——"

我已经做好了父亲会反对的准备,站起身来。皮妮和我一起站了起来——她是我的盟友。"穆加尔医生也是他的学生。如果您对这事有任何怀疑,认为这不是自然死亡,"——我为规避了"谋杀"这个词而自豪——"您必须让他知道在验尸时要注意什么。他需要知道。"如果有必要的话,我会刻意走近母亲的照片,但我不必这么做。

他望向窗外,看着午后逐渐暗淡的天色,焦躁不安的风将山毛榉树叶吹散在苍白泛红的天空之中。"这的确是个适合散步的好天气。"他干巴巴地说。

"我去拿我的东西。"趁他没有反对,我迅速跑开。

当父亲走下楼梯时,皮妮和我已经等在门口了——谢天谢地,他换下了莫里斯舞的服饰。他只是扬了扬眉毛,没有发表评论,推开了大门。

"你先走。"

事实证明,先走的是皮妮。她一下子冲出门,仿佛她要传达给穆加尔一家的信息比我们的更加紧急。她消失在邻居家的树篱中,但亲爱的读者,请不要误解:她还在悄悄跟踪我们,正如丛林中的豹子一样。

我们穿过格雷夫森德公园,这个公园曾经是片墓地。十二月的风从绿地边缘的树林间呼啸而过,更多枯叶在排水沟里飞舞。我们从昔日的坟墓间穿过。那座古老的石制地下圣堂现在已经被用来进行野餐、草坪飞镖和槌球活动。我们经过它身边时,煤气路灯散发出一圈模糊的光晕。这里可爱又宁静,一切都在小雪下沉睡着,我们在令人愉悦的沉默中漫步前行。

穆加尔家就在公园对面,四周环绕着砖石街道和白色外墙的高大宅邸。这所房子在远离路缘的后方,有一座大大的后花园和一间被穆加尔法医当停尸间用的马车房。我经常在想,他们的邻居是否喜欢这样,尽管他们都住在曾经的墓地边上,实际上已经无权抱怨离死人太近。

来应门的是管家,但我们的到来引起了整个家庭的警惕,卡洛琳和穆加尔医生都出现在楼梯顶部。

"亚瑟,梅朵。你们来有什么事?"但从他阴郁的面容中可以看出,医生很清楚我们究竟为何而来。他走下楼梯,来到前厅与父亲握手。"抱歉,尼娜不在,不能来见你。"

"恐怕这不是社交拜访,维克拉姆。我们能去你办公室谈吗?"

"快上楼。"卡洛琳挥手叫我过去,"我们今天收到了《岸滨月刊》。"我听到两位男士松了口气,朝停尸间走去。

卡洛琳坚决地将我带进了她的房间,轻轻关上门。我抗议道:"但我想知道他们在说什么。"

"你真的又发现了一具尸体?"她惊呼道,"可怜的莱顿先生!可怜的莱顿太太!"

"为什么今天早上你母亲就这样把你带走了?"

"我不知道。"她倒在床上——白色蕾丝上堆着更多的白色蕾丝。"妈妈把我拖回了家,但什么话都不说。她径直走进爸爸的办公室——你知道她从不这样做——她讨厌停尸间!——但他后来马上就出门了,一整天都不在,没有人告诉我任何事情。发生了什么?"

我感到一阵同病相怜,在她旁边坐下。"你听说过吗?你父亲和我妈妈在斯科菲尔德学院的时候,有一个女孩失踪了。莱顿教授是他们的老师。她从钟楼上摔了下去——"

"是大钟楼。"卡洛琳纠正我。

"——然后凭空消失了。"我停顿了片刻,想制造出一些戏剧性的效果。"她的名字叫甘兰·黑津。谐音就是那个橱窗展示里的橄榄黑井。"

"太可怕了!"卡洛琳环顾四周,仿佛甘兰·黑津的幽灵可能会从阴影中跳出来似的。我回想了一下,这就和今天早上在商店里发生的事情差不多。"她可能出了什么事呢?"

我把父亲告诉我的关于甘兰·黑津的一切(他基本上什么也没说)都告诉了她,还说了我们的推断,以及那神秘的字条与苏格拉底之间有奇怪的联系。她的眼睛越瞪越大,用手指绕着一缕长发。

"毒参?那就是自杀?"她似乎并不相信,"他是个好人。

他为什么要做那种事?"

"除非是有人对他做了什么。"我说,"这就是他们现在在讨论的事情。"

"肯定是在背着我们讨论。"她走到窗前,"他们还在外面。"

我和她一起走过去。在马车房被灯光照亮的窗户上,我们能看到两个男人的轮廓。

"我爸爸要告诉你父亲,他应该在验尸时检查是否有毒参。就这点事儿,他们居然花了那么久的时间。"我观察到,"真希望我们可以听到他们在说什么。"

"我们可以。"她说,"马车房上面有个地方,可以听到爸爸实验室里发生的一切动静。来吧。"

我有提到过,卡洛琳·穆加尔可能是个无法无天的人吗?

两分钟后,我们三个钻进了可以俯瞰马车房的阁楼储藏室里,躲在一堆整齐的文件盒后面。暖暖的空气里混杂着不太好闻的气味——是一侧的马匹身上的味道,和另一侧化学防腐剂的味道。光线透过墙与地板交汇的缝隙照上来,在卡洛琳、皮妮和我眼里,穆加尔医生实验室里的景象几乎一览无遗。

我能看到穆加尔医生的头顶。他坐在桌子前,就在我们正下方。父亲姜黄色的头发更亮一些;他脱下了帽子,放在桌上,就放在穆加尔医生的头骨旁边(是纸镇,不是他自己的颅骨)。

"验尸的人不是我。"医生说,"当然,我得回避这事。但贝尔登是个好人,我认为,我们知道结果会是什么。"

"毒参?"父亲说。穆加尔医生微微点了点头。

"我真希望我能感到更惊讶些。"他抬起手,揉了揉鼻梁,"这整件事——把一切重新翻了出来。尼娜简直快疯了。"

"我们应该警告亨利吗?"

卡洛琳和我交换了一下眼神。亨利是谁?

"他很快就会知道的。真抱歉说这话,亚瑟,但我很高兴你的杰迈玛已经不在了,不会再被牵扯进这件事。"

现在我紧张起来,紧紧抓着皮妮,她发出了噗噗的抗议声。谢天谢地,楼下似乎没人听见。母亲会被牵扯进什么事?

"维克拉姆,如果你知道任何与甘兰·黑津的失踪相关的事情,现在是时候说出来了。不然情况会变得更加失控。"

穆加尔医生低下头,眼镜丢在桌上:"不,我什么都不知道。如果我知道,那我二十年前就说了。"

"谁会想要再次提起这事?为什么是现在?"

"我不知道!"穆加尔医生轻声喊道,"我当时太忙了,新婚燕尔,又要顾着学业——所以我不太参与大学活动。而且说真的,我必须比其他人更加谨慎。"

卡洛琳点点头。一个印度医生在英格兰的生活并不比一名女性容易多少——丑闻随时都可能落在你身上,哪怕你与

它毫无关系。如果警察需要一个替罪羊[①]来给甘兰·黑津的失踪案顶罪,那他们无需费多大劲,就能找到两名看起来形迹可疑的医学生。

"莱顿先生被杀的原因肯定与甘兰的失踪有关。"卡洛琳低声说着,抚弄皮妮的耳朵(皮妮能允许这种行为,实在是非常宽容)。"你觉得他……对她做了什么吗?"

"他们知道的比说出来的多。"我指着我们两个的父亲说,"我们必须让他们告诉我们。"

她无可奈何地看着我:"他们会坦白在我们出生前就守口如瓶的秘密吗?只是因为我们很好奇?"

"我们不只是好奇!"我反驳道,"我们有权知道真相。"只是——我猜,实际上他们也不知道真相。除非真的有一个凶手逍遥法外,那样的话,搜捕他的聪明人越多越好。我瞬间就决定接下来要说什么。

"你父亲的办公室有份秘密文件。"

她转身盯着我:"你在说什么?"

几个月前,由于某些原因,我被关在穆加尔医生的停尸间里,独自一人待了好几个小时。在那段时间里,我趁机熟悉了那里的布局,以及他的物品。卡洛琳知道这事,但我们

[①] 这是一个非常奇怪的词,当今的含义与这个词的起源并不相符。从前,它是指一头真正的山羊被放到荒野中,带走人们的罪孽,那头羊能够毫发无损地逃脱(总之,在理论上是这样)——而另一头更不幸的山羊则被牺牲了。

从未讨论过。她不知道在那个令人难忘的下午，我找到了什么东西。穆加尔一家有事瞒着卡洛琳，或者文件中可能有关于我母亲的东西——无论是哪一种，我都不喜欢。"那里有份文件，上面写着'断头?'"

"断头?"她重复道。

"标题后面带着问号。我认为，他是在记录他觉得仍然有疑问的案例——他无法证明是谋杀的可疑死亡案。"

"但甘兰·黑津不是他的案子。"卡洛琳指出，"当时他甚至还不是医生。"

"我们可以从那里查起。除非你认为能从他那里问出点什么。"

卡洛琳倚在马车房冰冷的砖墙上，叹了一口气。"问不出。"她承认，"我们得在他们起疑心之前回去。"

现在轮到我叹气了："哦，他们已经怀疑了。"我们的父亲对我们都过于了解。

我们从马车房往住宅走去，但半路撞见了外面黑暗街道上的一阵骚乱。

"那是拉鲁的马车。"卡洛琳指着那辆浮夸的交通工具说。

我们看到马车没有停在旁边那幢斯潘塞-黑斯廷斯家的旧居前，而是停在了穆加尔家门口。卡洛琳把我拉到阴影深处。马车门打开，一个身穿红色天鹅绒长袍的矮小身影跌了出来。斯潘塞-黑斯廷斯市长伸手整理了一下垂在市长袍毛

皮饰边上的制服领。一顶顶上带有黑羽毛的老式三角帽让他的脑袋显得很小,他的下巴则埋在了一团白色的蕾丝领巾之中。

"他想干什么?"

父亲和穆加尔医生最终走了出来。"啊,女孩们,你们在这里。"穆加尔医生伸出手臂,卡洛琳匆匆投入他安全的怀抱里——但我能感觉到他和爸爸的注意力都集中在斯潘塞-黑斯廷斯市长身上,后者正快步走上砖砌的小路。

现在,我确定了"亨利"究竟是谁——他一定是亨利·费尔布什·斯潘塞-黑斯廷斯——我们的新市长,拉鲁的父亲。

他也与莱顿先生的死有关吗?

5

假日精神

> 很久以来,神学家、历史学家和科学家一直试图根据各种《圣经》线索确定第一个圣诞节的确切日期。他们提出了几个可能的日期,包括春天、夏天和秋天的某些日子。由于无法达成一致意见,最终我们选择在十二月庆祝。
>
> ——H. M. 哈德卡索,《现代耶鲁节》

第二天更冷,雪下得更大。"一个典型的英式圣诞节。"父亲端着茶杯,心满意足地透过餐厅窗户凝视着外面。屋内的贾德森小姐一脸疲惫,心事重重,而我则一直在胡思乱想。

"我现在想好好过个圭亚那式的圣诞节。"贾德森小姐说。

"像鞭子老爹那样吗?"我说。

在我小时候,贾德森小姐曾试图用他来吓唬我。据说,

"鞭子老爹"会跟在圣·尼古拉斯身边,威胁调皮的孩子,以此来为他生前犯下的一桩大罪赎罪。但后来贾德森小姐放弃了,因为她意识到,我更感兴趣的是这个邪恶的法国屠夫是如何用卤水杀死并腌制了三个男孩,而这些男孩后来又被圣洁的土耳其主教复活了[1]。我想知道这其中有怎样的科学细节。每年,我都会完善自己的理论,去论证这种溶液是如何让他们保持着濒死的状态,只为了他们后来能自然苏醒(我最新的假设涉及电和水银蒸馏液)。但由于没有人允许我进行实验,我怀疑这个理论最多只能停留在未经证实的阶段。

"我更想念阳光和温暖的天气。"她显然在回忆她的出生地——法属圭亚那的热带气候。我完全不能怪她。斯温伯恩通常不会下这么大的雪,我们确实忍受了比以往更多的寒冷。

但这并不能阻止父亲的话。"别胡说,"他说,"没有雪的圣诞节算什么圣诞节。"

"耶稣可能是四月出生的。"[2]我机智地指出,"或者十月。"[3]

---

[1] 作为虔诚的传教士之女,贾德森小姐坚持认为这是奇迹,因此这超出了科学研究的范围。

[2] 根据《福音书》中关于夜间牧羊人照看羊群的记载,这通常是春季的一种活动。

[3] 有理论认为,伯利恒之星(即圣诞之星)是公元前12年秋天观察到的哈雷彗星。我对这两个因素都进行了慎重考虑。令人沮丧的是,《圣经》没有具体说明这点。

"别让圣诞老人听到你这么说。"

我平视着他:"我十二岁了。"

"哎呀,那你可真是长大了,已经不需要礼物、圣诞爆竹和水果蛋糕了。"

"不!"皮妮在关键时刻出现,发出了她的警报。

"如果我已经年纪大到不需要礼物了,那么你们也一样。"这样至少能让我省点力气,不必费心为贾德森小姐去找合适的礼物。

"哦,你们或许要这么争上一整个月。"贾德森小姐温和地说,"我特此宣布,没有人会因为年龄太大而过不了圣诞节,尤其是这个家的家长。"

说完,她从餐边柜上迅速拿起一顶薄纸做的冠冕,戴在父亲的头上。

"太棒了。"他说,"现在我准备好出庭了。"

然后我们一下子严肃起来。爸爸目前没有待处理的案子①,这让我们有足够的时间去思考莱顿先生的事情。我知道最好不要给他压力——毕竟贝尔登医生才刚刚开始验尸——但这做起来并不容易。我用小刀搅拌着果酱,试图想出一些可以问的问题。除了"这件事和妈妈有什么关系?"和"市长昨晚想从穆加尔医生那里得到什么?"以外的任何问题。父亲没有让我们在穆加尔家停留足够长的时间,我们

---

① 显然,斯温伯恩的大多数犯罪分子节日期间都在休假。

还没弄清来龙去脉。在回家的路上,他拒绝对此进行猜测。

这意味着,在这件事上,他也不赞同我的想法。

贾德森小姐替我解围道:"既然今天是周日,我建议去帮莱顿太太处理一些她丈夫的事务。"

听了这话,父亲仍然保持着谨慎的冷漠,而我则小心翼翼地从我的杯子上方打量着贾德森小姐。

"我想带梅朵一起去。"

亲爱的读者,我现在所能做的,就是不让自己跳起来离开座位,冲向门口。相反,我要努力表现得温文尔雅,并用一种非常淑女的、完全没想过谋杀案的声音说:"也许我们可以给她带一些姜饼?"

片刻之后,贾德森小姐和我裹得严严实实地出发了。我们骑着自行车,穿越厚厚的积雪来到镇上。一开始,我很迫不及待,但随着我们不断接近目的地,我越来越不确定这么做对不对。

显然,我的沉默非常可疑。

"你今天比平常安静多了。"为了方便交谈,贾德森小姐骑着自行车靠近我,但我没有回应。我所有的想法都导向了一个不可思议的、无法言喻的念头——即母亲与莱顿教授的死有某种联系。当然,不是直接的关联,而是通过过去的某个共同事件或者秘密,这些在一定程度上导致了他的被杀。

"我一定要从你父亲那里问出甘兰·黑津失踪的细节。这件事太神秘了!"她继续说,就好像我已经回答了她的第一句话似的，"再加上那张奇怪的字条，莱顿先生的死看起来很不寻常。"

"你在说什么？"我小心翼翼地问，"贝尔登医生和穆加尔医生说，他可能是中风。"

"哦，当然，你居然相信那个。"

我咬着牙回答："我为什么不信？"

"哦，也许是因为你和你父亲去找法医谈论毒参中毒这种小事？梅朵，你父亲把一切都告诉我了。但这并不能解释你今天为什么心事重重。如果真有谋杀案，你通常会迫不及待地想解决它！"她在有轨电车的路口刹了车，用穿着时髦靴子的腿支撑身体，"或许是你人不舒服——又或许是这个案件有某些地方让你心烦意乱。但你知道，你可以对我说任何事情。"

有轨电车隆隆驶过，地上的积雪四处飞溅①。车顶挂着一个常青花环，车身一侧是圣诞老人在卖皮尔斯肥皂的广告。

说真的，就连我自己也说不清，为什么我不想告诉贾德森小姐，我在商店找到了母亲的照片。这很可能什么也代表不了——这也许只是个巧合而已。

就像苏格拉底的字条和橱窗展示里的橄榄。

"好吧。"电车已经开过，贾德森小姐重新骑上她的自行

---

① 也许她会喜欢一副防水的护腿。

车,"如果你不愿意对案件做推理,那我就只好自己来了。假设莱顿先生是因为毒参中毒而死——"

"这还没有被证实。"我不由自主说出了她通常会说的话。我咬住舌头,懊恼地咕哝了一声。

"说得很对。但如果他是毒参中毒,那他是自己服毒还是被别人毒死的?直接在村里所有孩子眼前上演自己的死亡剧?莱顿先生似乎不是这种人。"

"小姐!"

"第二点。橱窗展示的问题。他究竟为什么选择描绘甘兰·黑津的失踪场景?这本身就是一个谜。而且他不太可能刚制作完那个模型,就碰巧在同一天晚上死去。"

"他花了好几个月的时间才做好的。他不知道自己会被谋杀。"我不情愿地提醒她。她提出的每个观点都让我们离母亲更近一步。"而且,"我争辩道,"我不认为他是在重现甘兰的失踪。他只是想要建造学院。在与甘兰相关的种种事情发生之前,莱顿先生确实在那里有过杰出的职业生涯。"我吸了口气:"是凶手把所有人都移到了大钟楼,然后把橄榄放在那里,这样人人都知道出了什么事。"

"的确如此。这就说明:肯定有人知道,他计划在展示中建造那个学院。而且那人尽可能地选择了一个最戏剧性的时刻毒死他。"贾德森小姐说,"我们的凶手——"

"如果真有凶手的话——"

"——显然具有表演型人格。"

"真可怕。"我赞同地皱了皱鼻子。

莱顿商店映入眼帘——什么？有一瞬间我内心很——不是兴奋。不完全是。"我以为，我们要去她家。"

"别傻了。人又不是在她家被谋杀的。"

贾德森小姐在商业街转了个弯，骑车跳过路缘，轻松地停在我们昨天迫不及待等它揭幕的那扇罪恶的橱窗前。绿色的台面呢窗帘又拉上了，店门上有一块手写的告示牌，宣称"停止营业，开门时间另行通知"。我认出那是贾德森小姐工工整整的字迹。

"快点。"她催促道——因为我甚至还没有下车，"难道你不想知道发生了什么吗？"

亲爱的读者，这绝对是一个我无法回答的问题。

贾德森小姐敲了敲门，然后毫不犹豫地把门推开。"早上好，艾米丽。"她的声音清脆又轻快，但也没显得过分愉悦。她迅速穿过店里，打开了三盏灯，让温暖的光芒充满整个空间。

今天的商店似乎比昨天更加冷清，看起来过于寂静、冰冷、沉默。有人把椅子和饼干桶都收了起来，这让莱顿先生去世的地方显得非常空荡，有种不祥的感觉。我忍不住一直朝那个方向看。

莱顿太太坐在阴影中，双手无力地搁在膝盖上。见她一动不动，我的心一下跳到了嗓子眼里，恐慌不已。不会又——？！

"哦。"她说,仿佛这一个词已经用尽了她的全部力气。她的蓝眼睛周围满是皱纹,目光茫然又呆滞。

"去泡茶。"贾德森小姐说,"要热的、浓的。"她用胳膊肘推了推我,我匆忙走到后屋,之前我们见莱顿太太在那儿泡过茶。我点燃灶台,放上水壶,翻出一罐茶叶——我略带悲伤地观察到,这并不是他们最好的茶叶;如果真有什么时候需要喝杯好茶,那么就是此时此刻——我又找出了干净的杯子和茶碟。还有什么?姜饼。如果厨娘在这里,她和贾德森小姐肯定也会找到一些有助于振奋精神的甜点。而在比利·加勒特的故事中,危急时刻,人们总是会互相递上装满白兰地的瓶子。

不过我认为,那已经超出了我的职责范围。我检查了水壶烧水的进度(毫无进展),然后偷偷回头看了一眼商店,发现贾德森小姐已经把莱顿太太劝离了通风口,找到了她的披肩,并将她带到了更温暖的地方。那里没有那么阴暗,也不像厨房那个角落,充满她死去的丈夫的影子。

我突然很想念皮妮。在这种时刻,她会是一位出色的安慰者。贾德森小姐可以干练地掌控大局,皮妮可以发出呼噜声、会按摩、会黏人——而我呢?我像个傻瓜一样站在这里,束手无策。

尽管我知道要去做什么。或者说,至少我知道应该做什么。我应该仔细搜查这家小商店,包括茶叶罐和咖啡桶,不放过任何一个糖塔或者黄油坛,寻找一切警察可能遗漏的线索。我应该去查看莱顿先生——莱顿教授——的书籍和文件，翻找任何有关甘兰·黑津或者我母亲的笔记。

我应该展开调查。

热水烧开，水壶发出尖锐的声响，我用毛巾裹住把手，将水壶提到桌子上。莱顿太太站起身，从我手中轻轻拿走水壶，并监督起泡茶的过程。

我四处张望，仍然觉得自己派不上用处，但我又看到了贾德森小姐的眼神。

"艾米丽，您给锅炉加过煤了吗？"

"我可以去加。"我自告奋勇。我没听到散热器的嘎嘎声，所以贾德森小姐是对的，锅炉里的煤可能用完了。

莱顿太太又吃了一惊："哦，那一直是巴希尔做的事——"然后她反应过来，突然坐了回去，用发白的指关节紧紧抓着茶壶。"孩子，你会烫着自己的。"这些话听起来很勉强，我犹豫着朝她迈出了一步，想要——干什么呢？要告诉她一切都会好吗？

贾德森小姐替我们解了围："梅朵很懂事。我们不用担心她会被烫伤。"她的语气虽然强调了发生其他意外的可能性，但她依然放我走了，没有管我要去闯什么样的祸。

"我会小心的。"我看着莱顿太太，但我这话并不是说给她听的。

我们在这方面已经很熟练了——贾德森小姐负责安抚人，而我则去进行调查。（我将顾虑抛到脑后，不确定现在

究竟该作何感想。）她可能只是想把我支开，但是把我支到一个属于谋杀案受害者的、充满秘密和黑暗过往的地下室去，显然是个奇怪的行为。然而，我对母亲的事仍然抱有疑问，这些问题我不可能去问莱顿太太。或许，通过调查莱顿教授的过往，我能够找到答案。但愿他把它们整整齐齐地摆在他的地下室里。

门关得很紧，我用力才拉开。一股干燥发霉的气味从下方的幽暗处传来，露出一个又深又黑的大洞。

"拿盏灯，梅朵。那下面没有煤气灯。"莱顿太太站了起来——热茶和贾德森小姐的组合一定能让人振作起来，对此我深信不疑。她点燃一盏小油灯交给我。我一只手摇摇晃晃地拿着它，努力保持平衡，不让玻璃罩倾倒，另一只手则拼命抓住栏杆。

楼梯陡峭、狭窄，台阶低矮，没有扶手，似乎随时准备将我推入莱顿家地下室的黑暗深渊。我小心翼翼地往下走，做好心理建设，以免自己被突然出现的巨大影子——比如一个铸铁锅炉或煤桶吓得跳起来，扔了手里的灯。

或者一个凶手。

皮妮。我应该走到哪就把皮妮带到哪。她完全不会害怕这种环境。

她的夜视能力也会派上用场。

从光线中赫然耸现的影子其实并不可怕，只是一些老箱子和空的面粉桶而已。地下室和莱顿商店的其余部分一样整

洁，看不到一丝灰尘或蛛网。这个空间四周都是架子，一张巨大的工作桌占了主要位置。桌子是用一块大木板横在三脚架上临时搭建出来的。在那张桌子上，正是莱顿先生那大型展示品的残骸——或者说原型。

我悄悄走近它，暂时放弃了给锅炉加煤的任务。油漆罐、工具罐和各种各样的迷你建筑、交通工具，以及斯温伯恩的居民（包括一群乌鸦，可惜它们光泽的黑漆永远没机会涂完了）堆满了桌面。这些小模型是往黏土小模具里灌铅铸造而成，经过了仔细的打磨和上色。小建筑则是把木头、黏土或者迷你砖块用胶水粘在一起。看起来，他甚至还尝试过制作小电灯放在路边（现实中的斯温伯恩并不享有这个便利）。

但他再也没机会完成这一切了。因为已经有人替他完成了。我沮丧地拉出他那张沾了污渍的破凳子，在旋转的座位上坐下。我把灯放在桌上，置于一堆火柴棍做的木板和一片羊毛做的雪堆之间，耸起双肩，仔细研究着这个场景。桌子上安装着一个结实的放大镜，莱顿先生就是通过这个放大镜来制作模型细节的。出于某种原因，今年莱顿先生在这里连续坐了好几个月，决定重现他经历过的最黑暗的事件。

我在留下的人物和建筑材料中没有看到任何线索。我拿起一个被丢弃的小雕像。那是一个罗马士兵，穿着红披肩，戴着梳理过的头盔（头盔上的马毛被细心地固定在一起）。我很好奇，他要怎么把这个士兵安排在当地穿着圣诞服装的英国村民中间?

楼上传来的声音使我从沉思中惊醒,也提醒了我是来做什么的。我叹了口气,离开莱顿先生的工作室,往炉子里铲了一铲子煤,然后返回楼上。

在楼上,莱顿太太正忙着整理茶具、餐巾和勺子,而贾德森小姐则在仔细地打量着橱窗展示。她拿出了她的素描本,记录下整个场景。警察在保存或收集证据方面并没有特别卖力,许愿井和橄榄仍然留在原地。我弯腰去看,试图从雪地景观和砖块塔楼中找出一些答案。黑色的污迹弄脏了许愿井下的雪地,一缕缕羊毛做的雪片粘在了砖块表面。凶手肯定是在油漆还没干的时候把它放上去的。

"您的丈夫真是手艺高超。"贾德森小姐说,"我觉得他今年超越了他自己。"

莱顿太太轻轻吸了吸鼻子,声音中带着期望。

"他为什么决定制作学院的模型?"贾德森小姐巧妙地提出了这个问题,她可真厉害。

"因为纪念日。"莱顿太太回,声音中夹杂着一丝自豪。

我转过身:"什么纪念日?"

"斯科菲尔德学院成立五十周年的纪念日,你知道的。哦,哪怕是现在,他也觉得自豪极了。"她又吸了吸鼻子,这一次不像刚才那么抱有希望了。

贾德森小姐悄悄走回她身边。"莱顿先生最近有什么困扰的事情吗?"她温柔地问。

"他们……他们是不是认为他是自杀?"她昨天也问过这个问题。

"您怎么会这么想呢?"贾德森小姐问,"他是不是感到沮丧或忧郁?"

莱顿太太摇了摇头。"不,事实上,他一直在忙着计划扩建商店,说要安装电灯,甚至可能还要装电话。他要把我们带入现代社会!"她勉强发出了一声不自然的沙哑笑声,尾音还带着哭腔,"但是,瞧瞧那张字条和橱窗展示——"她的手随意朝橱窗挥了挥,"我还能怎么想呢?"

我上前一步,小心翼翼地暗示:"也许,是有人想要害他?"

莱顿太太的目光缓缓转向我,眯起眼睛,沉思起来。

"他有仇家吗?"

贾德森小姐没有阻止我问话。莱顿太太搅动着她的茶,不断地搅啊、搅啊,仿佛永远都不会回答一样。最终,她没有看向我们任何一个,低声说:"我本来以为没有。不会再有了。但后来,这些信就开始来了。"

贾德森小姐哄着她松开手,接过那杯茶:"信?"

"在我读之前,他就全烧了。虽然我也读不懂——它们是用拉丁文写的。"她端正的帽子下露出一缕飘逸的淡红色卷发,她摸了摸头发。这动作让我觉得她像一台正在停止运转的自动机器,我想我应该给她多上几圈发条,让她继续转动。"您可能会觉得奇怪,一个没受过教育的女人,嫁给了那样有学问的一个男人。"

"一点都不奇怪。"贾德森小姐温柔地安慰道,"您很有常识,比自己表现出来得更聪明。您也许没有读过这些信——但您对信里的内容抱有怀疑。"

"是的。"她的声音很平淡、坚定,一点也不犹豫,"他们把一切都重新翻了出来——一切。甘兰·黑津,那个社团,一切事情。"

"您为什么不把它们交给警察呢?"亲爱的读者,我实在是没忍住。

她不屑一顾:"交给他们?你觉得他们会帮我们吗?说不定他们现在正幸灾乐祸呢。当那一切发生的时候,我请求他离开这里——我在林肯市有亲戚,那里也需要商店——但巴希尔拒绝了。他说他生是斯温伯恩的人,死是斯温伯恩的鬼。"她又吸了吸鼻子,眼泪再次流了下来。

贾德森小姐拍了拍她的肩膀。我在桌子上敲着手指,思考着这些信件。

"您认为有可能是谁寄的?"我问,"他们会不会有——呃——不良企图?"

"不良企图?"莱顿太太嗤之以鼻,"我知道是谁寄的。但我没法证明,明白吗?当然没法子。他们太狡猾了。"

贾德森小姐和我等着莱顿太太继续说下去,但她显然在期待我们能知道她在指谁。

"那些黑津家的人,当然是他们!"她说出的话如同压力

锅中喷发的蒸汽,"为了他们家姑娘失踪的事情怪罪我家巴希尔。当年毁了他的人生难道还不够,他们现在又要再毁一遍。"

贾德森小姐和我都忍不住看向橱窗展示。

"就是他们强迫他离开了斯科菲尔德,毁了他的光明前途。但没有证据证明,他对那个姑娘做过任何事情。"她用尖锐的手指戳着桌子,"没、有、证、据。"

贾德森小姐等了几秒,然后问道:"到底发生了什么?那晚,黑津小姐在大钟楼里做什么?"

莱顿太太摇了摇头:"没有人知道!巴希尔当时甚至都不在那里。"

我将手伸进包里,慢慢取出母亲的照片,把它从桌子上推过去:"这个——我昨天找到了这个。之前没机会还给您。"

贾德森小姐不像往常那样镇定,她转向我,没有说话,但满脸疑问。而莱顿太太几乎露出了笑容。"那是杰迈玛,对吧?你的母亲?她是个好姑娘。"她肯定道,语气里能听出喜爱之情,"不像另外一个,那个自命不凡的黑津小姐。哦,我并不是在说死者的坏话。"

"她死了,是吗?"这句话自然而然地冒了出来,就像开水中的气泡一样。

她看向远方,目光迷茫:"是失踪了还是死了——又有什么关系呢?这么多年后,她依然在向我们复仇。"

我仔细研究着那张颠倒的照片。"那个人是市长吗?"我指着一个穿着竞选夹克、挥舞着铁锹的年轻人。

"他们觉得自己很了不起,摆出一副高高在上的样子。仿佛他们在人生中取得的成就和我的巴希尔毫无关系。前几天他来过这里,炫耀他的新官衔——我没让他进,我没让。我叫他们滚远点。"

她起身忙了起来,收拾茶具,表示这次对话已经结束。当她把照片从桌子上拿起时,朝它瞥了最后一眼,然后递给了我。

"你留着吧。"她说,"他会希望你留着它的。你母亲是他最喜欢的学生之一。"

我握着这张照片,走回自行车旁。我意识到自己错过了一个绝佳的机会,没有去观察贾德森小姐可能会喜欢什么样的节日礼物。当时周围是帝国的各种奇妙玩意,但我们所有的注意力全在案件上了。按照这个速度,我永远都想不出来该送她什么!

"可怜的女人。"贾德森小姐说。

我压低声音急切地说:"我们必须帮帮她。"

贾德森小姐完全同意:"请详细说明你的援助计划。"

"当然是把教授的谋杀案破了。"

"啊。"

"啊是什么意思?"说真的,每次我们遇到案件时,这些苏格拉底式的辩论都让人感到厌烦。

她调整了一下帽子,把围巾裹得更紧:"她已经经历过一回丑闻了,不该让她再遭受一次那样的痛苦,何况她还沉浸在失去丈夫、丈夫被杀的悲伤中。"

"可凶手已经把那件事挖出来了!她难道不想知道她丈夫是谁杀的,为什么要杀他?"

她回头看了看商店橱窗,那里仍然陈列着村民聚集在大钟楼周围的场景,这幅令人担忧的景象永远定格在窗帘后面。如果教授的谋杀案没有解决,那个场景会不会再次发生,影响到新一代的斯温伯恩人?但我能感觉到,贾德森小姐的心思已经不在橱窗展示上了。她想的是坐在店里、对着茶杯忧心忡忡的莱顿太太。

"很明显,莱顿太太不愿提起她丈夫的过去,不想再被卷进去。"

我皱起眉头,内心百感交集:"那我们该怎么办?别告诉我回家去,忘了它。这件事牵涉到我妈妈!"

"你不能确定那一点。"贾德森小姐声音温和,但很坚定,"教授有数百名学生。一张照片——虽然我认同你,它令人很好奇,并且还有点激动。"她的眼睛闪烁着兴奋,这让我感到些许温暖,"但一张有你母亲的照片并不能证明什么,这不代表她的大学往事跟黑津小姐的失踪和莱顿教授的谋杀案之间存在任何联系。总不能说你在这店里买过鞋带,所以你就和店主的谋杀案有关吧。"

她是对的。我用脚趾抠着冰冷而坚硬的路缘。

"不过,"她欢快地说,"虽然我们不想打扰莱顿太太,不能从她那儿打探出她丈夫的过去,但这并不意味着我们不能去打听一下你母亲的过去。"

不知怎的,她那云雀般的声音让这种事听起来光明正大,很有吸引力。我来了兴致,无法掩饰自己声音中的渴望:"我们可以去学院吗?"

"不然还能去哪?"

6

叮咚！来自天上的警惕[1]

> 艾萨克·牛顿爵士，英格兰最伟大的科学家。根据儒略历，他诞生于1642年的圣诞节——这是一个迷人的事实。然而其他西方国家已经采用了现代的格里历[2]，根据该历法，牛顿的生日实际上是1643年1月4日。
>
> ——H. M. 哈德卡索，《现代耶鲁节》

第二天下午，我们勇敢地直面冷风，骑自行车去了学院。乘坐有轨电车或许更快（而且肯定更温暖），但在高峰时段，年轻淑女们把自行车拖上车的做法可不受欢迎。天太冷，路上不适合聊天。连踩脚踏板都冻得不得了。骑行灯笼

---

[1] 对圣诞颂歌"Ding Dong Merrily on High"（《叮咚！来自天上的喜悦》）的戏谑改编。——译者注

[2] 格里历，即公历，是当前国际通用的历法。其前身为儒略历，也称"前公历"。——译者注

裤可能不容易被绞进自行车的链条中，但它们绝对不如三四层的法兰绒衬裙那么暖和。

我平时经常会去斯科菲尔德学院，主要是为了那里的科学讲座和宽敞的图书馆。那里总是能启迪我的智慧，并让我感觉离母亲更近。我经常想象：有朝一日，我会穿着黑色的学术袍穿过校园，从讲堂到考场，开始接受我自己的大学教育。

现在我转了转微微冻僵的眼睛，以全然不同的目光四下张望。这所学院是一个犯罪现场——几十年前一桩神秘悬案的发生地。我内心一阵激动，这种感觉比吹着十二月的寒风愉快多了。在这片古老的大地之下，隐藏着什么秘密呢？

在看到大钟楼之前，我们先听到了钟声。当我们沿着一条铺得很平整的、奇迹般没有积雪的人行道往前骑时，悠扬的钟声颤巍巍地回荡在冰冷的空气中。那声音听起来就像巨大的儿童玩具发出来的。贾德森小姐一个急刹车，一只脚踩在人行道上。

"太了不起了！"她大声说，"那可不是普通的教堂钟声。"

那个声音太震撼了，让我一时间神志恍惚，几乎没法点头回应她。镇上的教堂钟声只会发出叮当或咚咚的声响。但刚才那声音来自一架巨大的、幽灵般的管风琴，琴声回响在天空中，深入骨髓，像磁铁一样将我们拉向它。"我们去看看吧。"

我们从城堡似的石楼中穿过，石楼有着高高的格子窗户和铅制屋顶。大钟楼俯瞰着它们，耸立在一片枞树林和白雪皑皑的公园之上。整个地方有一种庄严的学习氛围，但空荡

荡的,令人毛骨悚然。我们几乎看不到人影——只有一名穿着蓝色短款大衣的年轻女子沿途漫步,方格裙在雪中轻舞飞扬。她稍作停顿,观察了我们一会,然后又继续前行。

"其他学生都去哪了?"雪地上的痕迹表明,他们并没有离开多久。

"是啊,大家为什么不出来享受这美好的天气呢?"贾德森小姐把围巾在脑袋上裹得更加严实,只留下一条小缝去看外面,"我们到了。"

确实,我们到了。我仰望着高大的砖造钟楼,光是想想有人从钟室坠落就很令人震惊了——更何况她就那么消失在了夜色里,那简直不可思议。透过屋顶附近的巨大拱门,可以看到那座大钟。现在它终于不再摇摆,只留下一个空虚又荒凉的世界。

"从那么高的地方摔下去,没有人能活下来。"我斩钉截铁地说,"它肯定有一百英尺高。"

"一百一十英尺。"贾德森小姐读着铜牌上的字。矩形的大钟楼拔地而起,被粉色的砖块包裹着,带有小小的箭缝窗,几座石尖塔簇拥着一个尖尖的屋顶。这建筑有一种梦幻浪漫的气质,仿佛是从一本故事书中逃出来的,想将自己藏在斯温伯恩,但怎么也藏不住。

"这里和橱窗展示的一样。"贾德森小姐已经拿出了素描本,尽管我不知道她要怎么用冻僵的手指画画,"看,那是钟室,还有时钟……"

"怎么可能有人从那里掉下来？"我得把头抬得很高，才能顺着塔楼看到刺眼的太阳；我想象着在楼上往下看的景象，那一定更加令人晕眩。

"她是跳下去的吗？还是被推下去的？"

"可她在那上面干什么？大晚上的？还是十二月？"母亲当时在场吗？

"她是一个人吗？"我迅速看向贾德森小姐，但她没有看我。她说这话肯定不是因为读懂了我的心思。"这很奇怪。"

贾德森小姐打量着周围的景色。一道宽宽的冬青篱笆环绕着塔楼的底座（确切点说并不是"环"绕，因为围成的不是环形，而是方形）。"她有可能掉在这里吗？也许灌木丛给她做了缓冲。"

这些灌木长着亮晶晶的红浆果，个头比我还高，而且枝繁叶茂，足以藏个人在里面。"不过，许多年前它们可能会矮一些。"我推测道，"在展示品中有没有灌木？"

她用戴着手套的手指摸索着她在商店里画的素描。画面上是一排整齐的圆形小植物——而不是我们面前那片广阔的、童话般的灌木丛——这代表当时灌木丛尚未长成。

"它们提供不了多少缓冲。"肯定不足以救人，让她避免受到严重伤害。

"而且也藏不了尸体。即使是在很多年前，警察也会想到要搜查灌木丛吧。"贾德森小姐对从前的警察并没有特别高的评价。

"如果我的怀表从上面掉下去,我也会先去查看那里。"我赞同道。我抬起头,从篱笆旁边望向高高的钟楼拱门,又产生了一个新的想法。"但如果怀表是我扔下去的……"我从包里取出笔记本,目标明确地朝着塔楼走去,试图用牛顿公式做出正确的计算。惯性、轨迹、质量和加速度……

贾德森小姐跟在我身后,她穿着高筒靴和灯笼裤,嘎吱嘎吱地踩过雪地。她赞赏地瞥了一眼我的笔记:"物理学。棒极了。"

"但是,变量太多了。"我用铅笔敲击着笔记本,"如果她是摔下去的,她可能会垂直下降。"

"但如果是有人推了她,她会掉在更远的地方。"贾德森小姐背对着大钟楼,面向雪地,"你认为呢?假设她体重和我差不多。"

"那就算它九英石[1]或者十英石?"我记了下来,"一百一十英尺……三十二英尺每秒[2]……"

"她是被扔下去的,还是只是被推下去的?"看到我厌恶地皱起眉头,她解释道:"如果她在摔下去时是失去知觉的,那她就是一个无生命的重物,会笔直地下降。但如果她是在站立或逃跑时被推下去的,那她摔下去的轨迹就会有一个更大的弧度。她或许能——摔到五十英尺外的地方?"她走进

---

[1] 1英石约等于6.35公斤。——编者注
[2] 重力加速度是一个最方便的数学常数。

田野，一边走一边数着步子。

"大家还说我病态呢。"我在她身后嘟囔。

当然，已经过去二十年了，现在那里没有什么可看的，也没有办法知道我们的估算是否正确。而且这事或许完全不重要，因为根据所有的说法，黑津小姐根本没有掉到地上。仿佛凭空伸出一只大手，就这么把她从天上捞走了。

天色渐渐变暗，大钟楼的影子又长又宽，阴森森的。我打了一个寒战，不光是因为寒冷。"我想上去看看。"

"当然。"就算贾德森小姐叹了口气，我也已经走得太远，听不到了。

大钟楼的底部是一个宽敞的开放式门廊，由尖尖的哥特式拱门和迷你的守卫塔组成（仅用于装饰，这里没有任何空间藏匿攻击者或受害者）。在一个角落里嵌着一扇拱形木门，同样是中世纪风格。但令人失望的是，门被锁上了。

"这是一项明智的预防措施，"贾德森小姐说，"考虑得很周到。"砖墙内部挂着一块告示牌，这样牌子不会被风吹雨打。她走过去看了一眼。"圣诞钟琴独奏会。"她读出声来。我仍然在徒劳地拽着那扇门，仰头深深地看向扶壁天花板。"12月9日周六，表演曲目——"她动手去掀贴在上面的告示边缘，这时，一个甜美的声音在我们身后响起——

"你们是来听我的音乐会的吗？"

我转过身，看到拱门里站着一个年轻的女子。她和贾德森小姐年龄相仿，浅色的发髻被风吹散了，身上是一件与她

蓝眼睛相配的宽大外套。这件外套应该是一位比她更高的女士的,穿在她身上,羊毛流苏都擦到了雪地上。"我是钟琴师,"她走到我们身边说,"你们要来听我的独奏音乐会吗?是免费对公众开放的。"

贾德森小姐回答得很流畅:"听起来真不错。刚才是你在敲钟吗?"

年轻女子羞涩地微微一笑:"不,那是自动的。但我正准备上去练习。你们想来看看吗?大钟楼很欢迎游客来参观。近距离看它会更加震撼。"

"如果不会太麻烦的话,我们当然想看。"趁贾德森小姐还没来得及拒绝,我急切地插话道。

她带我们走进一个黑暗逼仄的空间,小小的箭缝窗在铁楼梯上投下微弱的光芒。"这第一段走完,之后会好走一些。"第一段的狭窄楼梯蜿蜒穿过塔楼狭小的石基,但随后楼梯就变宽了,占据了整座方塔。阳光透过钟室的拱门洒下来,里面暖意融融,贾德森小姐解开了围巾。

"那是发动机,能让钟琴运转。不过我演奏的时候除外。"钟琴师指着一个安装在平台上的复杂的机械装置,琴槌、笛管和齿轮都在等待指令。

"为它提供动力的是什么?"我问。

"是蒸汽。我们在一个蒸汽管道网上面。这个管道网为整个学院提供热量和动力,是非常现代化的设计。"

这解释了这里为什么会那么温暖。我想象着塔楼里有一架巨大的管风琴。"像蒸汽笛风琴一样吗?"

她笑得更加灿烂:"不完全是。蒸汽笛风琴的乐声实际上就是用蒸汽演奏出来的。而这里的蒸汽只是为你看到的那台发动机提供动力而已。这个系统是由非常聪明的建筑师和工程师设计的。我们到了!"我们爬了一半多一点的楼梯,来到一处平台。钟琴师拿出一串钥匙:"这里面是琴键盘。"

我并没有想明白这个乐器的运转逻辑,但我能够理解:如果钟琴师想保护听力的话,她必须与大钟保持一定距离。钟琴师让我们进入一间小房间。乍一看,那里面似乎装了一台巨大的织布机——不对,我意识到,这是一架大钢琴的内部:一个简约的木框架上挂着数十根带有重物的绳索,连接着一系列朴素的木手柄,像牙齿一样伸了出来。你完全看不出它们中任何一个的用途——但不知何故,这个装置能让那些大钟发出响亮的钟声。一时间,我站在那里,被机械学给迷住了。它是如此美妙,精确而有条理,但又流露出一种超自然的力量。

"你想试试吗?"钟琴师注意到我敬畏的表情,挪动了一下位置,为我在长凳上腾出空间。"来吧,我教你弹《威斯敏斯特钟声曲》①。"

亲爱的读者,在接下来的几分钟里,我忘记了甘兰·黑津和莱顿先生,忘记了我的母亲、各种秘密和神秘的死亡。

①

钟琴师——她坚持让我叫她"莉亚"——是一位出色的老师,几乎和贾德森小姐一样热情。她教我如何踩下那些巨大的脚踏板,去敲响某些钟,以及如何用拳头敲打大木柄——也就是琴键——去敲响其他的钟。这需要很大力气,更不用说还会弄出噪音——这完全不是那种年轻淑女们会做的优雅活动。

莉亚个子很小,几乎没比我高多少,所以我们只好沿着长凳上下移动,这样才能够到所有需要按的琴键。她的手沿着琴键一上一下,衣袖上长长的蓝色流苏也随之舞动。一曲奏完,我已经脸红气喘了。

当最后的回音消散,贾德森小姐热烈地鼓起掌来。"好极了!"她喊道,"太了不起了。你现在要放弃做侦探,专心弹奏钟琴了吧。"

我对此做出了应有的回应,但还是向莉亚表示了感谢。她似乎也很高兴。

"你一定要爬上楼去一次钟室。"她说,"等你亲眼看到了钟,这次参观才算完整。"

贾德森小姐和我想起了我们此行的任务。莉亚似乎没有注意到我们尴尬的沉默,带着我们从琴键盘室返回楼梯井。

"从这里往上走,经过钟就到了。"她说得郑重其事,仿佛这里还有其他地方可以藏下三十吨的青铜钟似的。钟声结束后,沉默从四面八方压迫着我们,但稀薄的清新空气从各个方向涌入,连下方也不例外。我们这些年轻淑女本能地把手放在裙子上,避免被风吹起。

"你是这里的学生吗?"我们爬楼梯时,贾德森小姐问。但莉亚摇了摇头。

"不,我只是在这里弹钟琴而已。我父亲是一名讲师——教授神学——我们还住在这一片。你可以从塔楼上看到我家的房子。"

"你弹钟琴多久了?"贾德森小姐问。

"我觉得我弹了一辈子了,"她坦言道,"但实际上只有几个月。前一任钟琴师是我母亲。"

"多棒的传承啊。"贾德森小姐说。

"自从母亲在——呃,几年前退休后,总之,这里已经好几年没有钟琴师了。"

"是在甘兰·黑津出事以后吗?"我无意间问。亲爱的读者,我把这归咎于爬楼后的头晕和气短。我的脑细胞缺乏足够的氧气供应,没考虑到礼节之类的事情。

莉亚——显然习惯了这种爬楼的劳累——歪着头,用那双让人不安的浅色眼睛看着我。"完全正确。这就是你们来这儿的原因,不是吗?"

我脸一红,贾德森小姐看起来有些懊恼。"我们不是有意要打探的。"她撒了一个礼貌的谎。

"人人都为了这事而来。"莉亚友善地说,"说实话,这甚至可能也是我来的原因。你没法不去好奇。那事情就发生在上面。"她压低声音,示意我们看正上方。那里没有门道,楼梯到达钟室时就戛然而止了。她伸出一只手臂发出邀请:

"小心脚下。"

亲爱的读者,我不能确定她的话里有没有嘲讽。

钟室就像建在一个大烟囱上一样。寒风呼啸着穿过石拱门,直冲我们而来,但风只是在钟铃构成的丛林里发出哨声,尚不足以撼动它们。钟铃悬挂着,从大到小依次排列,最小的在最上面。最大的钟铃悬浮在我们脚下的虚空中,贾德森小姐和我可以一起站在里面;而最靠近天花板的那些钟铃甚至还没有我的脑袋大。在它们之间,还有数十个大小逐渐递减的钟铃。

"这里几乎没地方可以踩。"我说。这里只有一个摇摇晃晃的木制脚手架,紧贴着周围,以便维护钟铃。但显而易见,如果踩错一步,就可能引发灾难。

有一点是肯定的:没人愿意带着一个失去意识或者已经死亡的受害者来这种地方。谁会放着好好的沟渠和下水道不用,选择这么难走又棘手的路呢?不管甘兰·黑津为什么要在那个寒冷的冬夜来到这座钟楼,肯定都是出于她自己的意愿。

"她在这里做什么?"我并不是真的想问出这个问题。

我没指望莉亚回答。"是某种仪式。"她说。她的声音轻得像在耳语。

我猛然转过头,发现贾德森小姐也在盯着她看。

"一群学生聚集在这里,举行了一场秘密的仪式。"她一脸哀思,把手放在一只铜钟的圆弧上,"结果,一切都大错特错。"

7

像荆棘一样尖锐

> 欧洲冬青（学名 Ilex aquifolium）是英格兰为数不多的本土常绿植物之一，能制作出几种有毒化合物：包括生物碱、可可碱和皂苷。
>
> ——H. M. 哈德卡索，《现代耶鲁节》

钟琴师的话醍醐灌顶，宛如钟声过后的静默，让人感到既沉重又有共鸣。除了盯着她看，我什么也做不了。据我观察，贾德森小姐也有同感。她一只手稳稳地扶在墙上，另一只搭在我手臂上，仿佛是想抓着我，以防我一时兴起朝边缘冲去。

莉亚依然保持着宁静的微笑，她挤上窄窄的脚手架，漫步于砖块和钟铃之间。她的脚踩在狭窄的木板上，发出嘎吱的回音。她每走一步，我就感到心焦虑地一颤。她的披风一摇一摆，沙沙作响。我确信它一定会被钟铃勾住，或者被绳索缠住，把莉亚也推入死亡的深渊。但她似乎毫不害怕。

"甘兰·黑津曾是这所学院一个秘密社团的成员。瞧,你还能看到他们留下的标记。"她指着墙上的一块影子——那是砖块上留下的旧日涂鸦:一个戴着长毛头盔的罗马士兵的剪影。

莉亚的嗓音低沉而富有戏剧性,就像在读一则鬼故事。"当然,这个社团现在已经解散了,反正他们是这么说的。"嘎吱、嘎吱、嘎吱——她已经绕着钟楼走了一半,柔和的声音在砖石建筑中回荡,这多亏了出色的传音效果。"一个冬夜,社团成员们在这里集会,举办新成员入会仪式。上去的有六个人,但只有五个人走了下来。"

亲爱的读者,这种寒意与天气毫无关系。

"就是这扇拱门。"莉亚示意我们靠近些——要不是贾德森小姐牢牢抓住我的肩膀,我就会违背自己的意愿走过去了——谢天谢地。"她们被蒙上了眼睛。"她继续说,"那两个新成员,甘兰·黑津和另一个叫杰迈玛·林当的女孩。"

我无法分辨那尖声倒抽一口气的人是贾德森小姐还是我自己。我竭力前倾,仿佛这样就能通过莉亚的话看到那个场景,想象出母亲在上面蒙着眼睛处于黑暗中的样子。

"没有人能解释当时发生了什么。没有人看到她掉下去。其他学生都跑下去查看究竟出了什么事,但他们从未找到她的尸体。"莉亚透过拱门望下去,"地上有新落的雪——事实上,那天下了一整夜雪——但雪地里没有足迹,也没有任何她可能落地的迹象。她就这样……消失了。"

"你觉得发生了什么?"我喃喃低语——如果掉下去的是母亲呢?如果是母亲推了她呢?我感到一阵头晕,而我甚至还没靠近边缘。

莉亚转过身,张开双手。"一场可怕的事故?它震惊了每个人,钟楼关闭了很多年,钟声也不再有,甚至连钟都停在了甘兰掉下去的那一刻。十一点五十二分。"她情绪好转,"直到学院的管理者认为时间够久了,每个人都已经忘了那回事,决定是时候重新敲响钟声了。于是我迫不及待地回到这里。母亲曾在这里度过了许多快乐的时光。"

"并不是每个人都忘记了。"贾德森小姐温柔地说。

莉亚的手勾在腰间:"是的,当然不是。但那是很久以前的事了。是时候放下那些悲伤的回忆了。"

"但你难道不觉得害怕吗?"我说,"来这里,在这个——"我没法说完这句话。

"这个她去世的地方?"她想了一会儿,"应该会吧,我想。但没有人知道甘兰到底发生了什么。也许她根本就没掉下去,只是离开去过新生活了。不管怎么说,我愿意这样想。"

我的心一跳:"那有可能吗?"

"一切都有可能。"就在那一刻,她朝我们走了一步,一脸出神的表情。"钟即将敲响,"她警告道,"你们或许想往下走几段楼梯。声音会很吵。"

我可以想象。

不,当我没说。我没法想象。贾德森小姐和我按照建议

后退,但即使如此,当机械装置上的齿轮咔嗒一下,时钟指针转动到位时,一场音乐会就在我们周围上演,爆发出刺耳的声音。仿佛天堂崩塌,所有天使都在高声歌唱,吼出了不和谐的奇怪曲调。《威斯敏斯特钟声曲》(就是我刚刚练习过的那首)的简单音符震荡出来,使我们的心灵为之一颤——紧随其后的是四个慢悠悠的音调,由最大的那个钟发出:当,当,当昂昂昂昂昂,当昂昂昂昂昂昂昂昂。

我紧紧抓住贾德森小姐和扶手,以防止自己摔下楼梯——但我想笑,或者想哭,或者干点其他什么。当最后一个音消失后,我的骨头仍在震动。我浑身颤抖,兴奋不已。这种感觉会持续好几周。

我们没再打扰莉亚练习,离开前答应她周六晚上来看演奏会。

"那天有两场演出。"她说,"分别在黄昏和午夜——午夜的圣诞音乐会是斯科菲尔德的传统!今年会特别隆重,因为是五十周年纪念日。"

"而且是甘兰事件后的第一场演奏会。"我说。莉亚那明亮的眼睛里闪烁着期待的光芒。

贾德森小姐和我闷闷不乐地下了楼,回到外面(当然,是按照常规的方式下楼)。我回想了一下钟琴师告诉我们的一切,试图理解我们了解到的事情。一个举行神秘仪式的秘密社团?这和莱顿教授有什么关系?或者和苏格拉底有什么关系?甘兰是怎么掉下去的,之后发生了什么?我母亲知道什么?我母亲做了什么?

我们在塔楼上的时候,天色渐渐暗了下去。黄昏的风吹在我们裸露的脸颊上,冻得我们无法呼吸。粉红色的天幕下,大钟楼的身影隐约可见。此时钟面已经亮起——"又是蒸汽吧。"贾德森小姐猜测——钟面如同满月,闪烁着柔和的珍珠般的光。钟声即将再次响起,而我们需要在冷风中骑很长一段路才能回家。

但我们似乎舍不得挪步离开。

"那上面发生过什么?"我把想法说了出来,"一个人不会就这么凭空消失。"莉亚相信甘兰只是逃走去过更好的日子了,但我并不认同她的看法。她肯定是跳下去或摔下去了——或者被人推下去了。

我咬着手套,试图想出一个论点。"除非他们用其他方式杀了她,一种在坠落中不容易掩盖的方式——他们必须藏好她的尸体。"

"你真的认为,你母亲有可能卷入这种事情?"贾德森小姐看起来不太相信——她不止是不信,还觉得很愤慨,十分戒备。她的忠诚让我产生了一丝自豪,但我用无情的逻辑击碎了它。

"我们不知道。"我苦涩地说,"她什么都有可能做,却不能在这里为自己辩护。"

贾德森小姐镇定地看着我。"确实如此。"她说,"但那天晚上,那座塔楼里还有其他四个人。我们需要找到他们。"

我们回到格雷夫森德巷,发现整个房子昏暗又安静,除了皮妮(她很少有安静的时候)。这种静默在听力可及的范围内①向所有人宣布:茶点时间早就结束,晚餐时间也马上到来。我们可以听到厨娘正在厨房里与炉灶搏斗。她们的圣诞休战结束了,她又回到了永无休止的征途,试图让它屈服。据可靠消息,圣诞老人将给她送去一个巨大的新扳手和一把焊枪,用于这场拉锯战。

父亲坐在客厅的阴影中,皱着眉头(又或许是眯着眼睛;请参考之前光线不足时人们的行为)在看一些文件。我们带着一身寒意走进屋里,脸颊冻得通红。他看到我们进来,甚至都没有试图藏起文件,只是露出疲惫的微笑,挥手示意我们过去。

我们得绕过竭力绊倒我们的皮妮(要是我们挎着装满新鲜三文鱼的大包小包,她就能幸福地淋上一场"鱼雨"),进入挂满槲寄生、松果和纸链装饰的客厅。我们外出时,父亲一直在忙活!客厅角落的一张结实桌子上,摆着一棵圣诞树,是从隔壁红古园的温室里搬来的羽毛状的常青树盆栽②。

---

① 能听到的人大约相当于英格兰北部和一些荷兰地区的人口数量,具体取决于风向。
② Pinus sylvestris,即欧洲赤松,这一棵是从约克郡移植来的幼苗。我帮助红古园的园丁汉姆先生照顾了它一整个秋天——修剪枝条、浇水和给树枝塑形——很期待它的首次亮相。在庆祝活动结束后,它将被重新移植回室外,因为它并不适应英国客厅的闷热环境。

母亲的装饰品宝箱也已经被郑重其事地搬下阁楼，静静地等在一边。

我脱掉湿漉漉的冬装，挤到父亲身边，试图趁他还没把文件拿远，先瞥上一眼。贾德森小姐在我们对面坐下。

令我惊讶的是，父亲直接将文件递给了我。"法医的报告？"实际上，这是贝尔登医生写的尸检报告，但经过穆加尔医生的签名盖章，它就变得很正式。

"嗯。"爸爸确认道，"正如我们怀疑的那样，莱顿先生死于毒参中毒。"

一时间，我们都没有说话，屋子里静得足以听到壁炉架上的钟在滴答作响，炉火的余烬发出了欢快的爆裂声。最后，贾德森小姐提出了那个敏感的话题。

"他是自杀的吗？"

父亲的视线在我们之间游移。"医学证据无法确定药物的服用方式。"他谨慎地说。

我匆匆浏览了贝尔登医生的报告，试图专注于科学，不让自己因为这事与和蔼可亲的莱顿先生有关而感到沮丧。"他还发现了氯仿的痕迹？"

那是穆加尔医生在嗅尸体时想寻找的东西吗？氯仿（据我了解）带有一种甜腻的气味。我透过文件盯着父亲。"在服用毒参之前，你不会先用氯仿麻醉自己。"这种行为很多余。但如果你要让受害者丧失行为能力，按照你的策划，以最戏剧化的方式死去，这会是一个理想的办法。

我继续往下读。

死因：中毒（毒参）

死亡方式：尚无解释/可疑

我的心当地响了一声，十分沉重。我抬起头问："现在该怎么办？"

他从我手中拿走了报告，我只是稍微反抗了一下，然后就松了手。"现在警察会进行调查。"他说得相当明确，"你们俩有没有了解到什么新情况？"

贾德森小姐和我交换了一个眼神，而这一次，父亲竟然注意到了。

"无论你们发现了什么，我都希望你们能一五一十地告诉我。"他说。

"您为什么会觉得我们要隐瞒呢？"贾德森小姐无辜地问道。

事实上，在骑车回家的路上，贾德森小姐和我进行了热烈的讨论，并最终决定究竟要把哪些事情告诉父亲。我们一致同意，尽量不提起母亲。父亲深知，贾德森小姐是一位绝不改口的证人，于是将他那钢铁般的审视目光转向了我。我这里更容易突破。

"莱顿先生最近收到了几封恐吓信。"我汇报说，"莱顿太太认为是黑津家寄来的。她还没来得及看，莱顿先生就把信全烧光了——"

"不过信是用拉丁文写的。"贾德森小姐插嘴,"所以无论如何,她都没法说出信的内容。"

父亲若有所思:"也许邮局管理员会有这些信的记录。我明天去问一下。还有其他事吗?"

我们又交换了一个眼神。"我们骑车去学院亲自看了一眼大钟楼。"我说。

"真的吗?"他的声音带着出乎意料的热切。他在沙发上换了个更加舒适的姿势,"我只从远处看到过它。它怎么样?"

"很高。"贾德森小姐回答。

"很响。"我补充道。

他给了我们一个忍无可忍的眼神。

"自从甘兰·黑津失踪以后,这么多年来,他们刚刚才重新开放塔楼。"我补充说,"新来的钟琴师带我们参观了一下。"

"我想,那小子看起来不像是会写恐吓信的那种人吧?"他问。

贾德森小姐发出一阵轻笑:"是个姑娘。不像,而且也不像把人推下大钟楼的那种人。"

"哦,她当时可能还是个小女孩。"我指出。

"我不确定。"父亲说,"我个人的习惯是,绝不低估一个年轻女孩能制造多大的混乱。"

"混乱!"我喊道,"我什么时候造成过混乱?"

"就这样吧。"贾德森小姐优雅地站起身,"今天真累。我想我要在晚餐前就退下休息。"

"您会和我们一起吃晚餐的,贾德森小姐,是吧?"父亲最近提出这个请求的次数越来越多,而贾德森小姐拒绝的次数也越来越多。我想,最后,他们其中必须要有一个人让步。但我又希望自己有办法可以让事情朝对他们有利的方向发展。

"其实不会。"她带着温和的微笑说,"厨娘和我有些事情要讨论。"

"什么事?"我问道。

"哈德卡索家雇员的秘密事务。晚安。"

在离开之前,她停下来看了一眼拱门上的绿植装饰,但没有多说什么。父亲板着脸,看着她离开——但当他转回头看向我时,说的却是:"我们需要讨论一下槲寄生的问题。"

"槲寄生怎么了?"

"它让贾德森小姐反感了。"

看起来,它也让父亲觉得反感,但我没有说出来。"去找普瑞希拉说吧。这都是她带来的。"反正也没有人能证明不是她。我们的邻居普瑞希拉来自美国,拥有著名的花园,对浪漫有着非同寻常的兴趣,头脑精明、诡计多端。我和她之间的阴谋当然不会留下证据。我非常清楚,作为一位年轻淑女,干涉她父亲和她家庭教师之间的暧昧(或者很遗憾地缺乏暧昧）是很不合适的。

但据我所知，对邻居并没有这样的禁令。因此，槲寄生的树枝、花环和花球被巧妙部署在了格雷夫森德巷14号的各个地方：门厅、走廊、走廊更远处、楼梯井、楼梯平台、客厅门口、餐厅，前门和后门上方，以及厨房四周。

父亲叹了口气："我不能亲吻我雇佣的年轻女性。"

"谁说要亲吻了？这是一种有毒的寄生植物。我不知道为什么会有人觉得它浪漫。"

"不。"皮妮出去了一圈毫无收获，又回到厨房里。

父亲抱起她——在槲寄生下亲了亲。亲爱的读者，她对在槲寄生下接吻没有任何异议。

他仍然抱着皮妮，同时打开煤气灯，让金色的光芒充满客厅。"我们可以装饰圣诞树了吗？"

我怀疑这是贾德森小姐离开的真正动机。她觉得这应该是父亲和我的私人家庭仪式。但她的父母远在卡宴①，所以这也是她的圣诞树。而且我们俩肯定能用上她的艺术天赋。她在其他方面非常明智，但对于礼节的观念真是奇怪。

父亲吹着口哨，是《好国王瓦茨拉夫》的曲调。他拿出装饰品的箱子，打开盖子。"啊哈！"他取出一个海伦娜姑婆在莱顿商店买来的吹制玻璃饰品，形状是一个又胖又小的天使。这个装饰品来自德国，是一套中的一个，和女王的那套

---

① 法属圭亚那的首都。——译者注

一样。多年以来,其中的几个被神秘地打碎了。

皮妮对着装饰品嘶嘶叫唤,耳朵紧贴着脑袋。

"妈妈讨厌那东西。"我回忆道。

父亲转过身,咧嘴一笑:"没错,它很丑陋,不是吗?"他高举着它,闪烁的灯光照在小天使飞不动的小翅膀和圆滚滚的肚子上。"保证能把孩子吓得乖乖听话,哪怕是最能捣乱的也不例外!"明智的人本来会把这可怕的玩意儿塞回箱子里——但海伦娜姑婆期望在圣诞树上看到它,所以他将这个装饰品推到树枝正中央,并让它背对着灯光。

我四处摸索,小心翼翼地取出其他包裹在纸巾中的装饰品、锡做的星星和纸做的玩偶。皮妮满怀希望地拍打着纸巾,并在箱子的角上蹭着她的脸颊和胡须。在箱子最底部,我的手指摸到了某样东西,我甚至没有意识到自己一直在找它——但我一感觉到那冰凉的金属,就目标明确地抓住了它。

这是一个铅做的小人,穿着红披风、头盔上顶着一排马毛,是罗马士兵的形象。母亲在它摆好姿势的手臂下穿了一些丝带,让它能够挂起来。虽然这样有些笨拙,但我小时候很喜欢玩它。我已经完全忘了这回事,可是现在,我惊讶地看着这个上了色的小塑像。它和昨天我在莱顿先生工作室里看到的那个极为相似。

"这是莱顿先生做的吗?"

父亲伸出手:"天哪,我好多年没见过了。"

我把那个百夫长①递给他,父亲将它倒过来,瞥了眼它绑带凉鞋的鞋底。

"M-D-C-唔,这似乎是罗马数字,但我不——"

父亲对罗马数字一窍不通,所以我把小人抢了回来。MDCCCLXXIV。"1874年。"②我翻译道。他的盾牌上有更多的字母,拼出了Cohortis Hadriani。我刚刚弄清楚它的意思——哈德良卫队——父亲就打了个响指。

"这一定是你妈妈上大学时候的东西。当时她差不多该毕业了。"

"就是甘兰·黑津失踪的那一年。"

"哦,我怀疑这位士兵老兄与那桩悲惨事件之间没有任何关联。"但是听起来,他似乎并不确定。

现在是说出真相的时机——让父亲知道,母亲以某种方式参与了那桩悲惨事件。甘兰·黑津摔下去的时候,母亲和她的同伴也在大钟楼。这件事令莱顿教授名声大跌。而由于某种原因,现在有人又把这一切都翻了出来。

但父亲继续翻看起新的装饰品,说话的时机已过,再说就太晚了。"我很高兴你找到了罗马皇帝奥古斯都。"他说

---

① 百夫长是罗马军团中的职业军官,平时负责训练,战时负责指挥。——译者注
② MDCCCLXXIV由罗马数字构成。MDCCCLXXIV=M+D+C+C+C+L+X+X+IV=1000+500+100+100+100+50+10+10+4=1874。——译者注

着,从我手中拿走了那个小雕像,"他可以保护我们不被丑天使欺负。"

"还有鞭子老爹。"我说,这话让父亲打了个寒战。

"盒子里还有什么?"他弯下高大的身躯,找到一个绉纸做的小丑,它的弹簧肢体晃动着。

"皮妮会把它吃掉的。"我预测,于是父亲把它放在了最高的树枝上(但这只会让它变得更加诱人)。我们沉浸在当下的欢乐中,把悲伤的记忆放在一旁。

那天晚上我无法入睡。我躺在床上,骨子里仍然能感受到钟琴那幽灵般的震动。我们离那里太远,听不到钟琴声,但我仍然在努力捕捉那顺着寒冷的夜风传来的微弱的、自动报时的钟声。这几天过得太漫长了,从莱顿先生的死到令人振奋又迷惑的钟楼参观——再到更加扑朔迷离的甘兰失踪的故事——验尸报告又把我们的思绪带回到是谁杀害了莱顿教授。

甘兰的失踪和教授的被杀是两个交织在一起的谜团,如果我能解开它们,也许就能同时解决这两个问题。然而,每当我闭上眼睛,总是会看到母亲的脸——父亲办公室的肖像照上,她在康沃尔郡考察时挥舞着鹤嘴镐的样子,或者低头修补衣物时专注的样子。

我突然坐了起来。皮妮咕哝了一声,然后伸出一只白色的爪子,试图重新入睡。但我把她推到一边,掀开了被子。被子是母亲用我们的旧衣服碎片拼成的。这儿是一块她婚纱上的条纹丝绸,那儿是一截父亲法学院的袍子。虽然我可以在黑暗中找到我要找的东西,但我还是把它拉到窗边,凑近外面的街灯。一块深色的绒布呈不对称的梯形,上面绣着一只鸽子和母亲姓名的首字母缩写:JBH。那是她的签名。

我抚摸着鸽子光滑的翅膀。母亲的肖像照上印有摄影工作室的名字。贾德森小姐的素描一角都工整地写着"艾达·J~"的字样。甚至连莱顿先生也会在他的展示品上署名,通常是在村子里的某个地方放一个代表他自己的小雕像——戴眼镜、穿围裙、手持画笔。但我今年没看到他的小雕像,因为已经有另一位艺术家代替他署了名。

艺术品。这就是我对莱顿先生的死亡方式感到困惑的原因。他像苏格拉底一样被杀害,然后尸体经过巧妙的(可怕的)摆布,构成了一幅死亡画卷——死者在作为模特进行展示。

而凶手已经在她的作品上签了名。就像母亲用她的小鸽子一样,她把自己的名字留在那里,留给全世界看。

甘兰·黑津。

8
橱窗装饰

> 尽管圣诞树的流行要感谢女王陛下和阿尔伯特亲王,但英国第一棵圣诞树的灵感来源于更早的君主。1800年,夏洛特王后觉得,用各种零散的绿枝装饰她的城堡不够高效,于是选择把一整棵红豆杉带到室内。
>
> ——H. M. 哈德卡索,《现代耶鲁节》

事实证明,我并非唯一一个做出这种疯狂推断的人。

验尸报告已在《警察公报》上发表。周二早上,各大报纸上充满了相关的谣言和头条新闻,诸如《失踪的女孩死而复生,谋杀了当地的店主》,或者简单的一句《甘兰·黑津还活着!》

"又是那个雪莱小姐,"父亲说,"推销她那些耸人听闻的垃圾报道。"

伊莫金·雪莱是《斯温伯恩论坛报》最新招的记者,也是他们的第一位女性记者。起初她写的是问答专栏和时尚专栏，她那引人入胜、富有活力的文章很快赢得了读者的青睐，也赢得了编辑的尊重。现在她负责犯罪报道，偶尔对警察和法官办公室进行严厉批评，其中也包括我父亲。

亲爱的读者，你可以说，我父亲并不是伊莫金·雪莱的忠实粉丝。他把报纸扔在一边，（不）公正地攻击起软软的白煮蛋。

尽管父亲反对，但贾德森小姐还是把报纸推到近处，大声读起文章。

店主被杀与神秘失踪案有关：
来自坟墓深处的复仇？

上周末出了一桩令人震惊的谋杀案，前教授巴希尔·莱顿在他开在商业街上的店铺中遭到杀害。如果线索属实，这似乎出于一位已故女性之手。斯温伯恩侦探科的哈迪警长拒绝发表评论。据可靠消息，现场找到的证据指向罪犯是甘兰·黑津——十九年前谜一般失踪的斯科菲尔德学院学生。那件事令莱顿蒙羞隐退。

我们想提醒读者，黑津小姐的案件从未结案。这一次，哈迪警长还会如此粗心吗？

"粗心！"我喊道，"蒙羞！她怎么能这么说教授和

警长?"

"她批评我的时候,我可不记得你有这么生气。"父亲注意到。

文章里配了一张甘兰·黑津本人的半色调肖像,一个娇小的金发圆脸姑娘,眼中透着几分淘气。我不得不匆忙咽下茶,才压制住自己的惊叫声。她是那张康沃尔郡照片上和父亲在一起的人!贾德森小姐看着我呛到的狼狈模样,似乎也意识到了同一件事。

"这很有趣。"她说,"甘兰·黑津,死而复生?这或许有可能。"

父亲咕哝了一声。

"他们从来没有找到过她的尸体。"我画蛇添足地提醒大家,"或者她的任何踪迹。那个钟琴师认为,她只是跑了而已。"

"这和'死而复生'完全是两回事。这种夸张的修辞毫无意义。"

"但它能让报纸好卖。"我指出,打断了贾德森小姐清脆的高声大笑。

"嗯,确实如此。"她赞同道,一边仔细地给烤面包抹黄油,一边继续阅读。

"今天上午你要见警长,对吗,爸爸?"

他揉了揉鼻梁:"他不会喜欢这消息的。"

我踢了踢我的椅子腿。真希望我能给他提供些什么,希望贾德森小姐和我能找到一些明确的证据，证明是谁杀了莱顿先生（某个比甘兰更不可能死去的人）。但到目前为止，我们知道的信息和警察一样少。

父亲和我郁闷地重新开始朝烤面包上抹果酱，而贾德森小姐则沙沙地翻着报纸。"我不知道您为什么还在看那报纸。"父亲嘟囔道，"她说不出什么新鲜话。"

"嗯。"她回答，"那么我想，您也不会对这周末在博物馆举办的巴希尔·莱顿纪念馆的落成典礼感兴趣。"她敷衍地咳了几声，读到：

> 莱顿教授原本做出了杰出贡献，但这场悲剧令它蒙上了一层阴影。不过，考古博物馆的一位发言人告诉《论坛报》，以莱顿教授命名的罗马不列颠文物新馆的落成典礼将按原计划进行。这个活动与斯科菲尔德学院五十周年庆典同期举行，时间为周六晚上，仅对受邀来宾开放，主要有知名发言人和当地政要参与。

"一场为莱顿先生举行的仪式？为什么莱顿太太没提过呢？"我问。

"我猜是因为她丈夫的职业让她想起了一些痛苦的回忆。也许她没有兴趣重温其中的任何部分。但我的问题是，"贾德森小姐继续说，"为什么你父亲没提过这事呢？"

父亲僵在原地，烤面包半悬在盘子和嘴巴之间。"嗯，

呃,我没有——您为什么认为,我知道内情?"

"得了,哈德卡索先生。这可是那种斯温伯恩上流人士都会被邀请参加的活动。"

"可悲的是,起诉律师并不算是斯温伯恩最可敬的职务。"他说。

"不,它是。"我反对道。父亲与法官和警探一起工作——是村里刑事司法的最高层!

"尽管如此,"贾德森小姐插嘴说,"我其实是在说海伦娜姑婆。我想,她肯定收到了邀请。"

贾德森小姐是对的。如果这是一场独家的社交活动,海伦娜姑婆肯定会通过各种手段让自己名列宴会名单。毫无疑问,她一路践踏了不少尊贵的地方政要。我咬了咬嘴唇,默默想了几个不合适的词,然后问:"你觉得她会带我们去吗?"

我送父亲去上班。我依然希望自己足够勇敢,能有勇气问他更多关于案子的问题。我有一些困扰的事情想问他——尽管他不会回答任何问题——但我却开不了口。我要问什么呢?我该怎么解释我对此的兴趣,或者为什么如此着急?

我没去问父亲,而是在蒸汽腾腾的厨房里沉思起来。厨娘在我边上,正试图教我领会英国圣诞烹饪的奥秘。今天的课程是至关重要的肉馅饼馅料,而我正在给葡萄干去核。对不起,亲爱的读者,我要说的是,这并不是《圣经》中的某种酷刑,只是用手指搓动葡萄干,将其中小小的梨形种子去除。在此之前，需要用滚水浸泡一下（浸泡的是葡萄干，不是我的手指）。

"把完美又无辜的葡萄变成葡萄干真是太可怕了。"黏糊糊的果核在我面前越堆越高，我抱怨道。

"闭嘴，小姐。你很清楚，你父亲最喜欢肉馅饼。"她将手伸向红润的额头，用手背梳了梳额前的一缕灰发。"不过，你母亲也不喜欢它们。"她承认道。

我拼命揉搓另一个葡萄干："我不记得这事。"

厨娘正在煮糖浆，那些葡萄干之后是要扔进去的。"你母亲，愿她的灵魂安息，你母亲是我见过的最挑食的人。我跟你说，她甚至很考验我的厨艺。不吃洋葱——"

"我讨厌洋葱！"我叫道。

"不可能，"厨娘完全不信，并继续列举母亲的喜好，"不过她确实喜欢这个肉馅。甚至根据自己的口味对食谱做了一两处调整，不是吗？"

"真的吗？"我试图越过厨娘去看那张沾了污渍的褪色食谱——但她用结实的肩膀巧妙地挡住了我的视线。我还不够内行，无法学到她的所有秘诀。

"现在把它们切碎，"她命令道，递给我一把看起来很凶恶的刀。看到刀的重量和大小，我就明白了厨娘为什么有如此强壮的胳膊。我听话地默默工作，听厨娘跟我回忆更多母亲在圣诞节时的故事。等我感到时机成熟时，我就稍稍地转移了话题。

"妈妈会怎么看待'甘兰·黑津还活着'的事?"

厨娘只停顿了一小会,便继续轻快地搅拌起来:"哎呀,你为什么问这样的问题?"

"您的围裙口袋里有报纸。"

厨娘本就很红的脸庞变得更红了。她掏出报纸,并用它拍了我一下。"这是用来包薯条给你父亲作茶点的。"她审慎地打量着沸腾的水果,显然感到很满意,就没再管它,来到桌子旁,站在我身边。"但报纸都到口袋里了还不读,那就浪费了。"

厨娘负责将报纸上的墨迹烫干,以免父亲不小心把它擦在衬衣或马甲上,所以我明确知道:她已经读过相关文章的每一行字。

"其实,你母亲从来没怎么谈过她的大学时代。至少没跟我说。那不太合适。但这并不代表我什么都不知道。她以前有几个同学给她写信,还有圣诞卡片。"

"同学——比如谁?有没有特别的人?您记得他们的名字吗?"有没有让她足够信任的人,信任到可以任由对方在塔顶给她蒙上眼睛?

"已经过了很多年啦,小姐。谁能记得那些?"

"您从没忘记过任何事。"我大着胆子说,"我俩都明白,那张食谱只是个幌子。"

"别那么咄咄逼人。"但我能感觉到她很高兴,"好吧,让我想一想,或许有一些线索。我甚至可能还留着她的通信簿,

不知道把它放哪了。她有一个环游世界的朋友,很了不起。总是会寄些稀奇古怪的食谱,比如仙人掌叶子泡茶之类的。"

"厨娘!谢谢您!"我出其不意地扑过去,搂住她,"我甚至愿意吃葡萄干了。"

厨娘不是那一周里我采访的唯一见证人。我还去找卡洛琳·穆加尔询问了她的调查进展。穆加尔太太已经从震惊中恢复过来,非常乐意放我们出门,去镇上进行圣诞大采购。虽然穆加尔一家是印度教徒,但他们家装饰得就像一张圣诞卡片。他们在斯温伯恩地位很高,几乎要与城里的每个人交换礼物和纪念品。因此,卡洛琳和她姐姐南内特乘着自家的马车来到我家,她们带的购物清单比圣诞老人的还要长。

我迫不及待地想要讨论这个案子,但我怕南内特会立即向她们的父母打小报告,指责我和卡洛琳的行为不像淑女。其实我不用担心,因为人人都在讨论谋杀案。我一爬上敞篷马车,刚向马车夫霍布斯打了个招呼,她们就把我拉入了讨论。

"梅朵很聪明,让我们听听她是怎么想的。"南内特直截了当地问我。她是一个身材圆润的漂亮女孩,乌黑亮丽的秀发梳了起来,还戴着一顶时髦的冬帽。"你觉得是真的吗?甘兰·黑津回来了,而且还杀了莱顿教授?"

"别傻了,普尔维①。"卡洛琳尖声喊着姐姐的绰号,"早

---

① 女性名,在印度语中意为"一种古典的旋律"。——译者注

餐时你听到爸爸说了什么。"

"是的,但你看过报纸。"南内特坚持说,"他们说甘兰·黑津这些年一直躲藏着,现在她回来谋杀了莱顿先生。这简直就是《奥特兰托城堡》①或《奥多芙的神秘》②中的情节!"南内特与我们在奇情小说上口味相同,尤其偏爱超自然和哥特元素。"她的鬼魂回来复仇了!如果她要杀掉所有与她谋杀案有关的人怎么办?"

"也许你是对的。"我在脑海中反复思考她的理论,我们沿着街道吵吵闹闹地往前。"好吧,关于鬼魂的事情不对,但关于动机的部分你说得对。卡洛琳,你能不能弄清楚——为什么你母亲当时那么紧张?"我及时住了口,以免自己问出她是否能闯入她父亲的私人办公室,去搜寻机密文件这样的话,转而说道,"还有,市长那天晚上想要干什么?"

卡洛琳迅速瞥了一眼她姐姐。"不太清楚。"她小心翼翼地说,"我觉得……可能与他们在大学时的事情有关?"

显然,她的这番推诿也一定是因为南内特在场。所以我分享了我和贾德森小姐参观大钟楼后得到的情报,并向她们两人介绍了那个秘密社团。

"哈德良卫队。"南内特出人意料地补充,"这就是那个

---

① 奥拉斯·沃波尔《奥特兰托城堡》,1764年出版,是一部关于幽灵城堡、受诅咒的家族和意大利贵族的浪漫小说。
② 安·拉德克利夫《奥多芙的神秘》,1794年出版,是另一部关于幽灵城堡、受诅咒的家族和意大利贵族的浪漫小说。

组织的名字——我爸爸曾经参加过的大学俱乐部。哦,是用拉丁文写的,唔——"她磕磕绊绊说出的话,正好也是我打算要说的。

"Cohortis Hadriani。我妈妈有一个铅做的士兵——一个罗马士兵,上面就写着这个。"

卡洛琳热切地点着头:"我们爸爸也有一个。"

"上面写着1874吗?"我问。

"用罗马数字吗?"南内特澄清道,"但我不知道它们是什么意思。"①

我坐在那里,试图把这些碎片拼凑在一起。这些小士兵是否是1874年甘兰·黑津在哈德良卫队的钟楼仪式里,因为某种遭遇而获得的可怕纪念品?"莱顿先生也有一个,和他展示品中所有的小模型放在一起。"

"我们需要查到这个俱乐部的更多信息!他们一定是杀害甘兰的人。斯潘塞-黑斯廷斯市长也在这个组织里——"

"你是怎么知道的?"卡洛琳问。

"他们每次来吃饭时都会谈论这些,总是在回忆在斯科

---

① 南内特其实比我说的要聪明得多——有穆加尔医生和穆加尔太太这样的父母,在科学上,她几乎没有可能不聪明——但她把她的智力全投入到了怎样做一名淑女,而不是严谨地去做学问。她会弹琴、唱歌,做精湛的针线活。她的行为举止无可挑剔。如果我真的下定决心要好好当名淑女,我应该拜南内特·穆加尔为师。在她的对比下,我和卡洛琳看起来就像两个无法无天的街头流氓。

菲尔德学院的好日子。上次他过来的时候也一样。"

卡洛琳和我转过头盯着她。

"怎么了?"她说,"我都听到了。唔,基本上都听到了。我去得有点晚。"

卡洛琳看起来很震惊:"在门口听人说话?这完全不像淑女的行为。"

"这当然像。不然女人又怎么能了解男人都干了什么蠢事?"我个人认为,南内特说的有点道理。

"那你打算告诉我们吗?"

南内特心照不宣地笑了笑。"哦。我没有把他们的话听全,但市长提到了甘兰。他说是爸爸当时欠他的,他知道爸爸现在不会让他们失望。"

"'他们'是谁?"我问。

"一定是哈德良卫队。那些秘密社团是终身制的。你知道吧,他们会让你发血誓。"

"普尔维!"卡洛琳生气地说,"爸爸欠市长什么?"

"我没听到那部分。"

卡洛琳和我同时哀叹起来。"或许拉鲁知道。"卡洛琳说,"你知道她是怎样的人——总是说'我爸爸这样''我爸爸那样'的。"

"我爸爸杀了甘兰·黑津?"我只是在开玩笑——但卡洛琳和南内特都惊讶地盯着我,然后这个想法悄悄进入她们心里,并扎了根。她们严肃而冷酷地接受了这个说法。

我们终于抵达商业街,南内特径直走向莱顿商店,卡洛琳和我紧随其后。"也许她重新开业了。妈妈很喜欢她家一直在卖的香橙酸辣酱,还让我们带一些蜜枣回去再做一个水果蛋糕。"她说——但这话谁也骗不了。尽管我自己考虑了一会儿,贾德森小姐会不会喜欢香橙酸辣酱。

但商店的门是锁着的,灯也关着,贾德森小姐工整书写的告示牌仍然还在原地。

"可是,这很奇怪。"卡洛琳说,"窗帘是拉开的。你能看到展示品。"

她声音有些尖锐,让我感到不安,我赶紧跑到沾了冰霜的窗前。绿色的台面呢窗帘被拉到一旁,一盏油灯在斯温伯恩村的模型上方明亮地燃烧着——有人重新摆放过了这些小人。迷你人群已经离开了甘兰·黑津的坠楼悲剧发生的地方;事实上,白雪皑皑的街道上空无一人。

"那是什么?"南内特尖声问,一根粗粗的棕色手指指着窗户。

一个铅制的小人摆在展示品中央——那是一位穿着暴露的异域女郎,身上的衣服十分垂顺。南内特做出了恰到好处的娇弱反应,一只手捂住嘴巴,脸颊涌上一片潮红。但她似乎无法移开目光。

"让我看看。"我挤进去,看了眼那个场景,立刻认出了那个迷你小人:她一头黑发,戴着精致的皇冠,手臂上套了几个金手镯,颈部挂着珠宝项圈,眼睛画着夸张的绿色眼线。她整个人被一张图案丰富的小地毯半包裹着。

"等等,那不是——?"卡洛琳开口——然后我们异口同声:

"是埃及艳后克里奥帕特拉。"

在她身旁与人工雪地形成鲜明对比的,是水井和橄榄——甘兰·黑津的签名。

半晌,南内特终于开口:"现在你怎么想?"

9
圣诞卡片

在与假期相关的所有调味品和香料（比如肉桂、豆蔻、薄荷等）中，最重要的一种是丁香。它分泌出的刺激性丁香油可以搭配各种食材，无论是柑橘、乳制品还是肉类，都能与之完美融合。这种低调的木质香料实际上是丁香树的干燥花蕾。

——H. M. 哈德卡索，《现代耶鲁节》

后来，那天下午我们没有购物（给贾德森小姐选购礼物的任务再次失败），而是去了警察局。穆加尔姐妹说服我，我该直接将这起最新的财产破坏事件告诉穆加尔医生。这总比向普通警务人员汇报要好。穆加尔医生严肃地听着这个消息，不光是对这件事，而是对整个案子的后续都没有透露出任何想法、说法或者情感。我耗尽了每一打兰①的耐心,才克制住自己,没有缠着他多分享一些信息。

卡洛琳和南内特都顺从又听话,不要求看他的文件,也没坚持让他叫援兵,我也不想让她们陷入(更多的)麻烦之中。之前我对穆加尔医生的工作感兴趣时,他经常很迁就我——但此刻,我坐在他警察局里那间整洁的办公室里,身边是他规规矩矩、漂亮优雅的女儿,我感觉自己比以往更像"病态的梅朵"。我坐在手上,这样就不会去咬手指了。我什么话也没有说。

在我们——我说"我们",其实是南内特——告诉了他展示品的事情后,穆加尔医生目光凝重地看着我们三个,说:"在这里等着。"他语气里的意思似乎是,在他回来以前,我们不许移动、颤抖,甚至连呼吸都不行。

"他肯定是去通知哈迪警长了。"我说。

南内特和卡洛琳交换了几个紧张的眼神,而我则不安地环视着办公室。阴郁的绿墙上挂着穆加尔医生的医学学位证书,还有女王殿下和首相格莱斯顿先生②的带框照片。我上次来过以后,这里又多了一张照片——是斯潘塞-黑斯廷斯市长的照片。他对穆加尔医生有怎样的影响?根据南内特告诉我们的信息,甘兰消失的那天晚上,亨利·斯潘塞-黑斯

---

① 打兰(dram),古罗马的计量单位,一打兰相当于八分之一盎司,或者 1.77 克。(顺便一提,也可以理解为 3 吩。按照你的理解来吧。)
② 威廉·格莱斯顿(1809—1898),1868—1894 年间数次担任英国首相。——译者注

廷斯很有可能就是在钟楼上的人之一。穆加尔医生是不是和我父亲说了假话,他当时是不是也在场?

桌上堆满了文件,亲爱的读者,我发誓我没有在偷窥,更别说是在调查了——但我是识字的,这是一种你没法阻止的本能。在官方文件中间,有一张折叠起来的奶白色信纸,边缘呈锯齿状。纸上是潦草的手写字体,字迹很粗,用的是拉丁文。

我下意识地滑下座位,悄悄走到写字台前,用一支钢笔将那页纸从其他文件下面挑了出来。

"你在做什么?"卡洛琳小声说。

"这是什么?"我招手让她们过来。南内特不肯动,但卡洛琳瞥了一眼周围,见四下无人,便蹑手蹑脚地走到我身边。就算把我们画成《警察新闻画刊》头版上的黑面具强盗,也不会比我们此刻的样子更加可疑。

卡洛琳打量着字条,念出上面的拉丁文:"Quæstio Repetundarum。那是什么意思?"

出于某种原因,我们看向了南内特,但她一头雾水地摇了摇头,然后挥手示意我们回到座位上,这样当穆加尔医生回来时,我们就可以装作胆小如鼠的羞怯模样。

穆加尔医生再次看向我们,眼神阴郁而疲惫。"我派了一名警察去商店。"他说,"现在我要把你们三个送回家。什么都不要对你们母亲说,我想,这点不用我告诉你们。"

我认为,这项禁令并不适用于父亲和贾德森小姐。他们听到这个消息时,也感到很困惑。父亲答应尽快将警方的报告转达给我们,但报纸却快了他一步。

第二天早餐时,我们看到了这样的标题:"甘兰·黑津再次出击!"还配有一幅插画,描绘了克里奥帕特拉的小人偶当街躺在摊开的地毯上的画面。

父亲生气地折起报纸——我没想到他会这么做,直到我目睹他把纸页翻得哗啦哗啦响,在折痕处用力压迫,然后将报纸重重拍在桌布上。我不敢把它拉过来——但还是忍不住偷偷瞥了一眼作者的名字。伊莫金·雪莱。果然是她。

"这一次,警察有发现任何闯入的痕迹吗?"我问道,"破坏者一定有悄悄进入商店的办法。"

父亲低吼了一声作为回答。

"为什么是克里奥帕特拉?"贾德森小姐沉思道,"整件事都很古怪!"

父亲猛地把椅子推了回去:"我不希望在早餐桌上听到毫无根据的猜测!"说完,他就气冲冲地离开了房间。

贾德森小姐和我礼貌地等了片刻,然后立即开始进行毫无根据的猜测。

"Quæstio Repetundarum 是什么意思?"

我的拉丁语老师透过报纸的边缘审视着我:"我记不得我为你准备的课里有这个词。"

"这个词是一张字条上的。字条藏在穆加尔医生的桌子上。"

她扬起一根眉毛:"藏起来的?"

我不耐烦地挥了挥手:"记得吗?莱顿太太告诉我们,他们曾经收到过用拉丁文写的恐吓信。这一定与哈德良卫队有关。"我从桌旁站了起来。

"你要去哪?"

"爸爸的书房。"我说,"我需要做些研究。"

这是一个调查的差事,贾德森小姐可以参与进来,她跟着我走进书房。我在书架前站了很久,皱着眉头,不确定要从哪里开始找。"也许该找本词典?"她建议道。

我很容易就找到了,因为那是我喜欢的一本书:《拉英大词典》①。

虽然我知道quæstio的意思是"问题",但我还是从那个词开始查起。"'一次寻求'。"我用手指划过页面,进行着自己的quæstio,"'一个询问'。"我抬眼看向贾德森小姐。"一项调查。"

"继续。"她说,声音轻柔但急切。

Repetundarum的意思没那么容易弄清楚,但在我们又翻阅了几本教科书后,对字条的内容有了一些模糊(非常模糊)的理解。罗马法庭的Quæstio Repetundarum②审理敲诈、

---

① 查尔顿·T. 刘易斯和查尔斯·肖特合著,全称为《拉英大词典——修订、扩充、大幅度重编自安德鲁斯版弗伦德拉英大词典》,1879年出版。我们通常称它为《拉英大词典》。

② 或者写作Quæstio de Repetundis,这取决于句法。

勒索和腐败案件。

我皱起眉头:"那么,这是一封勒索信?可勒索信不该提出某种要求吗?"

"这肯定算不上什么有用的线索。照理说,送信人认为,收信人会意识到信的重要性。"

我叹了口气。又一个只有死人才能回答的问题。

死人——或者说,穆加尔医生。或许,我更容易从母亲或者甘兰·黑津那里得到答案。

不过,并非所有线索都断了。那天下午,厨娘得意洋洋地拿出了一封遗失已久的信件,那是母亲的"大学好友"寄来的,过去一直被夹在《比顿夫人的家政管理书》中当书签。那本书是海伦娜姑婆送的另一份礼物(她偏好送能让人自我提升的礼物)。当厨娘发现信件的藏身地时,她轻蔑地哼了一声。藏在这种地方,难怪那么久都没被找到。厨娘和母亲都不太热衷听比顿夫人的建议。厨娘找到的是一张手工制作的圣诞卡片,上面粘贴着一个雕刻出来的沙漠场景——骆驼在庙宇的废墟间穿行。

"埃及?"贾德森小姐翻来覆去地看它,"圣地?也许那是指东方三博士。"

"但这里只有两个人。"信封不见了,除了一张寥寥几字的潦草便条,几乎没有其他证据。

亲爱的Columba,圣诞快乐!恭喜你结婚了!爱你

的诺拉。P.S. 我在意大利见到了大卫。一切安好。

它并没有透露太多信息，也没有写日期——但这比我们之前了解的内容要多。"诺拉和大卫。"我大声说。

贾德森小姐的眼睛闪闪发光。"诺拉和大卫。"她回答。

我们重新开始挖掘父亲的书房，并找回了母亲那本薄薄的斯科菲尔德学院年鉴。

很久之后，在翻阅了数不清的学生名单后，我找到了一些线索。"大卫·卡迈克尔先生，1874届毕业生。诺拉·卡迈克尔小姐，大二。"

"兄妹俩？"贾德森小姐推测，"这并不能说明他们是否是那个秘密社团的成员，是否参与了钟楼仪式，或者与黑津小姐的失踪有任何关系。"

"他们两个都读过古典学。这意味着他们很可能都是莱顿教授的学生。"我翻阅着，"就和妈妈一样。还有甘兰·黑津。"以及学院里的几乎每一个学生。我叹了口气。

贾德森小姐沉思道："Columba 是拉丁文，意思是'鸽子'。这很可能是那种私下的昵称，是秘密社团中最亲密的成员会喊的称呼。我们目前知道有多少人在这个社团？五个？你觉得谁是第六个？"

我看着手册，几乎每一行都有我认识的名字跃入眼帘，我害怕我知道些什么。我掰着手指数了数："甘兰、妈妈、诺拉、大卫、斯潘塞-黑斯廷斯市长。还有穆加尔医生。"

贾德森小姐伸出手,把书压低。"这是一个相当具有煽动性的说法,"她说,"你有什么依据吗?"

这就是问题所在——除了传闻、流言和推测之外,什么证据都没有。

在制定下一步计划时,我试图说服贾德森小姐接受我对犯罪的推论。或者说,是我心中的主要嫌疑犯。市长有机会杀死莱顿教授,而且谁都有可能接触到毒参。我记不得它是否属于需要签字才能获得的管控毒药①,但它在英国的乡间随处可见。

"十二月没有毒参。"她指出,"而且他的动机是什么?"

"掩盖甘兰的谋杀案。"我说。她转向我,手里拿着粉笔,脸上带着怀疑的表情。

"那他掩盖这件事的动机又是什么?"

我将铅笔戳在报纸上。"我还在研究这个问题。"我嘟囔着。

"如果不考虑你那个推论,"贾德森小姐说,"接下来要怎么办?"

"我们必须去参加钟琴演奏会。杀了莱顿教授的人肯定会在那里。"

---

① 1868年的《药房法》中,毒参没有被明确提及。但从技术上讲,它应该属于"植物生物碱"类别。法律通常并不像人们所希望的那样具体。("这就是我们需要律师的原因。"父亲补充说。)

"凶手不会去以莱顿教授名义举办的活动吗?那个活动在同一时间,地点在小镇另一头的博物馆。为了能去参加,我花了整整一个下午,说服海伦娜姑婆把她的门票给我们。请解释一下,你为什么断定凶手一定会去大钟楼,而不是博物馆。"

我轻轻嘟囔了一声,因为她说的完全没错。两个场地都同样有可能吸引凶手。我们为什么不能同时在两个地方呢?

贾德森小姐研究着报纸上关于博物馆盛会的通知。"这两个活动有些重叠。如果我们非常高效,并且电车时刻表也很配合,勉强能把它们都安排进去。"

电车时刻表很配合,但其他一切都不顺利。到了周六下午,我的两个案子都没有任何进展。这主要是因为贾德森小姐给我布置了一堆毫无意义的作业,比如希腊语的动词变位和拆裤脚的活①。

"我想爸爸不会来了。"我在窗前烦躁不安,"我们要迟到了。"

我向窗外的街上投去一瞥。父亲放弃了练习莫里斯舞,去了办公室。这表明:为解决莱顿先生的谋杀案,每个人都压力重重。

"我们只能不等他先走了。"贾德森小姐说——我在她的声音中听出了一丝失望,"唉,我还以为他能享受一个休闲

---

① 我终于长高了一英寸,我最好的那条裙子现在太短了,不够淑女。

的晚上。"

我们回到斯科菲尔德学院,大钟楼在冷清的暮色中发着光,宛如一支孤独的蜡烛。在下方的公共区域,几把椅子零星摆放于白雪覆盖的草坪之上,一群人乱哄哄地在椅子中间走来走去。我在其中看到了一抹熟悉的亮粉色,向普瑞希拉挥了挥手。她迅速走过来,粉白相间的裙摆摇曳着,就像一根行走的薄荷棒棒糖。

"这真令人兴奋,不是吗?"她欢喜地握紧双手,"在一个闹鬼的钟楼里举行音乐会!"

"它没有闹鬼。"我说,但她只是对我眨了眨眼睛。

"在《梅贝尔·卡索尔顿与秘密社团》中,它就会闹鬼了!"

"你敢!"贾德森小姐说,"对我们来说,伊莫金·雪莱的故事版本已经够麻烦了。"

普瑞希拉记得这个名字。"她性格很火爆,不是吗?即使是在奇情小说作家中,她也相当臭名昭著!我听说,有一次,为了调查一个利物浦的走私团伙,她伪装成码头工人,并与他们一起被逮捕了。她在监狱里待了一周都没被人发现她是个女人!"

"不知道她要在斯温伯恩做什么。"贾德森小姐说,"肯定有比我们这里的小事更大的事件。"

"谁能抵挡一个未解之谜的魅力?"普瑞希拉指着因为音乐会而聚集的人群,我能明白她的意思。

"我们去座位上吧。"和其他人一样,贾德森小姐在分散的椅子前犹豫不决,试图理解这奇怪的座位安排。

"我知道我来英格兰的时间不算长,但这是符合规范的吗?"普瑞希拉说。椅子——许多漂亮的折叠太阳椅随意地散布在草地上。

"不,"贾德森小姐皱着眉头说,"不是。"她尖锐地瞥了我一眼,掏出她随身携带的素描本——这次是个小本子,适合放在女士最不实用的包:手提编织袋里——迅速地勾勒出座位的布局。我没有等她画完素描。我有一个更好的主意。

我朝着大钟楼跑去。钟还没有敲响,但我能感受到它们那幽灵般的颤动回荡在我脑海中。

门口站着一位双臂交叉的绅士,看起来像火车搬运工,我必须从他身边经过。"小姐,音乐会结束之前,这里禁止进入。"

"我是——莉亚小姐的助手,"我即兴发挥,"我帮她翻琴谱。"这听起来很合理,不是吗,亲爱的读者?

"那你最好快点上去。"他责备地看了我一眼,嘎吱一声打开中世纪的大门。

这里甚至比之前更黑,更闷,但我噔噔噔地越走越高,胸口喘着粗气,一路跑上控制钟琴的平台。那里有一扇小小的箭缝窗俯瞰着观众,我把脸贴近窗口。

"梅朵?你来了!"

我转过身,一颗心怦怦直跳——因为一路的攀爬,因为内心的惊讶，也因为下方的场景。莉亚站在琴键盘室门口，穿着她带流苏的蓝色短外套。"怎么了？"她说。

我上气不接下气，说不出话来，只是指了指外面。

莉亚从我身边走过，往箭缝窗外张望。窗口一次只能容下一个人，但我清楚地知道，她会看到什么：那些前来聆听大钟楼近二十年来的第一场音乐会的观众，以及雪地里摆放得杂乱无章的椅子。只不过，它们一点都不杂乱。

从高处俯瞰下去，它们拼出了甘兰的名字。

10
农神节

　　圣诞节的一个古老前身是罗马的农神节庆典。庆典为期好几天,人们狂热地供奉着农神萨图尔。庆祝活动包括盛宴、赠礼、关闭公共机构以及颠覆正常的社会秩序:主人侍奉奴隶,人们放弃传统身份,纵情狂欢,这在一年中的其余时间很少会被容忍。

——H. M. 哈德卡索,《现代耶鲁节》

　　莉亚盯着椅子看了好一会儿,然后转过身。"哦,"她说,拧着袖子上的流苏,"我以前没见过这样的事情。"

　　她还没有意识到事态的严重性。"有人在试图威胁你。也许是为了阻止你表演。"或者更糟。

　　"哦,我认为不是这样。他们只是在纪念甘兰。这种事情经常发生。只是大学生的恶作剧,仅此而已。"

　　"但是莱顿教授——"

"那是个可怜人。"莉亚的眼中充满同情,"但我不害怕。当然不怕甘兰的鬼魂!"她轻松的笑声听起来有些勉强。"要我说,这里需要一点巴赫。"

在琴键盘室里,她猛地打开一个橱柜,拿出一张乐谱。"这不在今晚的节目单上,但似乎很应景。"乐谱的名字叫《D小调托卡塔与赋格》①。"你是想留下来吗?其实你在下面能听得更清楚。"

"我认为我不应该离开你——"

"说什么呢,我很安全。周围有几十个人。我能出什么事?"

甘兰出了什么事呢?但我能感觉到,劝说她是没有用的。我不情愿地回到了地面。或许门口的守卫对我的失职感到奇怪,但他什么也没有说。

当我回到下面的人群中时,我没有看到贾德森小姐的踪影。不过,我很容易就找到了普瑞希拉。"艾达去找卫兵了,"她解释说,"但是——"

她没来得及把话说完。当观众们仍在试图找座位时,一阵激动人心的音乐如瀑布般降临——这突如其来的音乐让每个人都急忙坐下,仿佛是"抢椅子"游戏的古怪变种。我最

---

① 这是一部复杂的音乐作品,显然是为了展示音乐家灵活的手指(托卡塔),之后跟着一段乐章,至少同时演奏两个独立旋律(赋格),最终共同迸发出多重强烈的琴音。

终坐在了普瑞希拉身旁,位于"甘"字的底部(我是这么认为的)。

"这不是鬼做的。"我对她说。

贾德森小姐在我对面坐下,等着我在音乐的间隙给她汇报情况。莉亚选择的曲子是一连串激荡的巴洛克音符,听起来确实像在召鬼——或者驱鬼。观众们时而陶醉,时而迷茫。不止一个人抿着嘴唇困惑不已,因为这音乐和圣诞节的氛围并不相符。

贾德森小姐偷偷在人群中指了指。一行人就站在大钟楼底部,显然是学院的代表。莉亚演奏完《D小调托卡塔与赋格》之后,贾德森小姐悄悄对我说:"音乐委员会的一位女士告诉我,这些椅子是今天下午场地工作人员布置的。但没有人检查过他们的工作,所以她不能确定是他们做的,还是之后有人重新来摆放过。"

"莉亚会有危险吗?"我问。

贾德森小姐皱起眉头:"大钟楼只有一条进出通道,门口还有个守卫。我让他们找人陪她回家。"

"那个守卫能有什么用?"我说,"他刚才放我进去了。"

"你在人群中有看到可疑的人吗?"

"没有。"我叹了口气。市长不在这里,也没有人随身携带橄榄枝和一叠恐吓信。每个人看起来都像是普通又无辜的斯温伯恩村居民,只是来这里参加一个节日聚会而已。

"那是他们想让你这么以为。"普瑞希拉插嘴道,但她的话毫无帮助。

莉亚音乐会的其余部分——无论我们能留下来听多久——平稳地度过了。她的音乐很优美。黑暗笼罩着学院的场地，轻盈而潮湿的雪花开始飘落。与此同时，悠扬的旋律穿越夜空，听起来像是一辆幽灵雪橇划过天际，召唤来了雪花、天使和各种各样的假日奇迹。但到了最后，我们开始为下一场活动焦虑起来。

"你们俩先去博物馆吧，"普瑞希拉说，"我会关注这里的情况的。而且我也会回来观看午夜场的演出。"

我情不自禁地打了个寒战。不知为何，我总觉得灾难最有可能发生在那个时候。

"别担心，"她保证说，"我不会一个人来的。"

我们只好妥协。

我向莉亚挥手告别，尽管我知道她看不见。我跟着贾德森小姐离开塔楼，钟声在我们的身后响彻云霄。

对于两位身着华丽晚礼服的年轻淑女而言，在夜晚的雪地里步行去博物馆实在太远。因此，我们得搭乘电车返回镇上。考古博物馆位于距离法院和警察局几条街的地方，外观庄严、令人敬畏，你绝不会想让你的骨头永远留在此地（大多数情况下，"永远"只是一个神话——在死后尸骨被转移的人，数目比你知道的更多）。它有着深色的砖墙、小小的窗户、一个下雨时会咚咚作响的铅屋顶、一段狭长的楼梯——人们最好在上面挂个"禁止入内"的牌子，以免有人认为这些楼梯是欢迎人们去挑战、去攀爬的。

然而，建筑内部的情况又大相径庭。建筑通往一个大厅，巨大的石墙上挂着佛兰德挂毯和中国屏风——有十块或者十一块，全描绘着著名的皇帝及其在战斗中的胜利场景——还有在美洲发掘出的恐龙骨骼。沿墙设有玻璃展柜，每个展柜都陈列着一件保存完好的物品：一把土耳其刀、一顶带坠饰的金色希腊头饰、一尊斯芬克斯的大理石小雕像——不是在埃及的那种狮身人面像，而是一个长了狮爪和翅膀的女人。我想皮妮会喜欢的。

"市长在那里。"贾德森小姐说，她的目光在众人间徘徊。我在人群中寻找着斯潘塞-黑斯廷斯家的其他成员，但他家的女眷们似乎都没来参加这样一个沉闷的学者聚会。穆加尔一家也没来，显然，"出现在公众场合"并不是斯潘塞-黑斯廷斯市长向哈德良卫队请求帮忙的内容。

"我们应该跟踪他。"

"我们不该这样做。"

我没有看到可怜的莱顿太太，她不在穿学士服的男士们（还有一位女士）中间，也不在穿晚礼服的绅士们以及穿各种款式礼服的女士们中间。事实上，我很难想象她在这里的样子——她平时都穿实用的棉质常服，永远围着围裙、戴着整洁的帽子，我很难想象她会穿除此以外的任何衣服。事实上，我更难想象莱顿先生在这里的样子。虽然在他们认识甘兰·黑津之前，一定参加过许多这样的活动。

然而，我的视线被一个人牢牢吸引。那是一个我完全不认识的美女，她身材娇小、黑发黑眼，穿着闪亮的金色礼服，戴着长手套，正弯腰站在一个玻璃柜前，欣赏着里面的物品。她身上有一种令人讨厌的熟悉感，尽管我确信自己从未见过她。

我不由自主地离开贾德森小姐身边，朝她的方向走去，并肩站在柜台的两侧。柜子里是一个造型大气的高脚杯，用捶打过的青铜制成，倾斜的侧面雕刻着复杂的图案。它在岁月中变得斑驳、坑坑洼洼、破旧不堪，还缺失了一个把手，但这无损它的华丽。我的目光沿着它壮观的线条，一路从杯身看到底座，读着基座上的卡片：

农神节圣杯
公元四世纪，罗马不列颠。
于1873年在康沃尔郡莫里尔发现。
由斯科菲尔德学院的巴希尔·莱顿教授提交。

"康沃尔郡！"我声音太大，太急切了。那位女士透过玻璃看着我，微微一笑。她比我一开始想象的要老，眼角带着皱纹，还有一些白发。

"你知道农神节吗？"她的话温和又流畅，甜美如同焦糖，"罗马冬至的节日，纵情狂欢的庆典。"她绕过展柜，朝我伸出手："我是诺拉·卡迈克尔。"她说得就好像我应该知

道她是谁一样——但我惊讶地把手缩了回去。

"您是我妈妈的朋友!"我脱口而出,结结巴巴地介绍着。

她那引人注目的脸庞像灯笼一样焕发出光彩。"难怪,"她喃喃道,"我们叫她Columba。我们的小鸽子。你看起来非常像她。梅朵,多么贴切。"

我不确定她是什么意思——但我有太多问题,无从问起。在我能想出明智的问题之前,一位博物馆的馆长走过来,引起了卡迈克尔小姐的注意。

"我得走了。但你待会儿一定要来找我。我们有很多话能聊!"她露出斯芬克斯一般的微笑,迅速离开。

我不知道卡迈克尔小姐要邀请我做什么。

也不知道接受她的邀请是否明智。

她离开时,我被人群冲散,听到一个低沉的声音在热情地问候我。

"哎呀,这不是梅朵小姐吗!"我转过身,看到一个身材高大的秃顶男人,穿着黑色外套,打着领带,浓密的黑色小胡子一抽一抽的。"没穿制服就认不出我了?"

"哈迪警长!"我想去拥抱他,但在这样的场合拥抱很不专业。"您在这里做什么?有案子要处理吗?"我偷偷瞥了一眼人群,"所有的嫌疑人可能都在这里。"

他咯咯笑起来:"看来你今天晚上没有休息。"

我觉得自己脸颊红了:"您相信是爸爸派我们来的吗?"

"啊,别管我怎么想。"他说,"我太了解这类案子,它会让你心神不宁。那个女孩消失的那一夜，我到现在都历历在目。"

"您参与调查了甘兰·黑津的失踪案？"

哈迪警长的笑容很疲惫："每个老警察都有一桩让他们心烦意乱的悬案。而我的就是甘兰案。"

"您才不老，"我反驳道。尽管严格来说，他的小胡子看起来确实比我记忆中的更加灰白。也许是警察的工作太过劳累。"那您一定调查过我妈妈。她是仪式上的另一个参与者。"

他吃了一惊："那居然是你母亲？"

"她曾经是嫌疑人吗？"他停顿的时间太长了，我追问道，"您可以告诉我的。"

"我会告诉你的。"他发誓，"但她不是。她一直被蒙着眼睛，什么也没看见。"

"您相信她吗？"

"当然相信。梅朵小姐，你怎么会变成这个样子？你为什么认为你的母亲——愿她的灵魂安息——会卷入那样的事情？"他勉强笑了笑，"你和老警察待在一起的时间太长了，你都开始怀疑自己的母亲了。"

他友好地捏了捏我的肩膀，然后向前走去——我想要相信他。但他并不是真正了解她。

也许我们都不了解她。

我任由人群推着我走，最终来到宽大的石阶底部。附近有一个大瓮，里面种满了一品红——摆在我最喜欢的两个人

之间。

贾德森小姐已经悄悄走到我身边，而顺着楼梯下来的，正是我们的好朋友罗伯特·布莱肯尼先生。他身穿黑色燕尾服和洁白的马甲，看起来十分英俊。

布莱肯尼先生的胳膊挽着一位年轻的女士，她身穿一袭天鹅绒紧身裙，戴着眼镜，浅褐色头发随意地扎起。

"史蒂芬！"布莱肯尼先生叫道，他喊的是我。他几乎把女伴一路拽下了楼梯。她用戴了手套的手紧紧拉住他，制止了他的冲动。

不知为何，我僵硬地站在原地，紧紧依偎在贾德森小姐的身边。

"布莱肯尼先生，见到你真是太好了。"贾德森小姐随后向那位女士伸出手，"我是贾德森小姐，这是梅朵·哈德卡索。"

布莱肯尼先生的女伴露出一个狡黠的微笑，让我想起了狐狸。"你好，我是伊莫金·雪莱。看来你认识我的同事，布莱肯尼先生。"

布莱肯尼先生和我的反应几乎一模一样：我们都惊讶地看着雪莱小姐。她是父亲在报纸上的宿敌[①]！

[①] 如今，这个美丽词汇的地位有所下降。宿敌（nemesis）这个词是希腊神话中的复仇女神。现在它的意义已经大不相同，而雪莱小姐显然与女神毫无相似之处。

"同事,是吗,雪莱小姐?"他听起来有些受伤。

"你现在去当记者了吗?"我问他。

雪莱小姐爆发出一阵大笑。"才不是呢。我们只是让他装装样子而已。"她捏了捏他稚气的脸颊,让他的脸涨得通红。

"你喜欢《最后一案》吗,史蒂芬?我简直不敢相信——"

"停!"我用手捂住耳朵,"我还没看呢!"

"是的,我们最近在忙别的。"贾德森小姐说。

"哦,别费心去读了。"雪莱小姐说,"那很糟糕。你真该看看我们报社收到的愤怒信件!我只能告诉妈妈,我们不能刊登那种脏话。"她摇了摇头。"罗比,给我拿杯饮料,我和贾德森小姐还有梅朵聊会儿天。"我从她的声音中感受到了明显的危险。而且我还没有忘记,她最新一篇文章是怎么写我爸爸的。

"史蒂芬,贾德森小姐,你们哪儿都别去。我可以解释一切。呃,不是一切。呃,其实,我也不能说什么,所以别问了。但你们要小心。"

"罗比。"

"饮料!好的!"布莱肯尼先生晃着一头金发,大步离开。

他一离开,雪莱小姐就开始采访。"你发现了莱顿教授的尸体?"她的提问打破了所有的礼节规范。在任何其他情

况下,我本来是会钦佩她的。但不知怎的,现在我无法使自己产生这种感觉。

贾德森小姐打量着她,试图弄清楚一些事情:"那是个悲伤的早晨。"

"可惜莱顿太太今晚没能过来。"雪莱小姐环顾着聚会上的人,"但我看到老朋友们都在这里。反正,剩下的也就那么几个人。"

"你这是什么意思?"我问。

"哦,那就对了。"她说,"你是其中一个人的女儿。是林当小姐,对吧?我想,她今晚也没有来,因为是你的女家庭教师陪着你来的。"

"她已经去世了。"我冷冷地说。

雪莱小姐将她那清澈的褐色眼睛转向我。"真有意思,居然会发生这种事情。"她低语道。这些话本该是侮辱性的,但却让我后背发凉,一阵战栗。

"我想你最好解释一下。"贾德森小姐说。

雪莱小姐非常乐意向我们解释。她用戴了手套的手指(戴手套无疑是为了遮掩墨迹)轻轻数着。"甘兰·黑津,"她说,"然后是大卫·卡迈克尔——哦,是的,阿尔卑斯山的一场登山事故。然后是杰迈玛·林当。现在是莱顿教授。下一个是谁,你猜猜?"

"为什么会有下一个?"我惊恐地说。

"甘兰·黑津还活着。"她说,回应着她自己起的轰动性标题。

"你这是凭空捏造!"

雪莱小姐摇摇头:"我只是把人们说的话写下来而已。问题是,他们为什么要这样说呢?"

尽管我不情愿,但我必须承认她是对的。

我没有机会再问她更多的问题——谢天谢地,她也没有机会再问我——因为一位杰出的博物馆研究员走上台阶,开始了演讲。

"女士们、先生们,今晚很感谢你们不畏严寒,来这里纪念斯温伯恩的一位伟大人物。他在上周意外辞世,令大家十分悲痛。"

随之而来的是一片肃穆的沉默,雪莱小姐紧张地观察着人群。她在寻找什么?她在怀疑什么?她似乎在等待某件事发生——这样她就能亲自见证并记录下来。

悲伤转瞬即逝,博物馆馆长再次抬起头,露出灿烂的微笑:"我们会怀念我们的朋友和赞助人:巴希尔·莱顿,感激他为学术和博物馆做出的贡献,以及他晚年为这个村庄所做的服务。这里人人都知道莱顿商店。店里有镇上最好的巧克力!"他拍了拍他圆滚滚的肚子,引得观众哄堂大笑。

"我希望听到大家讨论,并且铭记巴希尔·莱顿的这些事迹。"他继续说,"记住他给斯温伯恩的所有人带来的幸福。无论是古板的老学者还是上学的儿童,都能在他那里获得快乐。事实上,我们今晚在座的各位中,就有一位深受影

响。她几乎不需要任何介绍,因为她作为一名考古学家,取得了举世闻名的成就。正是她和几位朋友共同发现了农神节圣杯,那是考古博物馆最优秀的珍宝之一。请和我一起欢迎诺拉·卡迈克尔小姐!"

卡迈克尔小姐走上讲台,裙摆摇曳着。"朋友们,"她的嗓音宛如熔金,"你们今晚不是来听我说话的。你们是来向一个人致敬的,所有认识他的人都爱戴他、尊敬他——"

"并不是所有人。"那是雪莱小姐的声音。

"——我欠他一份永远无法偿还的恩情。莱顿教授是我的老师、我的指路人、我的灵感源泉。他教我如何握住铲子和刷子,如何确定骨头碎片和陶片的年份。他揭露了过去的奇迹,并向我展示通往我未来的大门。没有他,就没有我所有的成就——埃及的梅莉塔提石碑和赫利奥波利斯莎草纸,或者我们自己的农神节圣杯——"她抬起手,指向橱窗里的高脚杯,"那是我第一次感受到,挖掘过去是多么激动人心……没有他,这一切都不会发生。"

"但他作为研究我们历史的学者,留下的财富远不止于此。在莱顿教授之前,考古学并不是我们今天所研究的现代科学,而是被一群寻宝者、掠夺者、追名逐利之徒和坑蒙拐骗之人所占据的领域。在他的帮助下,考古成为一门职业,极大地推动了学术研究,令我们能重新书写我们岛屿的历史。女士们、先生们,我要向你们介绍巴希尔·莱顿古代不列颠纪念馆!"她像法老一样双手交叉在胸前,鞠了一躬。

整个房间充满掌声。

甚至连雪莱小姐也在轻轻鼓掌,一只手握着香槟酒杯。"她确实知道如何讨好观众,不是吗?哦——很抱歉,我得去找市长了,不然他就要溜了。那个人就像条鳗鱼一样。"

人群涌上楼梯,前往纪念馆,而我留在原地。我最想看到的东西就在这里——那个在康沃尔郡发现的罗马高脚杯。我确信,它一定与我在商店里发现的母亲的照片有关。我意识到照片是在考古挖掘现场拍摄的,心中一阵激动。我母亲,一位考古学家?

卡迈克尔小姐也留了下来。"真惊人,不是吗?"她的手掌隔着手套贴在玻璃上。"我永远不会忘记那一天。我们在康沃尔郡的最后一天。每个人都说,罗马人在那里几乎没有留下任何痕迹,我们永远不会有重大发现——但是莱顿教授知道,我们会证明他们错了。你知道吗?"她继续说,"在我们找到这个杯子之前,他几乎失去了他的职位。他的反对者声势日盛,他们宣称,他想在康沃尔郡发现罗马文物简直是白日做梦。"她小幅度地挥了挥手,仿佛在驱散烟雾。"但是我们——教授、你的母亲、大卫——我们所有人,证明了他们是错的。"

我试图把这些零碎的信息拼凑在一起:"妈妈帮助挽救了莱顿教授的事业?"

她伤感地叹了口气:"但是这并没有持续太久。"

"因为甘兰。"

某种情绪从卡迈克尔小姐脸上一闪而过——但速度太快,我无法辨认。"可怜的甘兰。"她说,"可怜的莱顿教授。瞧瞧我们都变成了什么样子。"

我突然很想知道,雪莱小姐对此会有何评价。"情况并没有那么糟糕。"我说,"您成了名人,事业有成。斯潘塞-黑斯廷斯先生现在是市长。"我内心默默补充——即使在还没成为市长的时候,他就已经很成功了,斯温伯恩的各个行业都有他的投资。我发现自己有点后悔——只有一点点——后悔在过去几年里,我没有更仔细地听拉鲁的吹嘘。

"这全归功于这个高脚杯。"卡迈克尔小姐拍了拍橱窗,"它巩固了我们的声望,使那一切——那糟糕的一年——都变得有了价值。"她似乎陷入了回忆。"不过,我能明白你母亲为什么离开。为什么她必须离开。大卫也无法接受这事——以那种方式失去甘兰。他爱她,你知道吧。但是他已经毕业了,而我决定坚持下去,看看我能走到哪一步。"她仰望着格子天花板,凝视着挂毯和雕像。然后她看着我,伸出手——摸了摸我的头。这并不可怕。"你母亲做了个好选择。看看你。她一定很幸福。"

我心中一紧,咬着嘴唇,几乎无法点头。我知道我有问题要问,要调查一起谋杀案,要解开一个更古老的谜团,而我正在和一个关键的证人交谈。但是,亲爱的读者,在那一刻,我想做的就是站在那里,听诺拉·卡迈克尔跟我谈论我的母亲。

11

循环论证

> 没有一种英国圣诞传统比威尔士的"马里·勒威德"更有画面感了。在这项传统活动中,一匹骷髅马——装饰着头骨和白床单——会从一扇门被带到另一扇门。狂欢者们进门前需要比赛唱歌。关于这项娱乐活动,没有人征求过马的意见。
>
> ——H. M. 哈德卡索,《现代耶鲁节》

当我再次赶上贾德森小姐时,她已经和雪莱小姐手挽手了,一脸不满的布莱肯尼先生拖着脚步跟在后面。我从未见过他情绪不好的样子,如果是雪莱小姐惹他生气了,那我就更讨厌她了。

"我们必须跑快点。"雪莱小姐说,"我得见一个提供消息的人。"

"这么晚吗?"布莱肯尼先生皱着眉头看着手表。

"新闻永不眠。"她说。

"晚安,史蒂芬。"布莱肯尼先生握了握我的手,我们分道扬镳。

"我不喜欢她。"我们走出他们听力范围时,我说。(或许,我说得稍微早了一点。)

"我想象不出原因。不过关于雪莱小姐和布莱肯尼先生,我确实发现了一些有趣的事情。"她补充说,"非常有趣,真的。"

我酸溜溜地看了她一眼:"你到底发现了什么有趣的事?"

"你是侦探。你自己去弄明白吧。"

这让我更加生气了。

博物馆的人群逐渐散去,贾德森小姐和我留了下来,欣赏着农神节圣杯。卡迈克尔小姐并没有夸大对"纵情狂欢"的描述。高脚杯上描绘的人物参与了各种不当行为,我很惊讶博物馆居然没有在这个东西上遮一块黑布,以保护参观者的脆弱感受。

然而,贾德森小姐似乎并不感到震惊。她现在正专心绘制这只高脚杯,努力捕捉它的每个细节①。

"你母亲找到了这个。"她说,我对她这种不得体的兴趣挑了挑眉毛,"她曾亲手拿过它。"

---

① 每个细节,亲爱的读者。

我也不太喜欢那东西。腐蚀雅典青年。我知道我对古代历史产生了混淆。我以得到南内特认可的恰当姿态耸了耸肩，将贾德森小姐留在原地研究她的农神节狂欢者，然后漫步上楼，去新展馆。

在砖石拱门内，有一个巨大的立体模型，我以前参观博物馆时见过。和我们餐桌一样大的平台上覆盖着起伏的青山，一长条蜿蜒的防御石墙如蛇一般穿过。罗马百夫长的小人巡逻着灰色的垛墙、炮塔和城门——那些小人是母亲和穆加尔医生的哈德良卫队战友。任何英国学生都能立刻认出这个模型：哈德良长城，它横跨英格兰北部，是文明的罗马帝国南部与野蛮的蛮族部落北部之间的边界线。

现在，我也认出了它的另一个特点。这显然是莱顿先生的作品。我俯下身，更好地欣赏它。还有谁会建造如此精致又可爱的小型景观模型呢？迷你的村民中，有些人穿着编织精美的长袍、束腰外衣和擦亮的盔甲，而那些在另一边的人，则是用动物皮毛和方格土布覆盖他们涂了颜料的皮肤。我凝视着这些站在人造灌木丛和精心打造的火坑中的小人，我可以想象母亲的铅制士兵在他们中间的样子——他站在那座瞭望台上当岗哨，或者从那条小溪里取水。

怪不得莱顿太太今晚不想过来。她可能无法忍受她丈夫的又一个模型被破坏，也不想承受某个人在模型上摆放橄榄和许愿井的风险。

我听到有脚步声走来，抬头一看，是卡迈克尔小姐。这

是我向她提问的好机会。我从哈德良长城的模型边后退，但她身后跟着斯潘塞-黑斯廷斯市长。她半推着他进入了一个隐蔽的壁龛。

显然，为了我的良好品位，也出于礼貌的行为，正确的做法应该是让他们知道我在这里——特别是如果他们打算在这样的公共场合，进行某种……农神节的行为！但我没有现身，而是僵在原地，躲到了巨大的立体模型后面。与此同时，诺拉扯开她的手提袋，冲市长挥舞一张折叠的字条。

"这是你的恶作剧吗？"

市长扔掉便条，像被它咬了似的："我从没寄过那个。"

"哦，好吧，那一定是甘兰干的。"她的声音充满讽刺。

斯潘塞-黑斯廷斯市长发出一声压抑的呜咽："我们该怎么办？"他在宽敞的走廊里绞着双手，踱来踱去。他的三角帽滑了下去，他把它推回去——然后帽子又滑了下去。

"振作点！"卡迈克尔小姐那悦耳的声音变成了低声的咆哮，"会被人注意到的。"

"但是——她不可能回来——不可能是她。我以为大卫会解决好她！"

我咬紧牙关，竭尽全力不发出一点声音。

"他确实解决了。然后我解决了大卫。冷静点。只是有人想吓唬我们而已。"

"有人谋杀了教授。"他说，"我没有产生幻觉。如果不是甘兰，那会是谁？"

"我不知道。也许是你那渴望权力、贪得无厌的妻子。你想过吗？或者是他的妻子，受够了乏味的生活，不甘心只当个小店主。如果他把我困在那种命运中，我早就杀了他。"

卡迈克尔小姐刚刚侮辱了斯潘塞-黑斯廷斯市长的妻子（并指控她犯了谋杀罪），市长本该觉得受到了冒犯，但他看起来并没有那样觉得。他的反应甚至还没有我为可怜的莱顿太太打抱不平么激烈！

他似乎正在脑海中思考着什么："或许……或许是维克拉姆。"

穆加尔医生！他怎么能这么说？

卡迈克尔小姐漂亮的脸上露出了一丝敏锐的表情。"你说得对。我看到他今晚没来。他仍然在逃避他的责任。没关系，我明天一早就离开这里。要是我再也不必踏足这个冰冷又偏僻的小地方，我会很高兴的。"她朝着想象中的太阳伸长优美修长的脖颈，"我随时都愿意去帝王谷①。"

市长紧握着卡迈克尔小姐戴着手套的胳膊："你不能又把我丢在这里独自应付这种事。我有圣诞舞会要筹备。"

"你有圣诞舞会要筹备。"她嘲笑着，甩开他的手，"振作点，恺撒。你得到了你想要的一切。小甘兰再也伤害不了我们了。现在，很抱歉，我有别的地方要去。我要去见一位仰慕者。"说完，她大摇大摆地走过走廊，修长的礼服像蛇

---

① 埃及的一个著名考古遗址，有许多古埃及法老的陵墓。——译者注

皮一般拖在身后。

我很想从哈德良长城下的坟墓中解救自己,但是斯潘塞-黑斯廷斯市长不肯离开。他站在走廊里,耷拉着肩膀。我的脚开始发麻,身体一侧在抽筋。最终,他决定继续前进,径直朝我和立体模型走来。我惊慌失措,来不及多想,把自己蜷缩在模型的底座下面,心跳到了嗓子眼里。我做的事情毫无辩护的余地——偷听本身就已经够糟了,更何况我在偷听市长说话时,他和一个同谋者承认:他们在二十年前曾策划谋杀并逃脱了,而另一个凶手正在村子里四处游荡。这种情况显然非常可疑。

就在我犯下的大错正要被揭发时,命运插手干预,及时化身为场馆中的一道丽影。

"斯潘塞-黑斯廷斯市长!我正在找梅朵。"

市长擦了擦眼睛,挺直身子。我听到了他天鹅绒长袍的沙沙声和配链的叮当声。"小姐——我,不。我没见到她。"

但贾德森小姐明显见到了——她正直勾勾地看着我。我无法确定我是得救了,还是只是延后处决而已,但此刻我满心宽慰。"哦,天哪,"她干巴巴地说,"她可能会跑到任何地方。您知道年轻女孩有多喜欢到处乱跑。"

那是一个讽刺吗?是讽刺我——还是讽刺甘兰·黑津?

有时候,我很难判断贾德森小姐真正的意思。

"哦,她肯定没走远。我们去非洲展览室看看吧。我女儿过去很喜欢里面那头猎豹①。"市长似乎松了一口气，因为这是一个他可以解决的问题，一场他可以替选民平息的危机。他们漫步离开，我从狭窄的角落里挣脱出来，试图让麻木的四肢恢复知觉。

我差点踩到我的下一个线索。那是卡迈克尔小姐塞给市长的字条，几乎与乳白色的大理石地板融为一体。我拾起它——看到上面写的内容，以及那宽大又模糊的字迹，我几乎一点也不感到惊讶。

QUÆSTIO REPETUNDARUM

我们走出博物馆，看到一幅奇妙的圣诞画面。其他人早已离开，街道上空无一人，已经覆盖了一层柔软的白雪。大雪纷飞，模糊了我们的视线，瞬间打湿了我们的衣服。

"我们得快点走，不然赶不上电车了。"

我一踏上人行道，就清楚我们不可能走到电车站——哪怕车辆还在运行。贾德森小姐脚下猛地一滑，不体面地露出一小截裙子和长筒袜。最后关头，幸好她抓住路灯灯杆，站稳了身子。我抓住她的另一只胳膊，以防她再次滑倒，尽管我真的很想为她鼓掌。我们惊恐地对视了一眼。

"也许，博物馆里有人可以叫到出租车？"周围没有任何出租车；这种天气对马和人都不友好，"或者，我们能走到

---

① 我认识那头猎豹，亲爱的读者。制作标本的人显然从未见过野外的猎豹，它被填得比普通豹子还胖。拉鲁可能嘲笑过它比其他猎豹更胖。

爸爸的俱乐部?"

贾德森小姐提出了一个更糟糕的选择:"不,我们应该享受一下家人的款待。快到圣诞节了;她不会昧着良心拒绝我们。"

她不会是我猜的那个意思吧。

"我们可以留在博物馆。楼上的展馆里有一个都铎式的床架。"

贾德森小姐忍住笑说:"走吧。"

我紧紧抓着博物馆那压抑的楼梯旁的铁栏杆。"这个门道看起来挺舒适的,"我提议,"瞧——我们的斗篷很暖和,还几乎是防水的。砖墙可以挡风,里面基本上是干的。到早上肯定会有出租车。"

她用嘲讽的目光盯着我,听我努力劝说她采纳我的露营地点。

"如果这事能有教育意义,能帮助你理解基督教为不幸的人所做的慈善,那我倒有点想答应你。"她说,"但我不能让斯温伯恩起诉律师的女儿冻死在圣诞前夜的门道里,我可不想因此丢了工作。"

"那过失犯罪或者危害他人安全罪怎么说?"

"正是因为这样,我才急着让你进屋。快点。她就在下个街区。"

"我的意思是,让起诉律师的女儿犯下——"我在寻找一个尚未发明的词汇①,"弑姑罪、弑婆罪。总之,是某种杀人的罪。"

"别傻了。两个月前,你陪着海伦娜姑婆待了整整一周。"②

贾德森小姐对我的哀求、威胁和牢骚无动于衷。一阵风从拐角处袭来,卷着又一捧雪,直接砸在我们脸上。贾德森小姐本周第二次前往海伦娜姑婆的家。

海伦娜姑婆的房子很近,但在恶劣的天气里,走起来似乎花了好几个小时。贾德森小姐像驾驶拉雪橇的狗一样激励我前进,不知道她在皇家地理学会计划好的南极探险中能否有用武之地。暴风雪带有一种半明半暗的诡异光亮,等到我们拖着沉重的脚步爬上海伦娜姑婆家的石阶时,我们身上已经像糖梅一样裹了层霜。积雪深至脚踝,我们浑身湿透,沉默无言。

我依稀记得,其中一座与她家毗邻的房子是市长的官邸——就在街区对面——但这个晚上我已经受够了斯潘塞-黑斯廷斯。

海伦娜姑婆有一个可怕的女管家叫多斯。她是个严肃刻板的人,对宠物、孩子、外国人,或者任何在她眼里不够英

---

① 弑叔罪(avunculicide)是个很贴切的词,适用于杀害叔叔的罪行——尽管这在历史上可能并没有经常发生。下文的弑姑罪(amitacide)、弑婆罪(auntricide)是根据这个词造出来的。
② 那是愉快的一周。海伦娜姑婆大部分时间都在监狱里。

式（或者不够像海伦娜姑婆）的人，她都觉得不满。如果皮妮在这里，我们将彻底沦为不体面的人。

多斯似乎并不欢迎我们，她默默出现在门口，就像"圣诞的未来之灵"①一样。"女主人不在家。"她用一种咬牙切齿的声音吟诵道。

贾德森小姐带着我轻轻松松地从她身边走过，走进杂乱又宽敞的门厅。"下雪了。"她愉快地说，"梅朵就住绿色的客房，我的话，我想阁楼还是空着的吧？"

"你不能睡阁楼！"我喊道，很生气她居然有这种想法。我还瞪了多斯一眼，或许就是因为她，贾德森小姐才会这么想。

她们没有理睬我，彼此对峙着，就像两头准备在山顶上把对方撞下去的公羊。"梅朵需要立刻泡个热水澡。"

"女主人没有给出任何指示。"

那一刻，海伦娜姑婆的房子似乎真的比外面的暴风雪更加寒冷、更不欢迎我们。但贾德森小姐可不是普通人。不到三十分钟，我就舒舒服服地蜷缩在了海伦娜姑婆豪华的备用卧室里。我换上了放在床上的睡衣，仿佛这衣服一直在等我似的——这让我产生了一种说不清的感觉。海伦娜姑婆是不是在等我们？

敲门声回答了这个问题。贾德森小姐走了进来，手里拿

---

① 狄更斯小说《圣诞颂歌》中的虚构人物。——译者注

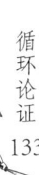

着一盏灯，火光摇曳，十分贴心。她穿着一件夹棉睡袍，漂亮得不像是仆人的衣服，但也不是海伦娜姑婆能穿得下的大小。睡袍上印着印度花样，看起来像是海伦娜姑婆会为贾德森小姐挑选的款式。

她抚摸着蓬松的袖子和镶边的袖口。"真不错，不是吗？它就在隔壁房间，还有我的养发液、睡帽和一瓶香水。"她伸出手腕让我闻，"是百合味的。"

"我几乎要相信这暴雪天是海伦娜姑婆的精心安排，为了引我们过来软禁我们。"这听起来像是南内特·穆加尔会想出来的情节。

"胡说。我觉得上次她和我们一起度假，玩得很开心，所以她想再次进行家庭娱乐活动。你知道，快乐的确很容易传染。"

（我要提醒读者，上述假期中，海伦娜姑婆一直待在监狱里。）

"也许这让她神经错乱了。"

贾德森小姐对这种说法不屑一顾。

我姑婆做的不止这些。床头柜上摆着便笺本和铅笔，笔芯充足。现在哪怕在那些绿色天鹅绒窗帘后面发现一套法律书或者一块黑板，我也不会感到惊讶。

我不情愿地承认，所有这些都是为推理案件而准备的。"上床吧。"贾德森小姐命令道，她在我旁边坐下，这样我们就可以开始谈话，"我当然希望你今晚潜伏在市长身边能有所收获。"

"我没有潜伏!他们进来的时候,我已经在那里了,而且没等我离开,他们就吵了起来。"当我在场时,他们承认了谋杀的罪行——或者说几乎是承认了,总之就那回事——我能有什么办法呢?亲爱的读者,我称之为运气。

贾德森小姐严肃地看着我:"在那种情况下,你有好几个选择,但你偏偏选择躲在桌子底下。我相信在字典里,那就是'潜伏'的定义。"

我完全符合字典对那种情况的定义。"那不就是我们今晚去那儿的原因吗?为了弄清楚谁杀了莱顿先生,或者把甘兰·黑津推下塔楼?"

她双臂交叠:"我想,现在你打算告诉我,这两件事你都找到了答案。"

"是的!呃,可能是的。你看——"我拿出折叠起来的字条,那是我在博物馆找到的,"这和穆加尔医生手里的字条一样!还不止这样。"我把偷听到的市长和卡迈克尔小姐的对话告诉贾德森小姐,"你不觉得这很可疑吗?"

"所以,根据卡迈克尔小姐的说法,她的哥哥杀了黑津小姐,然后卡迈克尔小姐又杀了自己的哥哥?"她厌恶地抿着嘴唇,"我不愿说你母亲的坏话,但我开始怀疑她交友的眼光了。"

我也一样。卡迈克尔小姐对一切都如此冷静,态度厌烦又漠不关心。我很容易想象出她将甘兰·黑津推出塔楼窗

口，或者切断她哥哥绳索的画面。她承认自己野心勃勃——而且她肯定胆子很大，甚至可能十分冷酷。只有这样的人才会放弃贵族千金的生活，去冒险、挖尸体，当埃及的考古学家。也许谋杀对她来说同样轻而易举。

"但是他们俩都没有承认杀了莱顿先生。"我坦白道，"而且卡迈克尔小姐似乎是真心喜欢他。"贾德森小姐很好心地没有指出，他们肯定看起来对甘兰也是真心喜欢的，这样才能引诱她上钟楼。

"斯潘塞-黑斯廷斯先生相信甘兰死而复生的谣言。"

"那么他就没有杀她。"贾德森小姐沉思道，"或许吧。或者他没有把事做绝。"

"小姐！"

她举起一只手："让我们仔细思考一下。他们只是暗示杀了甘兰，对吧？"

我点了点头："他们说大卫·卡迈克尔'解决'了她。"

贾德森小姐在床上盘腿坐好："我想，那可能意味着很多事情。也许是他贿赂了她——给了钱让她逃走。"

"卡迈克尔小姐说他爱甘兰。也许他们一起私奔了！"

贾德森小姐点了点头。"我上学的时候，女孩们总是在精心策划和想象中的心上人私奔的场景。比如现在这样——"她朝我们周围的环境挥了下手，我们聊到深夜，"而且我们确实知道，至少有一对情侣私奔了。"她提醒我。

"但是甘兰和大卫并没有私奔成功——甘兰失踪了，大卫后来在阿尔卑斯山死于一场登山事故。但或许另有隐情。"

贾德森小姐开始在其中一本笔记本上漫不经心地画画。我看着她的铅笔在纸上打转,形成了一个皮克特式的螺旋图案。"塔楼上的仪式、甘兰·黑津的失踪、莱顿先生的被杀,它们之间有什么联系?"

我坐起身,从头说起:"我们知道,莱顿先生的死与甘兰的失踪有关。"

"嗯。而且我们知道,莱顿教授从斯科菲尔德学院退休也与甘兰的失踪有关。这引发了一场丑闻,莱顿太太至今未能走出丑闻的阴影。"

贾德森小姐正在用铅笔画个圆圈,几乎让我想明白了整件事:"甘兰为什么会失踪?"

"我们不知道。"贾德森小姐说。"哦,我明白你在做什么,苏格拉底式提问。"她用嘲讽的语气补充道,"莱顿教授为什么辞职?"

"因为甘兰·黑津的失踪。甘兰·黑津为什么会失踪?"

"因为莱顿教授的辞职?"贾德森小姐的螺旋图案转动起来,重叠在一起。"我们一直在原地打转。"她翻到新的一页,"莱顿教授辞职是因为一场丑闻。"她做了一个标记,将它单独画成一个小螺旋图案。

"这丑闻就是指甘兰·黑津的失踪。"我补充说。

"对。但是有某件事导致了她的失踪。这是一点。"——她画了一个问号——"甘兰·黑津是第二点。莱顿教授是第

三点。"她在问号周围用力画了一个圆圈,"这里发生了什么?"

我的耳中嗡嗡作响。"当然。腐蚀雅典的青年!真正的丑闻不是甘兰的失踪——而是导致甘兰失踪的事情,莱顿教授也涉及其中。"我想起诺拉那令人害怕的话:小甘兰再也伤害不了我们了。"甘兰知道了某个秘密,哈德良卫队的其他成员为了保守秘密,宁愿杀了她。"

"也许是某件可能会损害教授的事业或者声誉的事情?所以她必须消失。"

"但她确实消失了,而且这也毁了他的职业生涯。"我哀叹一声。这就是循环推理最糟糕的地方——我们只是在原地踏步,没有丝毫进展。"我只知道,妈妈被卷入其中。"

而这点——我直截了当地想——就足以让我继续调查。

12
尸 冷①

> 即便是在现代社会,寒冷的天气里,也没有什么比熊熊烈火、一杯热饮和亲密伙伴更令人振奋的了。
> ——H. M. 哈德卡索,《现代耶鲁节》

海伦娜姑婆的客房舒适得出人意料。我们跋涉过的积雪让我感到十分疲惫,此刻昏昏欲睡。贾德森小姐离开后,我很快就进入了令人愉快的梦乡,梦见甜美又温顺的多斯给我倒了可可,让我在床上享用。

刺耳的哨声划破了黎明前的寂静。其实,就是这个声音把我吵醒的。是警察的哨声!我扯开床帘,滑到冷冷的地板上,穿过昏暗的房间,绕开家具,来到窗前。窗玻璃上结了

---

① 尸冷是指恒温动物死亡后,新陈代谢和产热停止,由于自然散热体温下降的现象。——译者注

厚厚一层霜。我用窗帘擦掉霜，朝外面看去。外面是一片灰色的海景。

起初我并没有看出什么问题。天色还很暗，星星闪烁在浅浅的蓝色天幕之上。我费劲地打开窗户，差点被一阵风吹跑——然而，我看到楼下的街道上，有一名穿制服的男子。

警察的哨声一直响个不停，仿佛能把整个村的人都招来。当我的眼睛逐渐适应黑暗后，我终于分辨出雪地上有一个凹凸不平的奇怪形状。附近有个警察，正在拼命吹哨。我找到了我的鞋子——它昨晚淋了雪，仍然湿漉漉的，在雪地里一点也不比六个小时前更有用——我还找到一件睡袍，然后冲进了走廊——

——正好撞上贾德森小姐。我们默不做声地朝楼梯奔去，几乎把多斯撞倒。

"什么声音吵得要命？"海伦娜姑婆从卧室里出来，脸上绑着一个印度橡胶面具，遮住了她的所有特征，只剩下她声嘶力竭的叫喊。我花了好一会儿，才认出那是一种令人毛骨悚然的美容器具。

"是警察！"我喊道。

"喂，别站在那里磨蹭了，海伦娜·梅朵！"海伦娜姑婆的眼睛在面具背后闪闪发亮，"去看看是怎么回事！"

听到这话，贾德森小姐和我几乎一溜烟地冲出后门，跑进了黑暗中。

天空晴朗无云，我的脸颊和脚趾立刻感到一阵寒意。我们匆匆穿过圆形广场,在雪海中有一个一动不动的物体,一串脚印通向前方——然后又返回了。那是一张地毯,卷成一团被抛弃在那里,好像刚从一辆搬运车上滑落。

发现它的警察显然正忙着调查。地毯的一部分被铺开,里面的东西露了出来:一条光秃秃的苍白手臂,被星光下的雪地衬得颜色发紫,手肘内侧有两道红肿的刺伤。

我在街上停住脚步,贾德森小姐撞到了我。这就和莱顿商店的最新展示品一样。"克里奥帕特拉。"我用一种紧张的语调低声说。贾德森小姐握住我的手,带着我向前走。"是谁——?"我没能问完这个问题。

贾德森小姐板着脸:"我们很快就会知道的。"

我们靠近现场时,驶来一辆警察局的马车,卡斯泰尔斯警官和另一名警察跳了下来,踩在一团雪上。他们走了过来,就像一只斗牛犬身后跟着一条热切的小梗犬。卡斯泰尔斯警官朝我们粗略地点了点头,让我大吃一惊。我太冷了,冻得浑身僵硬,没法点头回应他。我忍不住盯着卷起的地毯和里面的可怕东西。

"退后!"卡斯泰尔斯警官咆哮道,贾德森小姐向后退了半步。她的手放在我的肩上,我们看着警方工作时,她稳稳地按住我——但我说不清她是为了让我站直,还是为了防止我去干扰。我甚至都不知道自己会做什么。

趁警方还在调查,现场的痕迹尚未被抹去,我试图好好研究一下这里。地毯顶部几乎没有积雪,我冥冥之中觉得,

这可以说明最新的现场是何时形成的。但是尸体附近只有第一个警察的足迹。我的脑中乱作一团。怎么可能有人在雪地里留下尸体，但没有留下足迹呢？这不可能。

就像从一百英尺高的建筑上掉下来，却没有留下任何痕迹一样。

"准备好了吗，长官？"

卡斯泰尔斯警官已经观察过现场，并做了一些记录。现在，他对着年轻的警察们点了点头："开始吧。我们来看看，这里面——是谁。"

其他两名警察沉闷地工作着，尽量小心翼翼地展开了地毯。接下来的几秒中，我只看到一闪而过的红色和蓝色的土耳其羊毛、颤动的流苏……然后，是一条长长的金色裙子和深深的黑发。

克里奥帕特拉是诺拉·卡迈克尔。

贾德森小姐没有让我留下看警察工作。格格作响的牙齿出卖了我。贾德森小姐向卡斯泰尔斯警官敷衍地说了几句（大致是"您知道上哪儿找我们"），然后她扳过我的身子，飞快地带我回到屋里。此时，海伦娜姑婆已经用长柄眼镜通过她客厅的窗户观察过现场，她匆忙把我们带到厨房，由她的厨师和厨房女佣嘘寒问暖地照顾着。这两位与我姑婆的家庭氛围格格不入。她们一定是新来的。

厨房布局紧凑、干净整洁，配备了闪亮的现代家电和一个令厨娘羡慕哭的豪华炉灶——那是涂了红漆的铁灶，带有三个烤箱隔层和一个精雕细琢的烟囱,旁边还有一壶热可可。新来的女仆让我们脱下鞋,为我们准备了烤面包、热可可和用毯子包裹的热砖,好让我们冻僵的脚趾暖和一下。要是皮妮在场,要是门外没有尸体,此刻的场景就再舒适不过了。

整洁的工作台上摆满了烹饪书籍——有些是法语的——全部都摊开在甜品那一页,图片看起来像一种神秘的、原木状的布丁。

"圣诞树干蛋糕?"贾德森小姐问。

新来的厨师转过身。"这在法国非常流行。"她告诉我们,"女主人期待会有法国客人参加圣诞晚宴。"

"真的吗?"贾德森小姐轻声说。她转向我,脸上带着一种难以捉摸的表情,我感到很庆幸,我有其他事物可以看——不必只想着像克里奥帕特拉一样将自己献给恺撒的诺拉·卡迈克尔。不过,凶手混淆了这两个历史事件。克里奥帕特拉被毒蛇咬死是在多年以后。

当然,我们并不知道凶手是否用了毒蛇①——话说回来,在十二月的英国,他要上哪儿去弄一条毒蛇?更不用说其他一系列复杂的实际问题了。其中最重要的是,要说服这条蛇按照你的要求行动,而不是任由它随心所欲,或者更糟糕的

---

① 关于这一点,其实我们并不知道克里奥帕特拉是否使用了毒蛇,尽管历史学家确实认同她是服毒自杀。

后果是，被它一口咬在你自己身上。（考虑到各种因素，这显然是一种非常不灵活的武器。）但他肯定费尽心思复制了埃及女王著名的死法。就像他费尽心思把莱顿教授的死亡场景伪装得和苏格拉底的一样。

我想，现在我们知道了一个事实，尽管这是一种冰冷的安慰——诺拉·卡迈克尔不是凶手。我郁闷地搅动着我的可可，而贾德森小姐则漫不经心地翻阅着烹饪书籍。

我后知后觉地发现厨师和女仆——她们的名字分别是霍奇斯太太和科拉——仍然在准备茶水和温热的黄油面包片，尽管她们已经像塞满火鸡那样填满了我和贾德森小姐的肚子。

"这是给他们的。"霍奇斯太太语气傲慢，但又令人安心，"女主人说让他们歇一会儿。"

话音刚落，后门便打开了，三名警官小心翼翼地跨过门槛，轻轻拍去身上的积雪。科拉熟练地帮他们摘下头盔。"别担心那些，"她干脆地说，"到炉边来暖和暖和吧。"

"谢谢，小姐。"最年轻的那位警官说，他让我想起一只小梗犬。此刻，尽管冷风将他的脸颊吹得有些干燥，但他那张布满雀斑的娃娃脸看起来仍然憔悴又苍白。

很快，手脚麻利的厨师和女仆就给几位警察安排好了座位，让他们与我们一同围坐在桌前。他们紧紧握着装有一点白兰地的茶杯，一脸凝重地盯着手掌。卡斯泰尔斯警官将他的酒一饮而尽，但那位发现尸体并发出警报的警官看起来有些犯恶心。

霍奇斯太太给了他一盘饼干。"姜饼。"她以一种权威的口吻说,仿佛她每天都在安抚调查谋杀案的警官一样[1],"它们会让你好受些。"

他虚弱地点了点头。

这几位男士似乎都没有注意到,他们中间坐着两位光脚的年轻淑女。热茶、饼干、白兰地和室内的温暖逐渐发挥作用,他们冻僵的舌头也逐渐活络起来。

"这是我见过的最该死的事情。"卡斯泰尔斯警官咒骂道。我想,即使是按斯温伯恩的标准,一周内发生两起谋杀案也有点太过分了。

"它就像那家商店橱窗里展示的一样吗?太可怕了!"科拉兴奋地颤抖着,"我们在《论坛报》上读了所有的相关报道,雪莱小姐写的那些故事。"

"好了,科拉。"霍奇斯太太斥责道,"让这些可怜的男人安心吃饭吧。他们今天早上经历了太多磨难,可怜的家伙。"

"真的很可怕。"小梗犬警官赞同道。(其实,他的名字叫泰伦斯。)"我一直在想,她得有多冷啊。"回忆起当时的情景,他摇了摇头。

我冻僵的大脑终于恢复思考,我意识到:海伦娜姑婆用

---

[1] 如果这不是她在哈德卡索家就职的资格之一,那么它应该成为一个。

某种办法促成了现在这番场景——她的侄孙女和女教师坐在她家厨房的桌前,边上是警察在与她的雇员交流机密信息。也许贾德森小姐是对的,调查的冲动确实具有传染性。或者说,它是遗传的。或者是反向遗传,从下一辈传给上一辈。我咬着嘴唇,紧紧抓住我的马克杯,尽量仔细地聆听着,不去干扰他们。

"但是谁杀了她?"科拉追问,"为什么要把她留在这里?"

这是一个很好的问题。凶手事先在橱窗里做好了展示,肯定是刻意挑选的这个地点。

贾德森小姐和我同时开口——让大家想起了我们的存在。"市长官邸。"她说。正好我也说道:"市长。"

"嗯?"卡斯泰尔斯警官目光锐利地看着我们。看着我。

"克里奥帕特拉用地毯把自己包裹起来,被人偷偷送到了恺撒那里。"我解释道。当时她正试图稳固自己在埃及的王权,想获得罗马帝国的支持。而且,她本人就像凶手一样,很擅长制造戏剧性。

"我见过那幅画。"警官咆哮起来,"可这跟斯潘塞-黑斯廷斯市长有什么关系?"

"我不太确定。"诺拉打算在博物馆庆典结束后与一个崇拜者见面——她是否联络了她的凶手呢?"但她的死亡场景被设计成了那样,而且还被扔到了市长的家门口。"

"就像恺撒和克里奥帕特拉。"泰伦斯警官急切地插话。

卡斯泰尔斯警官咕哝了一声。这是一个含糊其辞的回答，但我能感觉到我们引发了他的思考。他拿出记事本，往回翻了几页。"之前谁说，店主死的时候就像——苏格拉底，对吗？"

"是的，先生。"我说，试图判断还要补充些什么。毕竟，侦破这起犯罪案是警察的工作，为此他们需要一切证据。但我还不知道母亲是怎么和这种事扯上关系的，我不想让警察东扒西扯地搜查她的过去。

那是我的工作。

贾德森小姐显然也在考虑这个问题。她悄悄瞥了我一眼，直接对卡斯泰尔斯警官说："昨晚我们在博物馆的庆典上见到了卡迈克尔小姐。梅朵目击了——"我能感觉到她后悔选择了这个词，"——梅朵不小心听到……市长和卡迈克尔小姐在激烈交谈。"

所有的警官都看向我，我努力表现出镇定的样子。"我不知道他们在谈什么，"我撒了个谎，"但他们俩都认识莱顿先生，很多年前在学院的时候就认识。"好了。这已经足够让警官自己展开调查了。

"甘兰·黑津！"就在这时，科拉激动地说。

然而，想到要审问市长，卡斯泰尔斯警官似乎有些不安。"我想，我们最好去看看市长要说什么。"他最终开口——尽管他看起来一点也不想离开海伦娜姑婆舒适的厨房。

但是对这个问题，海伦娜姑婆也有答案。她回来的时机几乎不可能是偶然的。她走进房间，身上裹着一件蓝色的散步外套和一条大大的毛皮披肩（看起来像一整头熊），她宣布道："霍奇斯，你给斯潘塞-黑斯廷斯一家做水果蛋糕了吗？我今天上午想去拜访市长夫人。"

霍奇斯太太早有预料，递给海伦娜姑婆一个盒子和一瓶酒。"她很喜欢人们对她嘘寒问暖。"她解释道，但似乎没有针对任何人。

海伦娜姑婆拿着盒子，脖子上挂着"熊"，手持拐杖，就仿佛那是权杖一般。她不耐烦地瞪着警官。"哦，卡斯泰尔斯，"她哼了一声，"你还不来吗？"

亲爱的读者，我很想告诉你们，我和贾德森小姐抓住机会，和海伦娜姑婆以及警官一起去审问了市长。但很可惜，我们错过了这场家庭活动。当我们走出去时，又一辆警察马车驶来，下车的是哈迪警长。他穿着一身黑色制服，戴着平顶帽，看起来威风凛凛、聪明机智。我惊讶地看到，穆加尔医生和他在一起——处理这个案子的不应该是贝尔登医生吗？穆加尔医生一定觉得这件事重要极了，必须让斯温伯恩的官方法医亲自出马。

除非，他是奉市长之命而来。

想到这一点，我感到一丝被背叛的恐慌。穆加尔医生永远不会篡改证据！然而，他是极少数有可能知道甘兰·黑津到底出了什么事的人之一。随着时间的流逝，幸存者的数量不断减少。不管杀害莱顿先生和卡迈克尔小姐的凶手是谁，作案动机都是相同的。

当然，我根本不相信有一个以上的凶手，也不相信这两起谋杀案没有关联。夸张的戏剧感和受害者的人选显然不是随机的。从概率上看，不太可能有两名凶手独立行动、动机重叠，并对古典历史有相同的可怕解释。那个哗众取宠的标题在我脑中回荡：甘兰·黑津再次出击。

这不可能。

我不相信。

然而……我不是亲眼见过不可能的证据吗？一具尸体是怎么凭空出现在刚积起来的雪地里的，而且周围没有留下任何痕迹？它是怎么被放到那里的？甘兰·黑津不可能在摔下大钟楼后生还。正如诺拉·卡迈克尔的尸体不可能飘浮到某个位置，就好像她的毯子是阿拉丁的飞毯一样。甘兰不可能死而复生，回来报仇。不是吗？

我陷入沉思，差点错过了犯罪现场的另一个重大进展。贾德森小姐大声咳嗽了两声，并干脆但有礼貌地踩了我一脚，我这才抬起头，望向耀眼的雪地——然后我的视线再次变得模糊起来。

伊莫金·雪莱穿着蓝色的短外套和结实的靴子，看起来舒适又满足。她正靠在路灯杆上，在令人讨厌的笔记本上草草地记着什么。

"她在这里干吗？"我怒发冲冠。是的，亲爱的读者，不

管我头发有没有竖起来,那都是确切的词。我生气极了。如果我有尾巴,它一定已经蓬松开来,一直延伸到白色的尾巴尖。

"她整个早上都在这里。我刚才就注意到她了。"

"那你为什么没说?"她还没有回答,一个美丽而耀眼的想法就像太阳风暴中的太阳黑子一样,在我的脑海中迸发。"她所有的故事都写得快极了,不是吗?我们还没找到机会告知警察,她就已经报道了它们?'甘兰·黑津还活着'?"我转向贾德森小姐,胜利的火花在我眼中闪烁(我确定)。"这是她干的。"

贾德森小姐犹豫了一下:"等等,什么?"

我激动不已。这些想法环环相扣,组成了一串完美的链条。"她昨晚也在那里!她早早就离开去'见一个提供消息的人'。她有机会,也有动机——"

"那动机究竟是什么?"

"创作一个引人瞩目的故事!"

"通过谋杀?谋杀?她的作案手段是……?哦!你认为,她在外套里藏了一条蛇吗?它现在肯定冷极了,可怜的小家伙。"

"这一点都不好笑!她是个完美的嫌疑犯。你想想看。"

"我在试着去想,但你没法让我理智地思考。这就是我希望你——"

她本不该为此烦恼。我已经走过了一半的广场,从现在已经积得很厚的雪地上踩过。穆加尔医生和哈迪警长正在处理尸体，他们用一块干净的白色床单将可怜的卡迈克尔小姐包裹起来，然后把她放在担架上带走了。雪莱小姐盯着他们看了很久，带着满足的微笑，笑得像条毒蛇。

她发现了我，朝我挥挥手，这让我更加讨厌她。昨晚，布莱肯尼先生在她的陪同下，究竟做了什么？我现在有一桩——两桩……或许三桩谋杀案——要解决，不必非得思考这令人费解的事情，我感到很安慰。

我死死盯着雪莱小姐，走向泰伦斯警官，拉了拉他的袖子，尽量表现出天真无邪的样子。也许他已经忘记了刚才吃饼干时，我对埃及—罗马历史发表的演说。

"打扰一下，警官？"

他低头看着我。

"你和我们说过，如果我们记起任何有关卡迈克尔小姐的事情，都要告诉你，对吗？"虽然没有一位警官提出过这样的建议，但他们应该有这想法。这是我为接下来的事所找的借口——我坚持这种说辞，亲爱的读者。

"呃——没错。是的。好极了。"他急忙拿出笔记本，"那你说吧，小姐——?"

我假装误解他，做了一件难以置信的、不像淑女的事情。我缓缓转过身，伸直手臂，直指雪莱小姐。"昨晚她也在那里。她说了很多关于卡迈克尔小姐的事情。"

13
蛇蝎美人

> 在德国偏远的阿尔卑斯山区，圣诞节时，"剖腹者佩尔赫塔"会来拜访孩子们。她用硬币和糖果奖励听话的孩子。而对于那些顽皮捣蛋的，她的名字暗示了他们会有怎样的下场。
>
> ——H. M. 哈德卡索，《现代耶鲁节》

如果说斯温伯恩警察局对我一周内第二次出现感到不太高兴，那这话可能有点轻描淡写。如果说贾德森小姐对这种情况表示谅解，那这就是彻头彻尾的谎言。

由于我直接指认（字面意思）了雪莱小姐，我被当作关键证人，和雪莱小姐一起被带到了警察局。

"你真走运，他们没拘留你。"警察会拘留证人——因为目击者通常不愿出庭，所以警察就留下他们，以确保参与作证。我相当确定，警方知道我父亲是起诉律师，所以才没对我采取这种预防措施。但考虑到贾德森小姐的情绪,此刻我几乎无法指望得到她的支持。不过,他们可能会把雪莱小姐扣留得比原有的时间更久,这个念头令人格外欣慰。

我只目睹了泰伦斯警官和雪莱记者之间的初次交锋,但雪莱小姐似乎并未感到震惊——这让我有点失望。她在爬上警车时再次挥了挥手。我心里不太舒服,这并不是我料想中的胜券在握的场景。

即便如此,雪莱小姐对谋杀案的报道也相当迅速。可能是因为她参与了这些犯罪——也可能是她在警察中有消息灵通的线人。我不知道哪一种原因更让我生气。穆加尔医生和哈迪警长还没有从犯罪现场回来。我试图告诉自己,他们只不过是在进行非常仔细的调查。

贾德森小姐发出一声叹息。我怀疑这与我坐立不安、踢着长凳的样子有关。

"她真是太可怕了,你知道的。"我说。

贾德森小姐花了一些时间调整自己,然后才表现出她超凡的耐心:"告诉我,你给她安了哪项罪名,让她被逮捕了?是因为可怕,还是因为谋杀?"

"她并没有被逮捕。"我生气地回答,"他们只是把她当证人询问。"

我们就这样争论了一会儿,然后贾德森小姐碰巧抬头一看——便停止了她的训斥。

"别停下,你们继续。"一个熟悉的声音说,他听起来异

常疲倦,"你们好,史蒂芬,贾德森小姐。"

我皱了皱眉头:"你在这里干什么?"

布莱肯尼先生咧嘴一笑:"我或许也能问同样的问题,但实际上,如果我在这个街区的警察局附近看不到你们两个,那我才会感到惊讶!我有些怀疑,你们经常光顾这儿,是不是只是为了好玩?"

"你猜的八九不离十。"贾德森小姐揉了揉鼻梁,似乎在缓解头痛,"但你来这儿是为了什么?"

他晃了晃他的公文包。"是吉妮。"他叹了口气,"她又惹上了麻烦。"

贾德森小姐比我更快明白过来他在说谁:"吉——噢,伊莫金,当然了。"

布莱肯尼先生显得有些懊恼。"是的,雪莱小姐。"他说。他用的是他昨晚用过的奇怪语气。他似乎也不太喜欢她,这让我心头一暖。但在这种情况下,我真的想不明白,他为什么如此热衷于和她在一起。"我来这里,是为了解救她脱离最新的困境。"一个警察朝他打招呼。他向我们点了点头,"祝我好运。"

"唉、唉。"布莱肯尼先生离开后,贾德森小姐说。

"你要是对他们有什么看法,就说出来吧。"我交叉双臂,生气地往长凳上一靠。

她冷冰冰地瞟了我一眼,但只说了一句:"我很高兴看到他没有让他的法律技能生锈。"

作为一名有抱负的实习律师，今年夏天，布莱肯尼先生在他雇主律所的大好职业生涯十分短暂，结束得很突然。我们在上一个案件的调查中寻求了他的帮助，共同的冒险经历让我们成了很好的朋友。但我不得不承认，我其实并不太了解他。这完全符合年轻淑女和职场青年之间的交情——但这确实愧对我的调查技能。我决定，从现在开始，我要像贾德森小姐一样善于观察。

机会我比预期中来得早。仅仅几分钟后，审讯室的门就打开了。一脸高兴的雪莱小姐走了出来，后面跟着布莱肯尼先生。他已经恢复了一些活力，欢快地挥了挥手。但雪莱小姐比他热情得多。

"梅朵！"她像只猛禽一样俯冲下来——在我脸颊上亲了一口，"谢谢！我还没想好要怎么让警察和我说话呢。你真聪明，亲爱的。"她一下子在我旁边坐下——几乎坐到了贾德森小姐腿上——掏出她的笔记本。"好了，为公平起见，这是我欠你的。有消息该共享，对吧，罗比？"

"呃。"布莱肯尼先生脸色红一阵白一阵，用一种近乎恐惧的表情看着我们。

雪莱小姐又跳了起来。"你明智极了。这需要在私密些的地方谈。我们一起去喝咖啡吧。我请客。伍德斯汀咖啡馆就在拐角。"

亲爱的读者，接下来发生的事情我真的稀里糊涂，只知道我们四个不知怎么就坐到了附近咖啡馆的一个舒适角落，

分享起一壶冒着热气的咖啡（给他们的）、一杯茶（给我的）以及一盘丰盛的面包、黄油和泡菜。

在整个过程中，贾德森小姐一直都很沉默。现在她拿出了她的小素描本，刷刷地画着，观察着一切。雪莱小姐始终活泼地说着话，而布莱肯尼先生则缩在角落里，几乎只露出卷曲的头发和皱巴巴的西装。

"梅朵，罗比说我昨晚对你过分极了，我必须要道个歉。"雪莱小姐放下咖啡，神情严肃，"我说了一些关于你母亲的可怕事情。对不起。你不怨我吧？"

布莱肯尼先生插话说："这可说不好，吉妮。我怀疑我们的史蒂芬非常擅长保持怨恨的感觉。"

她转向他。"我不知道你为什么坚持喊她这可笑的绰号！她完全有能力捍卫自己，不必假装是个男孩。"她不太友好地推了他一下，"我早就知道你有厌女症。梅朵，别让他——或者任何人——那样对待你。永远别因为是女性而感到羞耻。永远都别。"

贾德森小姐终于抬起头。"好样的。"她轻声说——但雪莱小姐气势汹汹的样子使我有点害怕。不过，她听起来是那么真诚，我情不自禁想要相信她。

"你为什么今天一大早就在那里？"

布莱肯尼先生回答说："她在潜伏。她很擅长这个。幸运的是，她找到了一种以此谋生的方式，所以我想我们不应该抱怨。"

雪莱小姐竟然对他吐了吐舌头,我无比震惊。

他们的关系非常奇特。

贾德森小姐完成了她的画,把素描本放在桌子上。这是一幅滑稽的素描,画的是年轻的雪莱小姐和布莱肯尼先生——一个金发小伙子偷偷把一只青蛙放到一个戴眼镜的女孩的床上。我猛地盯着这幅画。我盯着雪莱小姐。我盯着布莱肯尼先生。我盯着他们两个。他有着金色卷发和蓝眼睛,她的头发和眼睛则是棕色;而眼镜进一步遮掩了他们之间的相似之处。但在其他方面,我居然一直没有注意到她——注意到他们其实很像。我真笨。

"你的真实姓氏并不是雪莱,对吗?"我说。雪莱小姐咬面包的动作定格住了。

"嗯。"她咧嘴一笑,放下手里的面包,"你花了那么久才发现啊。"她轻松地搂住布莱肯尼先生的肩膀:"你还说她很聪明呢。人们一般很容易就能看出来。我刚开始在《论坛报》工作的时候,他让我改了名字,以免再给家族带来耻辱。"雪莱小姐——实际上是布莱肯尼小姐——似乎一点也不为自己感到羞耻。

"你是他的姐姐或妹妹。"

布莱肯尼先生低下头:"罪过罪过。"

"双胞胎,"雪莱小姐宣布,"我比他大。"她伸手从食物旁边拿起贾德森小姐的素描本,然后爆发出一阵笑声,递给她的弟弟。

"差不多就是这样。"他承认,并把素描本还给贾德森小姐。

"但通常是我把青蛙放到他床上。"

"哦,天哪。"贾德森小姐说,"我能想象,你们俩给你们的家庭女教师造成了多大惊吓。"

雪莱小姐咬着嘴唇:"可怜的基特里奇小姐。她还没有从疯人院里出来呢。"

"她是在开玩笑。"布莱肯尼先生迅速说道,"那是一个疗养院,她现在很好。"

说完,他们爆发出阵阵笑声,很快整个桌子——甚至包括我,亲爱的读者——都嬉笑闹腾起来。

"人们可能会说你无法无天。"我猜测。

吉妮思考了一下:"嗯,目前为止,我被说过是屡教不改的、难以掌控的淘气鬼——"

"别忘了不可救药的。"布莱肯尼先生插话道。吉妮深情地叹了口气。

"哦,是的。西姆瑟小姐说的吧?还是尼斯贝特小姐?"

"你怎么知道这么多关于犯罪案件的事情?"当我们终于恢复平静时,我问道,"你今天早上明确地知道该去哪里。你不得不承认,这很可疑。"

"或者很聪明。"她愉快地说,"昨晚在博物馆是个很古怪的聚会。我有一种感觉,事情还没有结束,特别是当'甘兰·黑津'在莱顿商店放了最新的杰作之后。"她毫不在意地往面包上涂抹果酱,"我只是像一加一等于二一样,猜出了克里奥帕特拉可能是谁。"

"为什么你没有警告任何人?"我喊道。

"哦,我有警告过。"雪莱小姐并没有生气,"我径直走到了诺拉·卡迈克尔跟前,当着她的面直接说了——"

布莱肯尼先生的呻吟声证实了这个大胆的说法。

"——可她只是笑了笑。所以,我当然认为她是凶手,或者是她策划了克里奥帕特拉的事情,作为宣传的噱头。"

"我们也这么想!哦,不过没想到最后一点。那很聪明。"我勉强补充道。

"但事实并非如此。"雪莱小姐第一次严肃起来,我觉得她很少会露出这样的表情,"她当时要是相信我就好了。"

我并不确定我相信她:"你能证明你没有杀她吗?"

"梅朵·哈德卡索!"

我那苦恼的家庭女教师被无视了。"我有不在场证明。还有目击证人。"吉妮用拇指指着她的弟弟,他点了点头。"我在镇上另一头的学院。去参加午夜的钟楼音乐会。那真是令人震撼。你应该去过那里吧?"

"我们看了第一场。在这样恶劣的天气里,你是怎么走到那里的?"

"当然是打车。还有别的要问吗?"

"其实是有的。"贾德森小姐插话道,"你有注意到大钟楼有什么奇怪的地方吗?"

"你是指那些椅子吗?"她笑着说,"你有没有可能画过它,贾德森小姐?我的文章用它做配图肯定很棒。"

"我建议你不要这么做。"布莱肯尼先生说,吉妮叹了口气。

"你总是爱耍律师派头。"

"某个人总是需要律师帮忙。"他回敬道。

我把话题拉回正轨:"你今天早上和警察待在一起的那段时间里,有了解到什么吗?"

"没有太多消息。"吉妮说,"那明显是毒药——注射到她的胳膊上——而且她先被用氯仿麻醉了。"

"就像莱顿先生一样。"

"这似乎是我们这位女凶手惯用的作案手法。先用氯仿使受害者失去行动能力,然后以更引人注目的方式毒死他们。"

"女凶手?"我说。

"甘兰,当然是她。"吉妮吃完了一个泡菜,"怎么?你最怀疑的人是谁?"

"市长。"

贾德森小姐恼怒地举起手,我意识到我可能说得太过分了。

但是吉妮点了点头:"这事肯定和那家伙有些牵扯。他表现得过度关心了。但我没法接近他。他一直在拒绝我的采访请求。他有一个和你差不多年纪的女儿,对吧?你们是朋友?"

贾德森小姐尖声怪笑。

我轻声嘟囔:"不完全是。"

"那穆加尔小姐呢?"

"她怎么了?"我尖刻地说。

"行啦,"她哄着我,"给我点兴奋的消息。你可是警察和法院的内部探子。"

"我不是!"我瞪着她,"而且,你肯定已经有内线了,对吧?"

她只是耸了耸肩,没有回答,而是说:"我不明白的是,凶手是怎么进入商店,并把警告留在展示品中的?我去过那里两次,门锁得那么紧,而且几乎是防水的。"

我并不打算轻易放过她,但有一点她说得没错。"还有,凶手今天早上是怎么离开尸体的?周围没有其他脚印——只有发现她的警官的脚印。"

"热气球?"布莱肯尼先生建议。

吉妮不理他:"我没法绕过那些可恶的物理定律。"

我若有所思地点了点头:"就像甘兰·黑津一样。"

"完全一样。"

"你真的认为,有可能是甘兰吗?"我还没有被说服,"她怎么可能掉下来还活着?她又能去哪里?"

吉妮扫视了一圈咖啡馆,好像担心有人在偷听。"我来到斯温伯恩后,就一直在研究这件事情。有时候,我觉得她

真的就这么凭空消失了,没有留下任何踪迹。"

"你在来斯温伯恩之前就开始了。"布莱肯尼先生插嘴道,"这对她来说,是一种终生痴迷的兴趣。"

吉妮继续往下说,就当她弟弟根本没发过言一样。"我还知道更多事。甘兰·黑津失踪案的每一份记录也都不见了。每一篇报道——"她举起手,与钟琴师在大钟楼的古怪手势如出一辙——"都从报纸的'停尸间'里消失了。"

"她是指报纸的档案库——就是他们保存所有旧报纸的地方。"布莱肯尼先生注意到了我的困惑,解释道。

"至于警察的记录?不见了。"

"不见了!"我喊道——但声音很轻,她的疑心病传染给了我,"那怎么可能?"

"肯定是一些粗心大意的职员'丢'了它们。"她的声音充满怀疑。

"但他们从没侦破这个案子!"我愤愤不平,同时明白了这个事实代表什么。谁能够查看警方记录并让档案消失?我不喜欢这个答案。

"还不止这些。"吉妮说,"甘兰·黑津并非第一次重新露面。"

"她又开始了。"布莱肯尼先生说。

她的语气低沉而夸张:"自从她失踪以后,每隔几年,'甘兰'都会与她的老朋友取得联系。然后她的朋友们就开始死去。"

我惊讶地坐在那里，一言不发。贾德森小姐抬起一根干净的女家庭教师的手指："解释一下。"

"十三年前，大卫·卡迈克尔收到了几封用拉丁文写的信，寄信人声称是甘兰·黑津。不出几个月，他就在阿尔卑斯山发生了悲惨'事故'。"

"你是怎么知道那些信的？信里写了什么？"

"然后是五年前——"她停了下来，热血涌上脸颊，摩挲着她的笔记本，"呃——然后就在今年，莱顿家也收到了属于他们的、据说是甘兰写的信。"

我没有再听下去："五年前，怎么了？"

她以一种太过熟悉的方式，继续研究她的笔记。"没什么。"她轻声说，"我说错了。莱顿家的信——"

我顾不上一切礼仪规范，抢过她的笔记本，疯狂地翻阅起来，直到找到我要找的内容。1888年。我母亲去世的那一年。

"'寄给杰迈玛·哈德卡索（婚前姓林当）的信'？我从没听说过什么信！而且我母亲死于癌症。这件事没有任何神秘的地方。"

确实没有。据我所知没有。我记得当时的每个时刻，贝尔登医生的每一次访问、她的每一种症状、每一声咳嗽、每一回发烧、每一个失眠的夜晚，以及每一顿拒绝下咽或者吃了又吐的饭菜，还有她去世前那苗条身躯上一点一滴流失的体重。她知道是什么在杀死她，她认真研究了自己的情况，

监测肿瘤的生长。肿瘤逐渐令她呼吸困难，最终夺走了她的生命。

直到布莱肯尼先生伸手轻轻松开我的手指，我才意识到我把笔记本捏得太紧，连手指都在颤抖。

"她从没收到过任何信。"我低声说。

吉妮把手放到她弟弟手上，覆盖住我的手。"我不知道这一切意味着什么。"她说，"我正在试图弄清真相。甘兰的真相。每个人的真相。"

过了一会儿，贾德森小姐开口说："也许，我们应该另外找时间继续这个话题。今天经历的刺激已经够多了。"吃午餐的人群开始涌进咖啡馆，我意识到现在时间已经很晚了。即使是向来能靠聚会振奋精神的贾德森小姐，此刻看起来也有些疲惫。而布莱肯尼先生似乎完全被无法无天、屡教不改的独特女性所压制了。

吉妮率先站了起来："你说得很对。我还有一篇报道要交。"

"等等！"我叫道，"你不能报道我们在这里说的任何事情。我们——"我一时说不出话来。

"不公开发表？"布莱肯尼先生说，"祝你好运。"

贾德森小姐再次挽救了局面。她用一种专注的、令人不安的目光审视着吉妮·雪莱·布莱肯尼，从裙摆打量到凌乱打结的头发，然后冷冷地说："我们会感激你的谨慎，雪莱小姐。这是侦探对侦探的请求。"

"我会尽力找出一些信息的。"我向她保证,"也许我爸爸还记得那些信。我们都想弄清楚,是谁杀死了甘兰和其他人。"我深吸一口气,然后面向贾德森小姐,补充说:"即使这会破坏我妈妈的形象。但我想先了解清楚真相。"

"那很公平。"吉妮说,"我保证在我刊登任何东西之前会先来找你。"

我们看了一眼布莱肯尼先生,想得到他的确认。"你可以相信她。"他说——他看上去非常害怕说错话的后果。

14
恋人的愤怒

> 尽管圣诞节本该是一个和平的时节,但它并不能避免紧张的神经和暴躁的脾气。实际上,它特别容易引发激动情绪。你最好远离敏感话题和容易情绪失控的人,直到欢庆活动结束为止。
>
> ——H. M. 哈德卡索,《现代耶鲁节》

父亲和贾德森小姐在争吵。我甚至不需要躲在洗手间(我常用的监视地点)偷听,整个格雷夫森德巷都能听到他们声嘶力竭地互相嚷嚷的声音。而且这回并不只是父亲在通过贾德森小姐来责备我。这一次,双方都自由发起了他们的攻击,而且似乎都击中了要害。

当然,他们是在为我争吵。有些事情永远不会改变。

我坐在楼梯顶端,皮妮在我膝盖上,尽管她挣扎着要逃脱,像我一样对下面的争吵感到担忧。最终,她还是从我手中挣脱出来，逃到了我卧室的安全地带。

"胆小鬼。"我抱紧裹着袜子的膝盖，听着下面的动静。

"真是太过分了！我不能让你们两个离开我的视线！"

"——那是您姑姑的门前！我们几乎无法避免——"

"哦，你们当然可以避免！"父亲的声音震得挂画架上的装饰盘格格作响，"难不成是半夜有一群武装流氓用刀逼迫你们踏进犯罪现场的吗？！"

我颤抖了一下——鉴于正在发生的一切，那个画面过于贴切，让人感到十分不安。

"而且你们居然让海伦娜姑姑参与了你们的冒险，这简直不可饶恕。她是个老太太，可怜可怜她吧。"

（贾德森小姐明智地没有提及，海伦娜姑婆是自己加入的。）

"更不用说那个报社记者了！"他说，"有必要把她也拖进来吗？还是只是为了你的变态娱乐心理？我在市长和法官那里承受的压力已经够多了。他们要求答案、要求惩罚凶手，可我甚至没有人能够审判！"

"这不怪他们。"贾德森小姐回应说，"我认为，斯温伯恩发生了太多的谋杀案。我一直在考虑搬到一个更安全的地方。比如回到魔鬼岛①！"她在最后一句话上喊出了一个不同寻常的音调，屋子里陷入沉默，静得出奇。我几乎无法相

---

① 法属圭亚那外海的一个小岛，曾是流放重犯的监狱。——译者注

信——贾德森小姐说要离开我们，而且不是在开玩笑。她想逃到法属圭亚那最臭名昭著的流放地，这一点都不好笑。

父亲也是这么认为的："哦，行了，别这么孩子气。"

她停顿了一下，愤怒地瞪着他："我明白，可我管着这个家的孩子，我有点孩子气也是合情合理的。现在，请原谅，哈德卡索先生，我有一些孩子气的事情要去做。也请您务必试着找一些人起诉，并且不给他们定罪，换换您的口味。"

说完，她冲出客厅——很遗憾，她没有门可以摔。

我（孩子气地，尽管不完全是出于责任感）匆匆站起身，躲了起来。我并没有比皮妮英勇多少。我溜进我的卧室，关上了门。我只希望贾德森小姐会以某种方式自己发泄情绪，不会闯进来朝我转移怒火。父亲愤怒的原因显而易见，但我无法理解贾德森小姐为何如此生气。她只是和父亲产生了点难以解决的分歧。

她没有来我房间。我躲在飘窗上，俯瞰着外面的死胡同。片刻之后，一个戴着洪堡帽①的身影出现在楼下，他手里拿着公文包，大步走出小区，朝出租车站走去。都已经傍晚了，父亲要去哪里？

"喵？"皮妮一只爪子搭上我的脚，大大的眼睛充满担忧。

---

① 帽顶下凹的绅士帽，名字来源于最初生产它们的城镇。——译者注

"我不知道该怎么对你说。"我说,"我之前从没见他们这样生气过。他们不会这样对彼此发火。"更多时候,他们会结成统一战线来对付我。

贾德森小姐的门被猛然摔上,我知道,她也看到了父亲气冲冲离开的样子。我专注地听着屋里的动静,留意是否有老式大行李箱被拖出来的声音。我的担忧疯狂交织在一起,我无法阻止这些念头:贾德森小姐在卡宴会需要毛皮斗篷吗?去年圣诞节时父亲送给她的刺绣手套呢?或者是她那把华丽的褐色雨伞(她曾经用这把伞阻拦一辆失控的婴儿车冲上马车道,为此弄弯了雨伞的辐条)?①她的一切行李是否需要单独买票?他们会不会让她带上她的画架和所有的素描本?哪怕其中有一些记录着我们的调查详情?

我咬着拇指,感觉又热又恶心,十分煎熬,内心像滚烫的锅底上的牛奶一样沸腾。皮妮在窗台上支起身子,竖着耳朵,眼睛警觉地打量四周。她在观察并等待着父亲绕上一圈再回家来。

但是他没有。

最终,我断定他一定已经把注意力转向了调查,而我也可以做同样的事情。我对贾德森小姐收拾行李回法属圭亚那的想象,让我产生了一个主意。

我们没有马车,所以马车房被用作了储藏室。父亲和厨

---

① 你不会认为这里提到的只是假设吧?亲爱的读者!

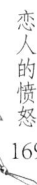

娘共同维持着那里的整洁，马车房里没有杂物，并且也幸运地没有蜘蛛①。那扇上了好油的门在雪地上留下一道弧线，自己敞开着。皮妮漫步走了进去，高高竖起尾巴，希望能找到田鼠、刺猬，或者垃圾——她开始了她自己的调查。

我双手叉腰，想知道自己在找什么，以及它可能藏在哪里。显然不在靠墙的耙子和割草机之间，也不在贾德森小姐的大行李箱中。箱子仍然被安全地保存着，上面覆盖着一层灰、死蛾子以及自行车打气筒——这东西我们已经好几周没见到了。我把它挂回它本该在的地方，伸手的时候，发现边上有一个装着我旧玩具的盒子。一股怀旧之情涌上心头（这听起来像是一种令人不快的医学症状）。我解开麻绳，打开它的盖子，发现了一些书房的旧文件——我最早的拉丁文作业，字迹很大、歪歪扭扭。在那下面，是一簇天鹅绒状的东西。

"鲁弗斯！"我轻声喊道，把他从盒子里拿了出来。

"谁？"角落里的皮妮质问，她正眼巴巴地看着蛾子的尸体，有些失望，试探地尝了尝味道。尝了两次。

我拿着那只旧毛绒狐狸，抚摸他磨损的鼻子和扎人的耳朵，以及（木屑做的）头骨顶上那一排精心缝制的缝合线。我的手指移到自己的发际线处，有一瞬间，我仿佛又回到了

---

① 我完全可以远远地欣赏这些生物，科学上的欣赏并不要求它们突然从我靴子里或头发里跑出来。

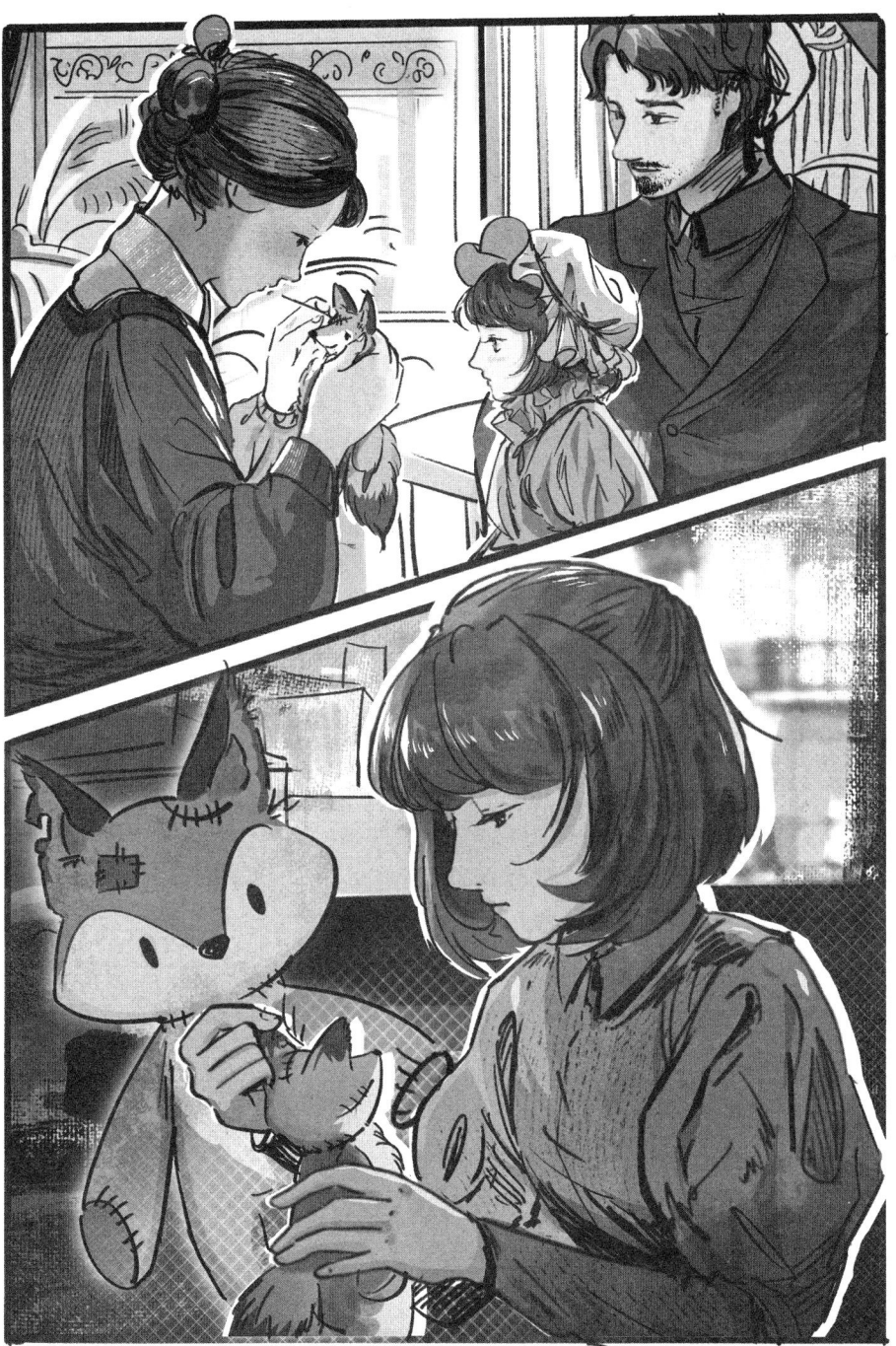

五岁的时候。此刻我没有跪在一间冰冷的马车房里,而是依偎在母亲身边。她正在往她那条疯狂的被子上缝一块蕾丝棉布。那是从我的一件睡衣上剪下来的。我当时穿着它,试图去够父亲书房里的一本书——但那个架子并不是为我五岁的身材设计的——结果我跌倒了,头撞在了书桌的角上。

"你为什么要用这个血迹斑斑的东西?"父亲问,"那真的很血腥,不是吗?"

"一点都不血腥。"母亲回答,"梅朵赢得了这块血迹。这是一次冒险的荣誉勋章。"

"一次不幸的冒险。"父亲纠正道。

"不,就是冒险而已。这是我的被子,我想缝什么就缝什么,我就想要这样的纪念。"

母亲曾试图引发我对针线活的兴趣,但我更感兴趣的是她在我的皮肤上缝的针脚。缝合的时候,她让我全程戴着一顶婴儿帽,因为我在不断试图去看、去感受伤口。但为了安抚我,她对我的毛绒玩具也进行了小手术,使用了她的外科缝线和迷人的单结缝合。那些针脚从未被拿掉,鲁弗斯·V.狐狸仍然带着那道永不愈合的伤疤。

我的伤口愈合得很好,我甚至用手指都摸不到它了。我抚摸着鲁弗斯的伤口,莫名其妙地想哭。

身边传来一阵沙沙声,让我暂时忘却了感伤。强大的女猎手已经从死去的鳞翅目昆虫身上移开,钻进了大行李箱,考虑着哪一张旧纸看起来最美味。

"住手!"我说着把她推到一边。一封折叠的信,湿漉漉的一角刚被咬过。我不由停下了手上的动作。信封上有埃及的邮戳和邮票。是诺拉的又一张便条吗?它在我的东西里做什么?不——我想起来了。为了让我不吵不闹又开开心心,母亲曾经把它当谜题给我玩,让我尝试解开。她一定觉得,我年幼的大脑无法理解信件内容的重要性。

这是一封老式的"交叉信":两位写信者共用同一张纸,其中一位沿着纸张宽度较窄的那一边正常写字,另一位将其旋转九十度,将自己的字写在另一位的字上面或者中间,这样就能利用字与字之间的空隙。这是一种过时的(而相当具有挑战性的)写信方式,在廉价的便士邮政尚未出现之前,这种信很流行。但从埃及寄信显然邮资昂贵,于是两位写信者重新恢复了这一传统。

现在,我眯起眼睛读着它,希望能让它的意思更加清楚。这一页上有各种各样的墨水和字迹,即便是在墨迹最新的时候都不容易辨认。马车房里光线太暗、无比寒冷,我没法在这里读信。所以我把它塞进口袋里,然后开始重新整理箱子。

"哦哦哦,我看到你开始从事考古学研究了!"

我急忙转过身。父亲站在马车房门口,假装出高兴的样子。而皮妮是真的很高兴(至少是这个脾气暴躁的小家伙所能表现出的最高兴的状态),朝他慢跑过去。

"你这么快就回来了。"这是我想到的第一句蠢话。

父亲遗憾地回答:"我忘记了周日没有晚班电车。"他走进来,蹲在我旁边。"你在找什么?"

我耸了耸肩,继续把我的东西塞回箱子里。

他盘腿坐下,长腿弯曲着,像这间马车房里不存在的蜘蛛,它们此刻绝对不会在砖块地面上匆匆爬过。他将手伸进箱子,拿出拉丁语的动词变位表。"Amo amas amat?"[1]他转向我,眼睛一闪一闪的,用一种庄重的声音说:"Te amo,Filia。"[2]

他伸出一只手,小指往外勾起——我长大后他就再也没做过这个动作。我把自己的手指挂上去,轻轻拉了一下:"Te amo,Pater。"[3]

片刻之后,我突然说:"我讨厌你和贾德森小姐吵架!"

"我也是。"他叹了口气。

"那你应该道歉。"我催促道,"她还在楼上。你不会让她离开我们,对吧?"

他瞪着我:"离开我们?什么——哦。我想她是在开玩笑。"

我双臂交叠,瞪了回去:"这一点都不好笑。"

"是的,确实不好笑。"他用手揉了揉头发,看起来仍然

---

[1] 拉丁语"爱"的动词变位。——译者注
[2] 拉丁语,意思是:我爱你,女儿。——译者注
[3] 拉丁语,意思是:我爱你,爸爸。——译者注

在生气,"顺便说一句,我没有什么需要道歉的!她——你们两个——显然做错了。"他看起来像一个愤怒的小男孩。现在是谁在变得孩子气呢?

"你知道这不是我们的错,卡迈克尔小姐的尸体被留在那里。而且我们是最后几个见到她活着的人。作为证人,我们有责任站出来!"

"你们可以在警察局'站出来'。或者回家告诉我,我可以去报案。你们没有必要——"他对着想象中的雪地尸体,挫败地挥了挥手,"为什么这些事情总是发生在你身上?"

"我不知道。"我小声说。目前为止,我已经认识了大约四个谋杀案受害者,这数目肯定超过了一个人一生的配额——而我甚至还没有正式开启职业生涯。一时间,他们全都沉甸甸地压在我的心头:伍德豪斯女士、布卢姆太太、可怜的莱顿先生,现在还有卡迈克尔小姐。甚至甘兰·黑津的失踪似乎也在压迫着我。那是母亲的谜题——但我是那个要留下来解决它的人。

"我很想念她。"我下意识地说,手里还拿着那只狐狸。父亲很清楚我指的是谁。只是——我大部分时候,都不会想她。现在,母亲在我回忆里的时间几乎与她真正陪伴我的时间一样长了。我想,我错过了了解她的机会。等我长到一定的年纪,才能明白她究竟是什么样的人。我记得那是一个聪明却又傻乎乎的女人,会朝父亲吐舌头,会给我缝合伤口,用希腊语给我读书。我还记得后来有一个苍白、疲倦、咳嗽

连连、眼神空洞的女人取代了她。在她周围,我们必须轻手轻脚,低声细语。换成了我给她读书。无论她在哪里,她是否还记得那些事情?

父亲拨乱了我的头发。他身上有咖啡、柠檬和常青树的味道。"我也是。我想,我现在比平时更想念她。这一切——肯定会让她非常生气。她会因为渴望找到真相而热血沸腾。"

"这正是我现在的感受!"

"我知道,"他轻声说,"但这让我感到害怕。也许这不会让你害怕,也不会让她害怕,但是……"他摇了摇头。"她不在了,这伤害不了她,但即便如此,我仍然忍不住要想……"

"什么?"他的话没有说完,我大声问,"你忍不住要想什么?"想她一定曾经参与其中吧?

为什么我们两个都不能把这话说出来呢?

但是父亲没有回答,只是不断浏览着我的旧文件,仿佛它们是全英格兰最具吸引力的文件。

我无法忍受他的沉默:"妈妈绝不会袖手旁观,让杀害卡迈克尔小姐和莱顿先生的凶手逍遥法外。"

父亲过了很久才终于开口。他没有与我直视。"你的妈妈无所畏惧。"他赞同,"除了离开你,她不害怕任何事情。而且她相信正义。我每天都为她不在这里,没有看到你慢慢长大而感到抱歉。她会为你感到骄傲,梅朵·哈德卡索。她真的会。"

他最终转过身，握住我的手。我蜡黄的、沾满墨水的手指在他那双苍白的大手中显得非常小。"但是每当我看着你时，我唯一能想到的，就是失去她时我有多难过——我不能忍受再次经历那样的痛苦。你明白吗？每当发生像……今天早上这样的事情时——"他突然戛然而止，没有把话讲完。但他站了起来，也把我拉了起来。"所以，我要你向我保证，这件事就到此为止。这是最后一次。你今后不会再参与调查莱顿先生或者卡迈克尔小姐的谋杀案。"

我不同意父亲的观点，我几乎没法保证，不会再有人把一具尸体扔在我的门口（尽管概率表明不太可能）。我正准备反驳他——但目光落在了贾德森小姐的大行李箱上。如果"像今天早上这样的事情"再次发生，她或许很容易就会拿着箱子走人。

我咬住嘴唇。我可以为了自己——也为了母亲——提出反对，但我不能让贾德森小姐有丢掉工作的危险。她是我们唯一拥有的人。正如爸爸所说，失去母亲已经够糟糕了。我们不能再经历这样的事情。

尽管如此，站在他面前低头妥协，仍然让我备受打击。但我必须相信他。他和穆加尔医生以及警察们可以一起解决这个问题。

"好的，先生。"我郑重地说，"我保证不再调查莱顿先生或卡迈克尔小姐的谋杀案。"

"呃——"父亲似乎很吃惊他赢得如此轻松,所以我补充了一个条件。

"只要你答应,案件有任何进展,都要让我们知道。无论是哪个案件。"我用那双很像母亲的眼睛瞪着他,狠狠地瞪着他,直到他妥协为止。

"好吧。当然。嗯——非常好。让我们回屋里去吧,看看厨娘做了什么茶点,好不好?外面太冷了。"

他带我离开马车房,关上大门,将我们悲伤的回忆关在里面——一点也没怀疑我仍在策划如何继续寻找案件的线索。

我把诺拉和大卫的信连同鲁弗斯一起带回自己的房间,靠在窗边,在逐渐暗淡的阳光里坐了很久,试图决定该怎么办。破译信件几乎没有危险——但如果信里包含与案件直接相关的秘密呢?我必须把它交给父亲。我咬着拇指,犹豫不决。我不认为他会因为这样的事情而解雇贾德森小姐。但我不能冒这个险。

我把信放在一边,试图集中注意力做其他事情。但屋子里的寂静让人无法忍受,皮妮不断把我塞好的信往外拖,咬着它的一角。我再不破解这信,她就会把这证据给吃了。这么一来,案子要怎么办?要是这封被埋藏很久的信里,包含着解开甘兰失踪之谜或者其他谋杀案的关键线索呢?我不能假装它不存在。

"喵。"皮妮的固执感染了我。

我斜眼瞥着她:"这很可能什么都不是。"

"不。"

"你真是屡教不改。"我说,"我们刚刚答应爸爸,不再调查谋杀案。"

"不。"她再次去够那张纸。

"哦,我知道了。"但我其实并不知道。只是和皮妮说说话能让我感觉好一点,尽管她可能很爱批评人类。"或许,这只是妈妈的朋友寄来的另一封诉说近况的信。它可能与谋杀案毫无关系。"说真的,这怎么可能会和谋杀案有关?它是在几十年前寄出的,那时甚至都没有人会想要谋杀莱顿先生。皮妮坐在那里看着我,大大的绿眼睛充满耐心。"但它可能与甘兰的失踪有关。而那是一个完全不同的案子。"反正,我可没向父亲保证,不再调查二十年前发生的事情。

皮妮发出了一声极为恼火的咆哮,然后漫步离开,但她可能在嘀咕一些钻法律漏洞之类的话。

我退回书房,并没有感到太多愧疚。这里有最适合这类任务的光线。在面向大门的位置,我摆放了一大堆书,用来掩饰我真正的工作内容。我展开那封来自埃及的信,准备好笔记本,开始试图解码和转录。

我进展缓慢,因为这两组字迹非常相似,又极为潦草,很难弄清每一滴墨水属于哪一组——第一个字,斜着写的?第二个字,横着写的?——更别提它应该是什么词了。我尝试合理地去读它,但我失败了。于是我翻到结尾,找到了签

名。如果我不了解哈德良卫队和他们成员的古典绰号,那这签名也会令人费解。这一次的签名是克里奥帕特拉和托勒密:埃及的兄妹,诺拉和大卫·卡迈克尔。

信是诺拉先写的,所以她的字迹更难辨认,深埋在大卫潦草的字迹之下。我把台灯拉得更近,借助放大镜,费力地拼凑出便条的内容——或者说,至少是大部分内容。

这是1875年写的,就在甘兰失踪几个月后,而且完全出乎我的意料。

"Columba,"他写道——

告诉我,你听说过她的消息。我担心得要发疯了。她从未露过面——我现在意识到,你肯定帮她找了个不同的……

(由于字迹潦草、年代久远或者皮妮捣蛋的原因而无法辨认。)

你是她最亲密的朋友。她对你吐露心声。她信任你。我知道如果你可以,你一定会帮助她。如果你不告诉我她在哪里,至少告诉她,让她与我联系。不是在这里。她知道在哪里。她能联系到我。诺拉说要放弃她,她背叛了我们所有人。但我永远不会。我永远不会。

告诉她,我仍然爱她。——托勒密

在他的签名旁边,画了一只栖息在树枝上的雄鹰。

相比之下，诺拉的信写得轻松愉快——悠闲地谈着埃及的奇迹，说她简直不敢相信自己终于来到了这里。她最后说，她"要感谢小甘兰"，不知道那是什么意思。替我把爱意传递给她；我们上次见面时，我送给了她一件离别礼物。她在信的结尾画了一条吞了自己尾巴的衔尾蛇。

我坐在那里，因为盯着卡迈克尔兄妹的圣书体①看了太久而脖颈僵硬、双眼模糊。我很震惊。

是母亲帮助甘兰逃走的。

---

① 古代埃及的正式书写体系。——译者注

15
不要声张

"假面游行"是一种圣诞节的传统,奇怪的是,它容易刺激那些具有犯罪倾向的人,令他们做出不友好的行为。穿着各种服装游行、表演滑稽的小品——这样的习俗经常升级为令人震惊的暴力。我们在纽芬兰的殖民地报告说,在本世纪[①]60年代该习俗被禁止之前,参与者大约卷入了二十六起法律诉讼,其中包括十六场庭审,九起殴打指控,以及至少一起谋杀案。

——H.M.哈德卡索,《现代耶鲁节》

贾德森小姐终于重新露面了,看上去一点也不像昨晚她生过气、心情沮丧、低落的样子。她将头探进书房,手里拿着一叠信,脸颊红润,容光焕发,仿佛她只是出去享受了一

[①] 指19世纪。——译者注

次活力十足的夜间漫步①。我拼命克制自己，才没有因为她和父亲吵架而责备她。

"看——是克莱夫和莫德寄来的圣诞卡！"她把卡片递给我。那是我们去年秋天度假时结识的朋友。一时间，我们沉浸在朋友来信的喜悦中。"我在去拿信的路上碰到了普瑞希拉。她可以证实吉妮的不在场证明——她确实在午夜音乐会上，并且向在场的每个人询问了有关甘兰的问题。"

"还有吗？"

"只有这个。用别人的话说——'与第一场相比，第二场表演非常无聊。'而且，似乎每个人都认为，椅子的摆放方式是某种纪念。"她声音中透着怀疑，对这种理论并不怎么相信。"你都干了些什么？"她的目光掠过工作台，我很想弯腰保护那封信，不让它被贾德森小姐看到，但我知道这徒劳无功。

我干脆撞剑自刎②，破罐子破摔。我从凳子上滑下来，面向她说："我答应了爸爸，我们会停止调查莱顿先生和卡迈克尔小姐的谋杀案。"我已经发现了我想知道的事情，不是吗？发现了我母亲是如何参与其中的。这应该就足够了。必须是这样。

---

① 一个过于夸张的说法，用来形容毫无目的的散步。
② 一个比喻。这种方式在罗马很受欢迎，罗马议员布鲁图就是这么死的。对此，希腊作家普鲁塔克提供了极为详细的细节，听起来非常不切实际。

贾德森小姐眨了眨眼睛,沿着走廊退后几步——高跟鞋甚至在厚重的地毯上踩出了清脆的声音——然后她走了回来,眯起眼睛:"抱歉。我似乎迷路了。我在找梅朵·哈德卡索的书房。"

我没心情听她开玩笑:"我说了,我答应过爸爸,我们不再调查谋杀案。"

"啊。那我想你可能不想看这个。"她把包裹伸到我面前,让标签对着我:史蒂芬·哈德卡索收,史蒂芬被划掉,用模糊而陌生的字迹替换成了梅朵。

"布莱肯尼姐弟寄的?"我双手交叠在我刚刚抄写的信上,"你觉得是什么?"

她把包裹放在我们之间的工作台上。"我猜,是与案子有关的材料。"她冲我刚才写的东西点点头,"那是什么?"

"我妈妈的一封旧信。不是甘兰寄的——是卡迈克尔兄妹寄的。"我把信和抄写的稿件都递给她。

她冷酷的眼睛迅速扫过页面。"做得好,"她心不在焉地说,然后脸上露出一个微笑,"我就知道——你母亲是个浪漫主义者,帮助两个年轻的恋人私奔。"

"只是他们没有成功。"我指出,"否则大卫为什么那么不安呢?"

"嗯。真可惜,他没有写到计划的更多细节——比如,究竟是如何完成逃脱的。"

"或者为什么要逃。"我说——这完全违背了我的意愿。

案子结束了。我洗清了我妈妈的名声。或者说,是卡迈克尔家洗清的。

贾德森小姐让我考虑了一会儿。在她给的这段时间里,我假装自己对甘兰·黑津、斯科菲尔德学院、莱顿教授或卡迈克尔小姐一概不感兴趣。我小心翼翼地折起信,塞进抽屉里,放在远离皮妮的安全之处。然后我合上用来做掩护的书籍,并把它们放回书架上。好了。现在这里又只是一间普通的英国书房了。

"布莱肯尼姐弟听到你这样说会很伤心的。他们似乎在指望我们的帮助。"她思索着拍了拍包裹,"你的父亲一定是个很会劝人的律师,能说服你做出这样的选择。"

不是因为他,我想,但我没有说出口。

"我看,你发过的誓并没有妨碍你破译那封信。"

"那是有关甘兰失踪的事情,"我对着桌面说,"不是谋杀案。"当贾德森小姐和皮妮都盯着我的时候,我很难保持冷静。我得学一学他们是怎么做到的!她们一句话都不用说,就能让一个证人崩溃。

"我知道了。这确实是一个重要的区别。我想,我得把这个标注为'退给发件人',然后寄回去。"

她真无情。我来不及多想,就伸手去拿盒子。我用最凶狠的眼神瞪着她,从她手中抢了过来。

"也许这是个圣诞礼物。"

这确实是个礼物。我揭开包装,发现里面是一堆剪报,用便条包裹着。便条上写道：吉妮的和解之礼，献上她对甘兰·黑津案的研究成果。里面除了剪报，还有手写的便条、地图和清单，以及学院的一些纪念品：一张《笨拙》杂志①上的漫画、旧节目单和歌谱。

"她告诉我们，原来的东西不见了。"我说。

贾德森小姐注视着这堆东西，仿佛它是一盒糖果，她要从里面挑选最美味的。最后她拿了一把出来。"她肯定是在别的地方找到了复印件。看起来，这些资料她已经收集了很多年。"

新闻标题宣称：莱顿因受到怀疑而辞职、莱顿在耻辱中离开。《斯科菲尔德日报》在《永别了，莱顿教授》一文中，只对他的学术成就进行了最中性的报道，配有一张农神节圣杯的图片，还写了几句敷衍的祝愿。最长的一篇文章是来自《厄普顿纪事报》的揭秘报道，该报在斯温伯恩拥有大量读者。这篇文章配了一张甘兰的画像，看起来甜美无害。此外还有一张素描，画中人物蒙着眼睛，身穿长袍，像鬼魂一样聚集在一支燃烧的蜡烛周围。

接着，贾德森小姐朗读了这篇文章。

---

① 一本英国幽默讽刺周刊，由亨利·梅修和木刻家埃比尼泽·兰德尔斯于1841年创办。——译者注

女学生在学院
坠楼身亡

她真的死了吗?

甘兰·黑津发生了什么?

1874年12月18日。昨晚发生了当地有史以来最惊人、最神秘的事件之一。事发地点位于附近斯温伯恩的斯科菲尔德学院大钟楼。该学院因接纳女学生而在全英格兰臭名昭著。根据证人和警察(见图中的杰拉德·哈迪警官)的叙述,周日晚上,几名学生聚集在大钟楼,进行了某种异教仪式,即所谓的秘密社团入会仪式。为了保护学生的家族(大多是斯温伯恩当地一些有声望的家族,本报不愿意抹黑他们)名誉,学生的名字在此隐去。失踪的姑娘甘兰·黑津小姐,是斯科菲尔德学院神学教授弗农·黑津牧师的女儿,年仅十九岁。

据目击者称,黑津小姐与朋友们聚集在大钟楼的钟室。快到午夜时分,发生了灾难性的不幸事件。黑津小姐不知何故,从敞开的拱门坠落,不见踪影。尽管学院官方和斯温伯恩警察局进行了彻底的搜查,但都没有找到她的踪迹。希望任何掌握黑津小姐下落的人都能站出来。黑津家族悬赏100英镑,换取一切能够让她安全回家的消息。

我盘起双腿,把脚塞在膝盖下面,研究着那张穿长袍、蒙眼睛的人物图片。现在我不再担心母亲的罪行,反而觉得这场景激动人心,甚至可能有点儿浪漫。唉,可惜它引发了一场丑闻。

"他们为什么这样做?"我说,"甘兰为什么想要消失?她去了哪里?为什么她从没给大卫写过信?"不知为何,知道她真的逃跑了,而不单单是被谋杀,似乎比原先更加令人难过。

贾德森小姐正在思考这篇文章。"一百英镑是很大一笔钱。"她沉思道,"但有五个人认为,他们的秘密更有价值。或者至少其中一个人这么认为。"她拿起吉妮的另一张字条,上面写了六个名字和一句注释:

甘兰·黑津

杰迈玛·林当

诺拉·卡迈克尔

大卫·卡迈克尔

亨利·斯潘塞-黑斯廷斯

维克拉姆·穆加尔

(在罗马军团的编制中,每个大队有六个百人队=六名哈德良卫队成员。)

"这就是为什么有六个人!"我惊呼道。罗马军团以"大队"为单位，每个大队又由每组一百名的六组士兵组成，而一百名士兵的领导者则是百夫长，就像我们的铅制小人一样。

"是的，这非常具有历史意义。"贾德森小姐说，"我给你满分。"

"你认为他们都参与了吗？"吉妮列出了康沃尔郡考古探险队的名单——和我曾经写下的是同一份名单。"但甘兰从未告诉大卫她要去哪里。或者，等一下——她说过。"我指着他那张我转写的便条，"但是出了些问题。"

"这又让我们回到了她消失的原因。什么事能引起如此过激的行动？"

"他们都参加了考古挖掘。也许甘兰偷走了某样宝藏。"

"但我们都知道，那种事情并不容易保密。"她指的是我们以前的一次调查，"而且，他们为什么要合谋保护一个小偷朋友呢？"

"也许，这样看起来，他们每一个都不是好人。那些拉丁文的恐吓信里都提到了一个腐败的、滥用权力的法庭。"

她严肃地看着我："这种想法很危险，我们很快就会打破你最近要遵守的誓言。"

我咆哮了一声——还是决心继续。"我们知道凶手——知道有人指控莱顿教授腐蚀了年轻人。哪个年轻人？是如何被腐蚀的？"我自问自答了前一个问题，"哈德良卫队。"

"唔。当人们谈论腐败话题时，他们通常指的是贿赂、

勒索和贪污等行为。"

"人们通过不正当的手段变得富有。"

"哦,这就缩小了范围。"她说。

"但确实如此。"我说,"诺拉告诉了我们一切。我们完全知道,哈德良卫队的成员是如何变得如此富有和强大的。"我找到那篇文章,手指按压在那幅图上——那是我们昨晚都在欣赏的东西,"农神节圣杯。"

贾德森小姐自己也画了一幅这个工艺品的画:"除了一些值得商榷的装饰之外,它看起来并没有特别可疑。"

我皱眉看着它:"黑津小姐的父亲教授神学——那是宗教,对吧?也许,她被雕刻的图案冒犯了?"

这位传教士的女儿发出一阵笑声:"这个理由似乎不足以毁掉一个人的事业。更不用说杀了他。或者在从未将自己的去向告知朋友或家人的情况下,消失得无影无踪。"

我鄙视了一番自己的理论:"而且学院怎么会在乎那种事?肯定是其他原因。非法所得。也许他们是从真正的所有者那里偷来的。"

"我怀疑罗马人是否会提起诉讼。"

我们都陷入了沉默,注意力重新回到那一沓剪报上。"哦,这很有趣,"几分钟后,她说,"日期——甘兰在十二月十七日失踪。"

我正在看圣杯图片旁配的文字说明,立即发现了这个日期的重要性:"农神节开始的日子!"

贾德森小姐和我平静地对视着:"这可能是巧合。"

"不。"皮妮哈欠打到一半,发表了自己的意见。

我重新拿起圣杯的图:"诺拉·卡迈克尔将这算作她的成就。"

"还有市长的。"贾德森小姐提醒我。

"以及莱顿教授的垮台?"

她没有回答这个问题。

周一早上,父亲没有来吃早餐,直接去上班了。这意味着他与贾德森小姐的分歧尚未解决,尽管我已经承诺不再插手他的案子。我在床上躺了好几个小时,思考着农神节圣杯,想要揭示它最深、最暗、最致命的秘密。不管我是否对父亲发过誓,我现在确信:圣杯不知怎么成了所有事情的关键,包括甘兰的失踪和最近的谋杀案。

但要如何解开它们?而且我不能从一个案子跨越到另一个案子(旧的失踪案我或多或少得到了家长的调查许可,但新的谋杀案我肯定无权过问)。我盯着那张康沃尔郡考古队的照片,数着死去和失踪的人。甘兰——失踪了。母亲,死了。大卫和诺拉,死了。莱顿教授,死了。只有市长还活着。

他从一开始就表现得很可疑。莱顿先生死后,他在深夜与穆加尔医生秘密会晤(哦,其实是晚上,被南内特·穆加尔偷听到了);他与莱顿一家的长期争执;莱顿太太在她丈夫被杀之前,把他拒之商店的门外;还有他与诺拉·卡迈克

尔在博物馆的秘密会面——就在她死于他家门外之前。即使是父亲，肯定也认为所有这些都很重要。但我不能告诉他其中任何一点。

我艰难地从床上爬起来，内心倍感挫折，可我甚至还没有开始调查。但我知道接下来该怎么做——也同样确定这不可能做到。

我必须去见市长。

我完全能想象出，如果我提出这样的要求，贾德森小姐会有何反应。实际上，我在入睡之前已经排练过整个对话。那一夜，我睡得很不安稳，这让皮妮非常恼火。她生气地走开，去和厨娘一起睡了，而厨娘在睡觉时总是会打呼噜和踢人。亲爱的读者，我在此向你省略我假想中她们睡觉的细节，但可以用猫兽词典中一个简洁的词语来总结：不。

早餐时，我闷闷不乐（但我必须承认，这让贾德森小姐感到很困惑，因为她不知道我睡前一直在排练如何与她争辩），课堂上，我唉声叹气。直到一件出乎意料的事改变了这一天的行程。

我们的前门响起一阵蛮横的敲门声，把家中其余成员都引到了门厅。听起来，仿佛整个斯温伯恩警察局，甚至可能连女王的卫队（伦敦团）都来找我们了。贾德森小姐、厨娘、皮妮和我担忧地看了看彼此。又过了片刻，无人行动，仿佛我们应该抽签决定谁该去开门，承担这项令人不快的职责。贾德森小姐挺身而出，打开了门。门外不是警察。

甚至不是女王陛下。

实际上，情况比这糟糕得多。

拉鲁·斯潘塞-黑斯廷斯挺着胸走进来，头发凌乱，脸颊通红。她把某样东西砰的一声摔在书桌上。"我爸爸收到了一封你们那愚蠢的信！你们必须采取措施。"

我不由自主地瞥了一眼她扔下的东西。乳白色的纸带有锯齿状边缘，对折起来。我毫不怀疑，里面是两个用模糊的拉丁文写的字。我皱着眉头，抬眼看向拉鲁——她是怎么知道这些信的？

"卡洛琳告诉我的。"她不耐烦地说，"她说你很清楚是谁寄的，为什么寄。"

我无法决定下次见到卡洛琳时，是要感谢她，还是掐死她。

话说回来，卡洛琳是怎么知道的呢？只有贾德森小姐和我见过卡迈克尔小姐的便条。当然还有市长。他可能趁机给自己也寄了一封，借此完美地将我们引入歧途。

贾德森小姐、厨娘和皮妮都巧妙地（或者说是懦弱地）开溜了，留下我独自应对拉鲁。

"有多少人碰过这封信？"

"我怎么知道？你是不是打算告诉我，上面可能有指纹，而我把它破坏了？"

我瞪着她："是的，确实如此。你破坏了。"

她沮丧地甩了甩头发。贾德森小姐可能会因为怜悯，任

由她发泄一下小脾气。而我只能尽力克制自己,不去拿铸铁花盆犯下谋杀案,给警官们增加工作负担。

"我相信你肯定能找到其他线索,病态的梅朵。"

"我以为,你想要找我帮忙。"

"我不想。"她咬牙切齿地说,"但我需要,而且你必须帮我。我爸爸是市长,而你父亲为这个村子工作。"她没说完,但默认我该帮她。

"事情不是这样办的。"我敷衍地说。我不想让拉鲁知道,我有多渴望从她手中夺过那封信,冲上楼到书房仔细研究。它是否与其他信相匹配?有没有办法追踪它的来源?"你父亲只是外表看着光鲜,你知道的。别摆架子了。"

"是你先摆的。"她厉声说。

"好吧。"我替她开着门,"我会研究一下,等我弄完了就还给你。"

"我不能把它留在这里!我爸爸不知道我拿了它。我妈妈正在安排圣诞舞会。在他们察觉到我外出之前,我必须把它还回去。你难道不能——继续你现在做的事情吗?"

"你看着我,我做不好。"我沮丧地咕哝了一声,转身背对拉鲁,径直走向书房。令人满意的是,她过了很久才跟上来。我憋住了内心的微笑。

我这里没有更多病态的东西展示,这真是太糟糕了。早知道我应该请教贾德森小姐(或者穆加尔医生),如何订购一个可动的骨架。我很想看看拉鲁会如何应对那玩意。

这并不是说，我打算再次邀请她。

"站在角落别动。"我命令道。我突然高兴起来，因为她现在完全受我支配，欠我人情。要不是我太过担心眼前的问题，也许我可以想出要如何借此获得好处。我把信放在工作台上，打量着它。

"你不准备做点什么吗？你只是在盯着它看而已！我早就看过了。"

幸好书房里的每件物品都太宝贵了，我下不了手拿它们砸人。"我正在进行初步的目测检查。"我强迫自己把话说得专业又耐心，"你或许遗漏了些什么。"

她双臂交叉在胸前说："不太可能遗漏。它有一个斯温伯恩的邮戳，是昨天从商业街的邮筒寄出的，而且写信的人显然是个女人。"她的声音很得意。

我忍住叹息。其实，她表现得很好。"那纸呢？"

"廉价纸。"

"那你还需要我做什么？"

她恼怒地说："当然是告诉我信是谁写的！"

我从（廉价的）信封里取出信纸。"我可没有水晶球。"①地址上的墨水渗透到了里面的纸页上。不出所料，乳白色的纸上，孤零零地写着那两个显眼的词：QUÆSTIO

---

① 实际上我有。我和贾德森小姐曾试图搭建一个用于气象学研究的坎贝尔—司托克斯日照计，但只取得了有限的成功。

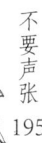

REPETUNDARUM。"

"那是什么意思?"

"是罗马法律用语。"我说,"指审判政府官员是否有罪的法庭。"

"我爸爸没有做错任何事!他担任这个职务并没有多久。"

我觉得她可能是对的。"我们认为,这与他参与过的一些事情有关——他在大学时发生的事情。其他的受害者——"我皱了皱眉,"莱顿先生是他们在斯科菲尔德学院的教授。诺拉·卡迈克尔、你父亲、我妈妈……"

她缓慢地点了点头。"卡洛琳的爸爸。继续说,"她催促道,"你还知道些什么?"

不幸的是,我也说不出太多信息。我慢慢取出诺拉的信,将两者进行比较。表面上看,它们似乎是一样的。很好,我要看看表面之下的东西。我拿掉显微镜的盖子,并调整好镜片以捕捉光线。在某种程度上,这就像把信给母亲看,并听听她对这个问题的看法。她不在这里,我没法问她。但她的显微镜在这里,那是我与她的一种联系。

在我研究信纸时,拉鲁保持着沉默。纸张的颗粒质地在镜片下变成了一团纠缠的丝线,浓重的深色墨水在边缘呈羽毛状。我调整了焦距,深入观察图像,试图集中我的思绪。

当我移动样品时,我观察到信纸上有不均匀的着色区域。我小心翼翼地从显微镜中取出纸张,将它举到光线下。

如果我先这样倾斜页面，然后再倾斜一次，就能勉强看到一个淡淡的、小小的水印。"这是学院的信纸。"我说，"看这里。"水印的图标是大钟楼，被圈在一个圆圈里，像一个印章。我拿起诺拉的信进行比较。它们是一样的。

"所以呢？"拉鲁不为所动。

"所以，这个信纸一定是在甘兰·黑津失踪之前制作的。因为那件事以后，他们不再把大钟楼用作水印了。"毫无疑问，太多丑闻。"现在的水印就是一块盾牌和一盏灯。"

"旧的信纸？这能告诉我们什么？"

"我不知道。"我不情愿地承认。

"你真的认为可能是她吗？那个黑津家的姑娘，死而复生了？"

"你怕鬼吗，拉鲁？"

"当然不怕。但我害怕那些潜伏在周围的凶手，他们用愚蠢的模型去威胁无辜的人，然后在我家外面公然杀人！"

"有人认为，你父亲并没有那么无辜。"

拉鲁眼睛发热，湿漉漉的。她瞪着我。"他是个好人。"她坚持说，"无论那个记者说了什么，他没有杀死那个姑娘。我知道他没有。"

"那莱顿先生呢？或者诺拉·卡迈克尔？"

"别再提出那种指控，病态的梅朵。"她说，"否则你就会知道，我爸爸的职位究竟有多光鲜。"

拉鲁不等我反驳，就离开书房，走下楼梯："穿上你的

外套。我叫了辆车。"

我匆匆跟在后面:"呃,我们要去哪里?"

"去找答案。我算是看出来了,什么事都得我亲自出马。"她从我的门廊上阔步离开,几乎是把我一起拽走了。

过了一会儿,我开始怀疑这是否又是拉鲁的一个恶作剧,就像她把我锁在穆加尔医生停尸间那次一样。不过最后,那件事成为了那次调查中一个极为有效的关键点。但我并不打算告诉她这么多。

我重新思考起她的威胁。拉鲁有没有可能知道一些关于她父亲的罪证事实,并试图吓唬我,让我不再进行调查?这似乎不太可能,然而——

"怎么了?"她咆哮道。我这才意识到,我一直在盯着她看。

"你知道关于农神节圣杯的事吗?"

"博物馆里那个古老的杯子?"

"那是个了不起的发现。"我说,"它帮助你父亲树立了声誉。"然而,当我说出这番话时,我开始怀疑。这到底是如何做到的呢?它如何帮助诺拉是显而易见的——她成了一位著名的埃及学家。但成为斯温伯恩的市长与考古挖掘相去甚远。

拉鲁夸张地叹了口气:"我知道。妈妈总是说个不停——在发现圣杯之后,他获得了各种荣誉、奖学金之类的。我想你肯定知道,他在班里名列前茅,毕业后立即获得了一份公务员职位。我认为那东西阴森森的——我是说，它甚至不是金子——但你能怎么办呢？"

这并没有告诉我太多信息，而我也没有机会进一步询问，因为我们已经到达穆加尔家了。霍布斯在外面，按照穆加尔太太的指示，将更多的绿色植物固定到位，仿佛在房子上挂满尽可能多的圣诞节装饰能有助于驱赶甘兰·黑津的幽灵，以及她的失踪所带来的——并且有可能仍然会带来的——危害她家庭的丑闻。我有一种冲动，想跑出去安慰她，告诉她贾德森小姐和我已经离揭示一切真相很接近了。当然，我们还没有成功。何况，拉鲁也没有给我机会。她跳下马车，砰的一声关上了车门。

"待在这里。"她咆哮道——尽管我不清楚这是对我，还是对马车夫（或者甚至有可能是对马）说的。不久之后，她带着卡洛琳回来了。卡洛琳看上去忧心忡忡。

"我告诉梅朵，你把一切都跟我说了。"拉鲁说。她以前就用过这种策略，在我们年纪更小一些的时候，她用这种办法把我和卡洛琳对立起来。它通常都会奏效。

"但我并不知道一切。"卡洛琳反驳道。

"我们究竟要去哪儿？"我问道。这听起来像是廉价恐怖小说中的人物会说的台词。

"别那么大惊小怪。"拉鲁说，"我们要去见那些黑津家的人，让他们别再散布这些关于我们父母的可怕的谎言。"

16
"野猪头"再访

圣诞节餐桌上供应野猪头的传统可以追溯到中世纪。这是一位牛津大学的低年级学生、一头野猪和一本亚里士多德专著的传奇相遇。事件的具体细节既可怕又匪夷所思,但可以肯定的是,野猪没有占上风,学生毫无疑问在那学期的希腊语考试中表现出色,而亚里士多德则永远退休了。然而,这件事与圣诞节有什么关系,谁也不知道。

——H. M. 哈德卡索,《现代耶鲁节》

半个小时后,我们在斯科菲尔德学院公共区域的边缘停下,下了马车。根据《斯科菲尔德日报》上旧文章里提供的地址,弗农·黑津牧师住在学院为退休教授准备的一套公寓里。建筑内部陈旧发霉,石墙光秃秃的,到处都湿气很重。

开门的是一个高高瘦瘦的女人,整个人看起来很尖刻,浑身灰扑扑的。她的头发向后紧紧拧成一个发髻，这种发型似乎只有折磨本人的目的，就像一种苦修的形式。

"我们要见黑津牧师。"拉鲁从她的手提包里掏出一张卡片，"我是斯潘塞-黑斯廷斯小姐，她们是穆加尔小姐和哈德卡索小姐。"

"你们可以在客厅待五分钟，然后每人一杯茶。请不要演唱《伯利恒小镇》，他不喜欢这首歌。"

"我们不是唱诗班的，女士。"

"叫我小姐！"她尖叫道，声音尖锐得像她身上的其他部分一样，"我是黑津小姐，是牧师的女儿。"

卡洛琳和我交换了一个惊讶的眼神。这么容易吗？甘兰真的只是在某一天回到家里来了吗？但是不对——这位黑津小姐的年纪，比市长、穆加尔医生和哈德良卫队的其他人都大得多。但我还是冒险问了一句："你是甘兰？"

她的嘴唇紧紧抿着，仿佛锐利的刀锋："当然不是。我是达玛丽丝。"她转过身，大步走进公寓，消失在厨房里，裙摆像风的幽灵一样沙沙作响。

我原以为，黑津家的小公寓会是一间简陋牢房的模样，就像一位僧侣可能会居住的地方。但事实上，我们置身于一个杂乱的客厅，火焰熊熊燃烧，旁边挂着四只等待礼物的袜子。一棵高大的圣诞树占据了角落，在它的衬托下，一堆与我差不多高的包装好的礼物显得非常矮小。只有当我凑近看时，才意识到它们都已经褪色了，包装很破旧，角落还破损了。

"就像郝薇香小姐一样①。"拉鲁嘟囔着,将我往后一挤,碰到了一幅带画框的画。画框哐当一声撞到石膏像上,惊醒了栖息在上面的一只八哥。

"罪孽!罪人将被烧死!"它尖叫道。

"闭嘴,本丢②。"阴影中传出另一个嘶哑的声音,一位老绅士从一堆树枝中露出身子。他裹着一条毯子,只要你稍微犯点错,他那尖锐的银色眉毛就似乎会伸出来抓住你。一只骨瘦如柴的手挥动着,示意我们过去:"你们想要多少钱?"

"抱歉,您说什么?"

"你们不是学生,你们也不是唱诗班的,达玛丽丝又没有任何朋友,所以你们一定是为慈善事业筹款的。这一次是为了谁?无家可归的狗?误入歧途的女孩?战争寡妇?"

"哦,不,先生。我们不是来要您捐款的……"拉鲁看着这个狭窄的空间、呼啸的寒风和一棵干枯的圣诞树,声音逐渐低落。卡洛琳显然也有同感,她凝视着画像和黑津家的圣诞摆设,走到圣诞树旁,去看树下包装好的礼物。

"别碰那些东西!"黑津先生喊道,鸟儿也随之尖叫,

---

① 一个不恰当的比喻,引用了查尔斯·狄更斯在1861年出版的《远大前程》中的一个角色,一位沉浸在回忆中的不幸的老女人。她一直穿着她的婚纱。
② 鸟的名字来源于罗马帝国犹太行省的第五任罗马长官,本丢·彼拉多,他最出名的事迹是判处耶稣钉十字架。——译者注

"那些是甘兰的！她回家时会需要的。"

卡洛琳吓得缩回手，惊恐地看着我。

我试图给卡洛琳解围，并挽救一下我们的采访。"这正是我们来找您的原因，先生。您——您最近收到过甘兰的消息吗？"

老人瞬间脸色扭曲，露出一丝神秘的表情："你们想知道吗，小穆加尔小姐和斯潘塞-黑斯廷斯小姐！哦，是的——别以为达玛丽丝让你们进来时，我没听见你们的名字。"他转向我，"你看起来也很眼熟。"

出于某种原因，这使我更加大胆："也许是因为我妈妈？杰迈玛·林当？"

这个名字似乎对他毫无意义，我调整好失落的情绪。也许这是件好事。也许他只记得那些对甘兰有恶毒心思的人，这进一步证明了母亲曾经是她的朋友，曾帮助过她。我从书包中取出我在博物馆找到的那张字条，示意拉鲁也把她的递过去。"先生，这些看起来熟悉吗？这有可能是甘兰的笔迹吗？"

他用颤抖的、爪子般的手接过我的字条，然后将它们扔进了壁炉。

拉鲁和我同时叫喊起来，但伤害已经造成。那些字条化为了灰烬。贾德森小姐是对的——我本该立即把诺拉的字条交给警察。现在它永远消失了，这都是我的错。"那是证据。"我轻声说。

"哼，"他说，"那是垃圾。"

我努力保持冷静："那是她的笔迹吗？"

"你是傻子吗？我女儿已经死了。她怎么可能给任何人写信？"

我盯着他。"但——您说——"我朝着礼物和圣诞树无助地挥了挥手，"是您写的吗？"

甘兰的父亲举起颤抖的手，手指握在一起。"自从中风以后，我一个字也写不成。"他看起来很高兴能打击我。他的学生在讲堂或考试中面对他时，就是这种感觉吗？哪怕是甘兰，她在家里面对他时，是不是也是这种感觉？也许她之所以逃跑，只是为了远离这个可怕的家庭。

"您知道甘兰为什么想消失吗？"

他很长时间都没有回答，只是凝视着火焰。火光在他脸上投下魔鬼般的阴影。"甘兰是个特别的孩子，我们从她出生时就知道这一点。她是她母亲的掌上明珠。然而，当她长大后，一切都变了。她母亲说，她只是一时兴起。"他苦涩地叹了口气。

"怎么会一时兴起？"拉鲁插嘴问道。

老牧师眼中更加冷酷："这一切都始于那群小伙子。还有那个姑娘——她叫什么名字来着？"

"杰迈玛？"

"什么？不是——卡迈克尔家的女孩，诺拉，还有她的哥哥。但他们一群人都很讨厌，只是有几个臭钱和花里胡哨的名字。他们从来没在周日早晨参加过礼拜,总是在狂欢或者互相恶作剧。"

"比如他们进行的那个仪式?"

"仪式?"他咆哮着,几乎从椅子上站了起来,"仪式是神圣的事情!那是些异教的胡闹——打扮得像古罗马人,还在周围游行,非常不体面。就算甘兰的失踪没有害死我的艾斯德尔,光那些行为本身就足以毁了她。"他变得脾气暴躁,"你们为什么问这些问题?甘兰在哪儿?"

我们还没回答,大钟楼的钟声就开始响起,震动着公寓古老窗户的薄玻璃。它就像一道霹雳,击中了坐在那里的老人。他的身体突然僵硬,像番木鳖碱①中毒的受害者一样蜷缩在扶手椅上。

厨房的门砰的一声关上。"你们干了什么!"达玛丽丝摔了茶盘,冲到她父亲身边。"父亲!深呼吸。没事了。"她转向我们,"你们提到了甘——兰——?"她默默地动了动嘴唇,拼读出每一个字。

我们都点了点头。拉鲁瞪大眼睛,吓得说不出话。我们三个跌跌撞撞地后退,绊倒了彼此。

"我——我该不该请我爸爸过来?"卡洛琳问,"他是个医生。"

---

① 一种剧毒的化学物质,一般用来毒杀老鼠等啮齿类动物,对人类亦有剧毒。——译者注

"他只是偶尔发作。老毛病了。只有我能帮得上他。"确实,她很镇定。几分钟后,黑津先生就瘫坐在椅子上睡着了,或者说是在犯迷糊,但至少平静了下来。

"我们害死了他吗?"拉鲁问——我用胳膊肘撞了一下她的侧腹,力道不轻。

黑津小姐动作夸张地照料着她的父亲。漫长的几分钟后,她又试图安抚尖叫的鸟。最终,她转向我们。

"你们玩够了吧?我们已经够倒霉的了,生活在那这座可怕钟楼的阴影之下——尤其是现在。那个女孩又让每个人都相信,钟声再次响起会非常美好。可我们还得应付你们这样的人,四处转悠、打探死人的秘密。你们为什么就不能适可而止呢?"

"难道您不想知道,您妹妹到底发生了什么吗?"我说。

"我知道发生了什么。这都是过去的事情,没有她我们会更好。"

她停顿下来,把我撞歪的一幅画摆正。那是一幅刺绣样本,中间绣有一个深色斑点。我走得更近,试图辨认出图案。它周围绣着一节《圣经》的经文:

> 他们要进入石洞、进入土穴,
> 因为他们害怕主。

黑津小姐用尖锐的手指触碰着针脚:"这是甘兰的作

品——或者说本来是她的。当然，我必须替她完成。她从来没有耐心做任何事。"

下一幅画也被撞歪了：一幅用相框裱起来的家庭肖像照，拍摄于更幸福的时光里。天真的小甘兰站在前排中央，紧紧抱着一个娃娃。姐姐达玛丽丝也很好认——她和身穿庄严的教士袍的父亲是一个模子刻出来的，是他的年轻女性版。她们的母亲看起来像甘兰，娇小、圆润、美丽，膝盖上抱着一个穿白色褶边衣服的婴儿。

卡洛琳忍不住问："哦，那是谁？"她指着婴儿轻声细语："您有个小弟弟吗？"

黑津小姐的表情并没有软化。"在甘兰——在甘兰的那件事之后，我们决定，最好还是把我家最小的孩子送到别的地方，由其他亲戚抚养。"她短暂地陷入沉思，"母亲一直没有从失去两个孩子的打击中恢复过来。甘兰总是令我们的家族蒙羞。这么多年过去了，她仍然在惹乱子。"她打开门，寒冷的走廊吹来一阵风。她把我们都推出了门："再见。"

"哦。"我们重新回到明亮寒冷的室外时，拉鲁说，"显然是他们干的。是他们杀了那个店主和那个扮成克里奥帕特拉的女人，寄了那些疯狂的信，还试图毁了我爸爸的圣诞舞会。让我们去告诉警察。"

她说话的口气就像是缩小版的海伦娜姑婆。"事情不是这样办的，"我说，尽管我知道我的话没用，"我们没有任何能指证他们的证据。"

"证据?"她嚷道,"你看到他们了!还有人比他们更像凶手吗?我敢打赌,那只鸟也参与了。"

拉鲁朝等待的马车走去时,卡洛琳和我交换了一个担忧的眼神。无论是否有证据,我都有一种感觉,拉鲁可能是对的。

马车离开了斯科菲尔德学院,城堡般的建筑消失在背景中,但大钟楼那令人不安的音符仍充斥在天空中。我试图去想钟琴师,尽管钟楼带来了各种混乱和悲剧,但乐观的莉亚依然在敲响钟声。

当我们离开学院后,卡洛琳再也忍不住了。"梅朵,你竟然没有告诉我诺拉·卡迈克尔在被杀之前也收到了这些便条!"她说,"如果凶手也盯上了我们的爸爸怎么办?"

我把回答吞回肚里——吉妮难道没有都告诉我们吗?但卡洛琳有更多话要说,她拧着辫子的末梢。"怎么了?"

"我以前没有告诉你这事——我不能,因为——"她心烦意乱地挥了挥手,"但我确实知道,我们的爸爸——拉鲁的爸爸和我的爸爸——在市长来我家的那天晚上聊了什么。"她深深吸了一口气:"在黑津小姐失踪时,他们逮捕了我爸爸,拘留了他三天,直到斯潘塞-黑斯廷斯先生为他提供了不在场证明。一份虚假的不在场证明。"

我惊讶地看着她。难怪她的母亲那么不安!

"他没对她做任何事!"卡洛琳坚持说,"那天晚上他在家和妈妈在一起,可这理由对警察来说还不够好。但当斯潘塞-黑斯廷斯先生说他可以为爸爸作证时，他们就放了他。他们不相信我的爸爸——但他们相信你的父亲。"她的声音中带着一丝苦涩。

"因为他很有钱，是英国人。"我直截了当地说。即使是拉鲁，也心不在焉地承认了。

卡洛琳哭着点点头："总之，这就是为什么斯潘塞-黑斯廷斯先生说我爸爸欠他的原因——因为他在多年以前为他提供了不在场证明，而现在他需要我爸爸做同样的事情。"

拉鲁的脸变得通红，一直红到发根："我爸爸怎么可能需要你父亲为他撒谎？"

"如果他在谋杀案发生时没有不在场证明，那他就需要了。"

拉鲁看上去好像立刻就想把我们俩从马车里踢出去——但是当马车转过街角进入商业街时，速度减缓，最终停了下来，所以我们没再争吵下去。街上挤满了马车和行人，还有一些骑自行车的人。

"怎么堵住了？"拉鲁敲打马车车顶，想引起马车夫的注意。但他没机会回答她。他也不需要回答。很快，我们就能亲眼看到发生了什么。

商业街的拥堵地点集中在莱顿商店周围。

"是不是又有展示品了？"卡洛琳的声音颤抖着。我伸长脖子，越过她看去。我无法判断莱顿商店的橱窗里发生了什么——但是外面却一片喧闹。

两辆警车停在那里，马儿在下午寒冷的空气中喷着白雾状的鼻息。在街角，吉妮·雪莱穿着蓝色的短外套。她看得很专注。我看到年轻的泰伦斯警官僵硬地站在商店门口。店门打开，哈迪警长和穆加尔医生走出来，护送着一个戴白帽、系围裙的疲惫女人。当男人们把她塞进一辆警车里时，她震惊的蓝眼睛似乎在直直地看向我。在她身后，是红袍翩翩的市长。

我难以置信地看着这一幕，卡洛琳开口道：

"他们逮捕了莱顿太太！"

17

在晴朗午夜降临

> 在喧闹的假期中,没有什么比一个宁静、寒冷、晴朗的仲冬之夜更能激发思考。
>
> ——H. M. 哈德卡索,《现代耶鲁节》

我没法相信。我没法让自己相信,可怜的莱顿太太会杀了她和蔼的丈夫——无论他有没有丑闻——更别提诺拉·卡迈克尔了。父亲去了镇上的办公室,主要是因为他不想听贾德森小姐和我对案子进行没有依据的猜测。

我们聚在厨房,壁炉中燃烧着明亮而欢快的火焰。炉灶上传来肉桂和丁香的香气,令人十分舒心。厨娘已经调制好蛋奶酒,给我们每个人都倒上了一小杯肉豆蔻风味的。我不喜欢酒的辛辣刺激,但贾德森小姐认为这有药用效果——我们所有人都要喝,这相当于在雨中待了一天后喝止咳糖浆(皮妮分到的分量更少,没有酒精)。

"我完全不该对爸爸许下那个承诺。"我把所有的案件记录都搬到楼下,在桌子上摊开,无人抱怨。

贾德森小姐目光越过我的肩膀,观察道:"我想,这不是你的嫌疑人吧?你调查到的证据应该没有指向她?"

"嗯哼。"厨娘发表了自己的意见,她认识莱顿太太的时间比我们任何人都要长。

"只是这没有任何意义。"

"谋杀案很少有意义。"贾德森小姐说。

"当然有!它们向来有完美的意义——至少对于凶手是这样。凶手总有一个冷酷无情的原因能解释一切。或者至少有个动机!可莱顿太太的动机是什么?"

贾德森小姐顿了顿,她考虑得太久了。

"即使她因为某种原因对她的丈夫很生气,那也不能解释她为什么杀了诺拉。"

"也许她试图掩盖第一起犯罪。"厨娘说,"她想转移注意力,让每个人都以为,有人企图对付他们所有人,那些哈德良卫队的人。"

"厨娘!"贾德森小姐愤怒地看着她,这通常是她留给我或皮妮的表情。厨娘只是舒适地坐在摇椅里,看起来像一只满足的母鸡。

"不,"我说,"这太精心设计了。那些谋杀案是非常公开的,而且非常——"

"爱炫耀?"贾德森小姐帮我补完了话。

"完全正确。莱顿太太一点都不像那样的人。如果她要杀人,她不会做一些这么……引人注目的事情。"

我的思绪再次回到甘兰身上——戏剧性的、成为关注焦点的甘兰·黑津——尽管屋内舒适温暖,我还喝了蛋奶酒,但我还是忍不住颤抖起来。那另一位黑津小姐呢?达玛丽丝?她似乎非常讨厌与甘兰失踪案相关的每个人——尤其是甘兰本人。

我又回想起那天下午莱顿商店外的场景,更确切地说,是当时在场的人。

这本来可能是非常自然的事情。穆加尔医生是给莱顿先生验尸的法医,这是一桩备受关注的犯罪案件,令整个村子都感到惶恐不安。市长当然想亲自监督逮捕主要嫌疑人的行动,尤其是如果某个报纸记者能够在场见证他的胜利,那就再好不过了。

除非……如果事情不仅仅是这样呢?穆加尔医生和市长是哈德良卫队仅剩的成员——是唯二活着的、能保守他们秘密的人。卡洛琳的坦白已经令他们的整个关系蒙上阴影。对他们一起做的任何事情,我们都不能确定是否真正清白。如果他们决定,用一个整洁的小圣诞蝴蝶结绑住案卷,就这么结案了呢?

我讨厌那个想法。我很难相信,穆加尔医生可能会参与某件邪恶的事情。但拉鲁的父亲就不一样了。

"肯定是市长干的。"我断定,"只剩下他了,而且他有

足够的影响力。即使没有铁证,他也能说服警察抓捕莱顿太太。"

"我犹豫是否要认同你父亲的观点了。"贾德森小姐说,"但我必须指出,我们怎么知道他们没有铁证?也许她自己认罪了。"

我看着她,厨娘哼了一声,皮妮说:"不。"

"好吧——这不太可能。但他们或许一直在收集指控莱顿太太的证据。"她指出,"你看到她谈论丑闻时,情绪有多激动吧。也许博物馆的事再加上展示品中对大钟楼的描绘,足以推动她走极端。"

"好吧,"我承认,"但我仍然认为市长值得调查。他可以获得各种资源——很容易就能想出办法,也有的是机会,而且他有杀害教授和诺拉的强烈动机。"

"哎,那你打算如何证明呢?"厨娘很好奇。

我踢了踢椅子腿:"我还没想到办法。"

贾德森小姐给我盖被子的时候,我仍然在思考这漫长一天的奇异经历。那幅丑陋的刺绣作品不断在我脑中浮现,那是年轻的甘兰绣的,上面有洞穴的图案和《圣经》的经文。

"贾德森小姐,你知道有关洞穴的经文吗?"

"可能知道,"她回答,"你为什么这么问?"

我把刺绣的事告诉她:"我一直在思考它。是有关人们躲在洞穴里保护自己的经文?"为什么它盘旋在我脑海,就像一首记不太清楚的歌?

"唔。也许是《以赛亚书》？让我看看。"她沿着走廊走到她自己的卧室，带了一本《圣经》（一本英文的《圣经》，不是她最喜欢的法文版本）回来，翻阅起来。"在这里。以赛亚书2：19——当主起身令大地剧烈震颤之时，他们要进入石洞、进入土穴，因为他们害怕主，害怕他威严的荣光。"

我慢慢理解着这些话，昏昏欲睡地想象着罗马士兵藏在隧道中，躲避上帝的怒火（尽管我混淆了《新约》和《旧约》；罗马人出现得要晚得多），他们把康沃尔郡的农神节圣杯藏起来，妥善保管。这是一个梦幻而模糊的场景——但过了一会儿，我突然一个激灵，完全清醒过来。

"就是这样。"我坐起来，激动不已，"是隧道！"我半跳下床。皮妮抱怨着，气鼓鼓地走开了，贾德森小姐的表情也不甚热情。"那个在大钟楼演奏的人——她告诉过我们，你记得吗？"这太完美了。太完美了，我简直不敢相信，之前居然没有人想到过。"大钟楼建在整个学院的地下蒸汽隧道网络上。"

贾德森小姐在翻阅《圣经》的手指停顿了一下。"好吧。"她脸上慢慢泛起微笑，随后她朗读出下一节。"到那日，人必将造来敬拜的金偶像、银偶像抛给田鼠和蝙蝠。"

我们相视一笑。甘兰是消失在了隧道中。

当然，贾德森小姐不会允许我在当晚就开始探险，但（有点勉强地）说服我推迟到天亮。我们在父亲下楼吃早餐

时,和他擦肩而过。

"你们两个要出去吗?现在还不到八点。"他很好奇(如果这不是关心的话)。我们大多数最不靠谱的冒险都是在十一点之前发生的。

实际上,我们是要去拜访布莱肯尼姐弟,但向父亲坦白这事并不合适。

"只是办点事。"贾德森小姐轻描淡写地搪塞道。

幸好我们急着离开;如果再留下去,那我只好扑向父亲,几近疯狂地缠着他询问案件情况。光是想一想莱顿太太有可能谋杀了她的丈夫,就已经够疯狂了。我知道他不会和我们分享任何针对她的证据,尽管他答应过要告诉我们。而且,他肯定无法解释市长和穆加尔医生之间的神秘关系(或者勾结)。如果他真的相信这事。父亲一直在与穆加尔医生密切合作这个案子。他会不会觉得:潜伏在阴影中操纵着一切的市长很可疑?

贾德森小姐和我骑着自行车进入镇上,并排凑得很近,讨论着甘兰逃脱的细节。她消失在大地之下,从这个世界逃离——尽管我们都喜欢这个想法,但它并不能解答一切。

"她是怎么在不被任何人看到的情况下,从钟室到隧道的?"贾德森小姐说,"他们全都以为,她从敞开的拱门摔下去了。"

"就像厨娘说的那样,转移注意力。"我笼统地回答。但她说得对。我们仍然没有解决这个谜题的关键部分——甘兰是如何欺骗大家,让他们以为她死了的?"也许我们在隧道里会找到更多线索。"

贾德森小姐的自行车嘎吱一声,突然停下。"谁说我们要去隧道?"

"我们必须去!否则我们怎么查明甘兰发生了什么?"

贾德森小姐并没有正面回答。她整了整帽子和手套,抚平蓬松的袖口,然后再次整了整手套,皱着眉头重新出发。我有点困惑,但还是跟在她身后。

我们到达《斯温伯恩论坛报》报社的时候,早班的员工正在交接班。困倦的人们从大楼里脚步跄跄地走出来,与同样困倦的跌跌撞撞走进大楼的人擦肩而过。

大楼里并没有看到吉妮或者布莱肯尼先生的踪影。我意识到:他们其实从未告诉过我们,布莱肯尼先生现在是否在为这家报社工作,抑或是他只是跟在吉妮身后,收拾她的烂摊子——无论是象征性的还是字面上的。

这家报社是一个恢宏又现代的地方,充满了打字机(三台!),电报机嗒嗒嗒地响个不停,甚至还有一部电话。戴着袖箍和护目镜的报社职员忙碌地敲击着键盘。没有一个人抬头。虽然有前台,但接待员却不见踪影。一个放在煤气喷嘴上的水壶已经烧干了,发出刺耳的咔嗒声。贾德森小姐礼貌地咳嗽了一声,但依然无人搭理。

就在我们四下张望寻找方向时,办公室后面的一扇门打开了。吉妮从里面走出来,穿着一身整洁的斜纹连衣裙,头

戴一顶翻边的俏皮小毡帽。她皱着眉头看着手里的半张报纸。

"肯特先生,您又把议会写错了。这篇得退回去。"她把一页纸递给一个黑头发、戴眼镜的健壮男人。他匆忙走来,推起自己的眼镜。

"这可真是个惊喜!请进。"她打开嵌在矮墙中的小半扇门,让我们进入繁忙报社的中心区域。房间中弥漫着墨水、纸张和咖啡的气息,提神醒脑,充满了嘈杂而有活力的能量。这让我想到了警察局,我完全能理解吉妮为什么想在这里工作。

贾德森小姐似乎也有同感。她弯下腰对我低声说:"我觉得经营一家报社会很有趣。"

吉妮带我们来到一张堆满文件的桌子前(可惜没有打字机),找来几把额外的椅子,并为我们清理出一个能坐下的地方。"你们一定听说了莱顿太太的事!"她大呼小叫,"我们没跟上突发事件。昨晚我整个头版都用上了!"她把那份尺寸较小的晚间版报纸递给贾德森小姐,顶部醒目的大标题写着:"艾米丽·莱顿因涉嫌谋杀丈夫被捕"。

"是的,真是难以置信。"贾德森小姐打着官腔。

"这完全是陷害!莱顿太太突然想到要往她丈夫的茶里放毒参?这太荒谬了!"吉妮凑近过来,就像当时在咖啡馆一样,"梅朵,你肯定对市长有所怀疑。我完全想不出甘兰为什么要让莱顿太太被捕。"

"实际上，我们就是为此而来的。"我开始迫不及待地开口，但吉妮打断了我。

"哦——我的编辑来了。"她从桌边跳起来，"我整个上午都想找他谈话。你们有急事吗？能等我一下吗？"

"当然可以，"贾德森小姐说，她对着吉妮离开的背影补充了一句，"甘兰的秘密已经等了二十年了。"

吉妮离开后，我四下打量着她的办公空间。角落的墙上贴着她写的关于甘兰·黑津的文章，正中央是甘兰大学时的照片复印件，旁边有一张大钟楼的彩色海报。到处都是一些潦草的笔记——显然，所有那些曾经被她吓唬过的家庭教师都没能教她好好写字。

我走近去看她的研究。图钉和绳子串联起甘兰的照片和吉妮的笔记：其中一张写着"哪六个？"，以及"从110英尺高空跌落——怎么发生的？"某张纸上，只有一系列狂野的问号，力透纸背。

我在一张已经褪色的戏剧演出票根后发现了某样熟悉的东西：对折起来的、带锯齿状边缘的奶白色字条。透过纸张，我能看到墨水写的内容。我心怦怦直跳，轻轻打开，早已料到自己会看到什么。拉丁文的两个词：QUÆSTIO REPETUNDARUM。

嘎吱一声，吉妮再次穿过摇摆的小门。"刚才真对不起。"她说着滑进她的椅子里。我从墙上拿下那张纸，朝她挥了挥。

"这是什么时候寄来的?你怎么不告诉我们?"

她的脸色冷淡下来,从我手中抢过字条。她转身对着墙,把字条重新钉在原处,整理好票根和红线。

"吉妮?"贾德森小姐轻轻推了推她。

"没什么。"她嘟囔着,"别担心。"她冲我们咧了咧嘴。"我没事。好了,你们想告诉我什么?"

"凶手的下一个目标可能是你!"我喊道。

"我说了,别担心。"她在桌上的一堆东西里翻找着她的记事本和铅笔。一沓信纸滑落在我脚边,她猛地冲过去,匆匆拾起四散的纸张。

"吉妮,这事很严重。"贾德森小姐说,"我觉得你应该要注意点。你去找过警察吗?"

吉妮眼中怒火熊熊:"你又不是我的家庭教师,你就别管我了。"过了一会儿,她的态度软了下来:"对不起——你很棒,贾德森小姐,真的。但是谁会想要杀我?我只是一个记者。"

贾德森小姐向我投来一个制止的眼神。我想,至少有一位起诉律师可能会乐于看到斯温伯恩失去一位记者。但我没有说出来,而是弯腰捡起最后一张掉落的纸,手指抓着那粗糙的边缘。

吉妮把信纸从我手中夺走,将整叠纸塞到了……另一叠纸下面。"好了。你们有新消息——我从梅朵的眼神就能看出来!说吧。"她再次向我们露出轻松的笑容。

我解释了我对大钟楼下面蒸汽隧道的推测(好吧,是假设)。

"太聪明了!"我能感觉到,她指的不仅仅是我的理论,还有甘兰的逃跑方式。"哦,真是太聪明了。"

"不过,我们还没搞清楚她之后去了哪里,或者说,她是怎么在没人注意到的情况下下去的。"吉妮用铅笔敲击着桌子边缘。"大卫·卡迈克尔。"她沉思着说。

"解释一下。"贾德森小姐要求道。

但我明白她的意思:"他们计划一起逃跑——在他给母亲的信中说了这么一段。而且他是一个经验丰富的登山者!"

"但后来他不再是了。"贾德森小姐轻声说。

"他可以做些安排,让甘兰能够顺着钟楼的一侧爬下去!"我对登山知之甚少①,但他们可能已经为这样的逃跑藏好了设备,欺瞒并分散了哈德良卫队的注意力。在甘兰沿着陡峭的钟楼一侧爬下去时,没有人察觉到,大卫可能已经带着队伍去了另一个入口,一群人惊恐地盯着她"摔落"的地方。转移注意力。

我往后一靠,瞪大眼睛,心脏扑通直跳,就像我亲眼见到了一样。吉妮说的没错——这确实很聪明。

"杀手可能正在使用同一条隧道。"吉妮匆匆做着笔记。

"但我们的推论对吗?"我看向她们两个,"我们怎么证

---

① 实际上一无所知——但这并不妨碍我对细节进行猜测。

明呢?"

吉妮思考片刻。"给我一分钟,"她说,"我要给我弟弟打个电话。"

18
一口喝光

> 显然,自从我们的异教祖先开始庆祝耶鲁节,用一系列醉人(注意,这个词中包含了"卒")的物质来寻欢作乐的神秘传统就一直流传了下来。他们的罗马征服者也同样如此,在农神节期间举杯欢庆。
>
> ——H. M. 哈德卡索,《现代耶鲁节》

周四下午,我们在吉妮报社的地下室"停尸间"集合。它在这么短的时间内,就从《论坛报》变成了吉妮的报纸,这太有意思了。现在我们这群人成了朋友,我讨厌去想凶手也在追杀她。或者更糟:如果我父亲发现我们在帮助和教唆他的死敌,该怎么办?

我觉得,即使没有解剖设备,这个"停尸间"也很令人着迷。高高的架子上摆放着装订好的报纸,涵盖了好几代的历史。巨大的文件柜里存放着笔记、剪报、图片等等。房里有张书桌,表明这是一个专为研究设计的房间。它就像一个图书馆,但由于它藏着丑闻和秘密,在某种程度上,让人更加兴奋。

随着一阵仿佛一大群失业律师一起摔下楼梯的声音,布莱肯尼先生走了进来,怀里抱满一卷卷文件。

"你们不会相信,五先令在郡县档案办公室能买到什么!"他兴奋地说着,把所有的东西都倒在桌子上——毫不顾及那里已经放着的一叠叠存档报纸。"这些是斯温伯恩的规划图,几乎可以追溯到罗马时代。"

贾德森小姐怀疑地看着这一大堆东西:"你是怎么弄到这些的?我的意思是,你究竟是如何说服管理员把它们全都给你的?"

布莱肯尼先生伸手抚摸着胸口:"我向你保证,这完全合法!我只说我是来办正事的,是上头要求复印,并发誓我会尽快将原件原样奉还。"

"能言善辩,"吉妮说,"他总是能说服我们的家庭女教师。"

"那有必要吗?吉妮,我说了,要保持原样。"布莱肯尼先生夺过她手中的铅笔,防止她在上面做笔记。"好了,姑娘们——呃,队友们——我们到底在找什么?"

吉妮和我抓着卷轴两端,展开并压平角落。"任何能将大钟楼与莱顿商店和博物馆附近的社区联系起来的东西。"

"还有市长官邸。"我补充道,"诺拉的尸体就是在那里

发现的。"

"好极了,"布莱肯尼先生说,"这是学院的地图。"他递给我一份,我把它拿到贾德森小姐面前的桌子上。我们的地图很漂亮。它绘制于本世纪60年代,展示了主要建筑物的景观——精心描绘的树木环绕在四周,大钟楼的哥特式尖塔像一座瞭望塔一样突出。上面用墨水手写了几个字——"斯科菲尔德学院四方院和钟楼"。这张纸和桌子一样大,纸上的其他部分被一团错乱的小径和相交的线条所覆盖。要将人行道、马路和下水道区分开来,需要做一些侦查工作。

"看,"贾德森小姐说,"这里是钟琴师提到的蒸汽隧道。"

我低下头,从钟楼沿着学院的地面追踪它们,最后抵达一座标有"电站"的建筑——这显然是学院供暖系统的锅炉所在的位置。"它们有多长?"

我们仔细研究了示意图,但它似乎是一个封闭的网络。"隧道没有离开学院的范围。"我灰心地将地图推开。

"什么,史蒂芬,这么快就放弃了?"布莱肯尼先生拿着手里的卷轴朝我挥了挥,"别忘了,我们的罪犯是考古学家。"

"说得对极了。"吉妮说,"他们可能发现了隧道之间的联系。"

"她只是一个大学生,不是一支工程队。你觉得她一直住在村子下面,就像——"我努力寻找一个类比。

"格伦德尔之母①?"贾德森小姐提议道。

"一点儿也不像。"布莱肯尼先生说,"格伦德尔之母根本没有十九世纪的英格兰女孩那样勤奋!在过去的八百年里,我们培养出了我们女孩的胆量。"

"罗比,你还是见好就收吧。"吉妮撩起袖子,"我仍然认为,梅朵的隧道理论是讲得通的。只是我们还没有找到其中的关联。斯温伯恩有蒸汽隧道、地下墓穴②和下水道等等。看这里,比如说这个。"她在她弟弟研究的地图上点了一下,"这下水道直通商业街。有人可能使用了一个更加古老的系统,或者利用了两个网络之间的薄弱点。"

"很好。"贾德森小姐语气干脆,"我们要找到距离最近的两个终端。斯科菲尔德的隧道……大约向北延伸半英里③,能抵达哪里?"

"莱弗恩湖的中央。再试着猜一次,贾德森小姐。"

她选择了通往学院外的另一条路径:"向正东四分之一英里?"

"哦,这样就合理多了。"吉妮挥手吸引我们的注意力,"差不多就在有轨电车线的尽头。"她的眼中闪烁着光芒:"电报线。"

---

① 11世纪史诗《贝奥武夫》中一个住在洞穴里的怪物。尽管这部作品具有历史重要性,但我真受不了主人公缺乏对科学的探究。

② 我对她关于地下墓穴的观点并不完全认同。

③ 1英里约等于1.6093公里。——编者注

"电报线通往哪里?"我又开始兴奋了。全英格兰的电报线都埋在列车轨道旁,以确保列车信号正常运行。

布莱肯尼先生拿着商业街的地图:"有轨电车线直通大街。假设电缆的线路足够深,你几乎可以从那里到达任何地方。因为线路需要进行维护,所以它们必须是人可以接近的。"

贾德森小姐走得更近,现在正弯腰在桌子上专注地看着。"这里似乎有一个排水口,在莱顿商店前面。还有一个……"她的手指在地图上划过,停在博物馆附近,"就在这里,靠近海伦娜姑婆家。博物馆肯定与这些下水道相连。"

我盯着地图,心跳加速。"就是这样,"我说,忘记了自己正在寻找甘兰,"凶手一直以来都在这么干——走隧道。我们必须去调查它们。那里可能还有证据。"

"那好吧。"布莱肯尼先生宣布,"我向来喜欢做一些地下考古。"

吉妮看着他,目光里带着深深的怀疑。他们俩一看就是一家人:"你,在一个隧道里?"

"你什么意思?"布莱肯尼先生看起来很愤怒,"我告诉你,在我与哈德卡索和贾德森的合作中,我经历过枪击、爆炸和海滨码头的倒塌。我想,蒸汽隧道并没有超出我的认知范围。"

"我可不这么认为。"贾德森小姐的声音清晰而坚定。

"但我们必须去!如果凶手再次出手该怎么办?"

"告诉我,我们要警察做什么?"贾德森小姐说。

"警察不会做这种事!而且,我们答应过爸爸,不参与调查眼下的谋杀案。如果我们通知了警察,你知道会发生什么。"最终,消息会传到父亲耳中。

"确实。"

"那是什么意思?"

"那就是说,我不打算批准你去做这样的远征。我相信我们的调查可以安全地、成功地——在户外的地面上进行,可以开诚布公地——"

"贾德森小姐,你在说胡话。"吉妮的声音很温和——但她打断了贾德森小姐的长篇大论。

"胡话?"贾德森小姐眯起眼睛,"我怎么不知道我说过胡话。"

但是她变得更加沉默寡言。她向来以冷静著称,此刻却有些动摇,举止也更加僵硬——她是在害怕吗?一时间,我只能目瞪口呆地盯着她,直到我想起要像个年轻淑女那样,闭上嘴巴坐下。这颠覆了我整个井然有序的世界。贾德森小姐从不惧怕任何事情。

好一会儿,我们都干坐在那里,没有人说一句话。最后,布莱肯尼先生开口了。"我想,我有一个建议。"我们带着期望转向他,"与其从大钟楼走向镇上的隧道,不如从目的地开始逆向工作,这样会更加"——他寻思着,最终找到一个肯定能够讨好贾德森小姐的词语——"高效。"

我明白了他的意思："当然！我们只需要寻找在犯罪现场附近的隧道出口——在莱顿商店和市长官邸附近的广场。"

"还有甘兰·黑津去的地方。"吉妮补充道。

贾德森小姐逐渐放松下来："很好。"我能感觉到，她对这个计划仍然不太热衷——但她也不想让我们抛开她独自行动。"我们最好把这件事解决了。"

吉妮推辞道："我今天不行。莱顿太太的最新八卦报道快截稿了。别担心。"她急忙说："我不会提到这件事的。完全不会提隧道的事。我保证。"她模仿了一下在嘴唇上转动钥匙的动作。"但我周末可以抽出时间。罗比呢？"

"自由自在，随时可以。"他说，"我会去的。"

我们成功地弄清了甘兰·黑津可能是如何消失的，但我们对她为什么要这样做毫无头绪。我们走出报社的"停尸间"，在午后的清新空气里，贾德森小姐和我担忧地相互看了彼此一眼。

"现在要怎么办？"我举起戴着连指手套的手挥了挥，"我感觉我们一事无成。"

现在是去安慰（兼打探）莱顿太太的理想时机，但她当然不在商店，无法回答我们的问题。我沮丧地坐在报社低矮的砖石窗台上，心里想着位于那些帝国奇妙物品之下的工作间。

"帝国的奇妙物品。"我轻声说。

"嗯？"

我从窗台上滑了下来:"我们能去博物馆吗?我想再看看那个农神节圣杯。"那个来自罗马帝国的奇妙物品是一切的关键,而我们并没有真正去仔细检查过它。

贾德森小姐对我这次提议的探险目的地颇感宽慰,于是我们动身前往那座阴森的砖石建筑。在明亮的阳光下,它的氛围并没有比我们上次到访时欢快多少。我们把自行车锁在铁栏杆上,哒哒哒地走上正门前的台阶。宽敞的大厅寂静而空荡,我们在大理石楼梯上的脚步声显得格外响亮。节日的绿色植物装饰已经被移走,展品看起来孤独而无聊。而且,也不太对劲。

"小姐!它不见了!"

原本陈列农神节圣杯的玻璃柜是空的。我惊慌地转过身——难道它们被偷了吗?

"事情变得更加扑朔迷离了。"贾德森小姐低声说,"让我们找找它到底去了哪里。"

我们很快就找到了一名博物馆的工作人员,就是在宴会上介绍过卡迈克尔小姐的那位绅士。

"哎呀,哎呀,"他说,"我能为两位女士做些什么吗?"

"罗马圣杯去哪儿了?我们前几天在这里看到过,想再看一次。"

绅士红润的脸上露出了灿烂的微笑。"你们运气可真好!"他惊叹,"它正要被转移去新的莱顿展览馆,所以我们在对它进行更多的检测。来吧——趁它不在柜子里,你们可

以近距离看一看。"

一阵小小的兴奋涌上心头，我忍不住说："我妈妈是发现它的探险队成员。"

现在他简直喜不胜收："是吗？莱顿教授的学生之一？那你应该是他的徒孙了！"他被自己的笑话逗得哈哈大笑："既然如此，你当然应该亲自看一看。跟我来。"

他领着我们穿过宽敞的大理石走廊，来到一扇普通又实用的门前——但我怀疑，它背后隐藏着各种迷人的秘密。这几乎和进入一座埃及坟墓一样激动人心。我们跟着他走进了一个类似家里书房的工作间，有橱柜、各种器材和光线充沛的高大窗户。一个驼背的、留着连鬓胡须的瘦小男人弯着腰站在一张长工作台前，手中拿着农神节圣杯。

"史密森先生是这里的管理员之一。"我们的向导说着把我们介绍给他，"史密森，我有两位贵宾，她们特地来看这个圣杯。"

近距离看——至少不再被玻璃隔开——这个圣杯比以往任何时候都更加奇异、更加令人惊叹。陈旧的青铜散发着温暖的光芒，看上去，它表面的图案几乎要活过来了。

"这太不可思议了，"贾德森小姐轻声说，"真了不起。想想看，它在康沃尔郡的一块农田下面埋藏了几个世纪。"

"我想，它实际上是在一座锡矿附近被发现的。"史密森先生说，"但是没错。他们能找到它真是个奇迹。"

"它重吗？"看到它从土壤中露出被埋的一面，然后兴奋地挖掘它，看着它的曲线和边缘重新现世，那会是怎样的感觉？我情不自禁地伸手去摸它。

管理员咧嘴一笑。"摸吧。"他说，"青铜很坚固。你摸不坏它。"他把圣杯递给我，杯子比我预想的要轻得多——完全可以轻松地举到嘴边，祝酒欢庆。我握着它，触摸着母亲曾经触摸过的东西，感到一股奇异的电流涌遍全身。

"真漂亮。"贾德森小姐说。我把它举到她跟前，当她从我手中接过圣杯时，我瞥见了杯子的底座。圆形杯脚的内侧刻着一些标记。

"那是什么？"我指着它们问管理员。

"我们不知道，"他说，"这是圣杯的众多谜团之一。它们从未被解开，但我们认为，这是制作者留下的某种标记。这里——来看看。"他在工作台上翻来翻去，寻找放大镜。贾德森小姐客气地说："她自己有。"

尽管如此，我还是接受了他的放大镜。我们把圣杯倒置，透过放大镜凝视着杯底内侧。那些形状在我眼前跃动，它们带着草草刻出的线条，被岁月蒙了尘，锈迹斑斑。但是——我试图擦掉被人忽略的一点污迹。那些符号不可能是它们看起来的样子。我猛地倒抽一口气，盯着——盯着——贾德森小姐。

我焦急地把放大镜递给她，而她也焦急地亲自看去，看了很久、很久、很久。

"哦，天哪。"她说。

我们目光相交。我说不出话。我不敢说。在古老的罗马农神节圣杯的杯脚,有一个我太过熟悉的标志:一只小鸽子。在它旁边是一条衔尾蛇——吞着自己的尾巴。我的心跳到了嗓子眼里,顺着底座边缘追踪起这些符号,目光从一只鹰、一个月桂花环,再回到鸽子身上。这些符号——这些签名——代表着杰迈玛、诺拉、大卫和其他哈德良卫队的成员。

圣杯根本就不古老。

19
混乱之主

> 如果你觉得节假日过得太快,那就想一想,曾经的圣诞节假期是从诸圣节(11月1日)一直持续到圣烛节(2月2日)的。这当然是个强有力的论据,足以说服固执的父母,让你在第十二夜多熬一个小时。
>
> ——H. M. 哈德卡索,《现代耶鲁节》

我们不能一直惊慌地站在那里面面相觑,这样会让博物馆管理员发现我们有问题。贾德森小姐强迫自己微笑起来,温和而坚定地将圣杯轻轻放回工作台上。我们能说什么?我们该怎么做?

"它确实令人叹为观止,不是吗?"毫不知情的史密森先生说。

贾德森小姐将情绪控制得很好,没有显露在脸上。她的表情虽然没有任何变化,但我能看到忧虑、困惑、不安等等的情绪在她冷静的眼眸中变幻。最终,她决定了如何继续话题:"怎样确定一个物件的历史有多悠久?"

史密森先生再次专注于他心爱的文物,没有注意到我们的担忧。"有很多方法,"他说,"第一是从艺术风格——它与其他四世纪的罗马不列颠文物风格完全一致。第二是通过地层年代测定——某个物件,比如一块化石或一件考古文物,我们可以通过它被发现的土壤层来确定它的年代。叠覆律,你们知道吧?"

贾德森小姐和我曾简要地学习过地层学,知道地质学家正在全球范围内努力工作,为大地中的沉积层、岩石和矿物测定年代。我明白这是考古学的一项基本原则:靠近地表发现的东西必定比在下方发现的东西年代更近(就像一堆脏衣服那样)。我们专注地点点头。

史密森先生继续说:"第三,是通过来源记录和出土地。"

听到这一点,我皱起了眉头——我从贾德森小姐那里学习过"来源记录"。它指的是一件艺术品或者古董的历史,记录着自它问世以来所有拥有过它的人,以及它去过的所有地方。"出土地"这个词听起来很熟悉,但我不知道它的含义。①

---

① 后来我查阅字典发现,这两个词(provenance 来源记录和provenience 出土地)都源自法语单词provenir,意为"来自"。

"出土地?"贾德森小姐问。

"啊,这是考古学家使用的词汇。"他解释道,"它指的是文物在发现时的确切细节,它在挖掘现场的具体位置,周围有什么其他物品。我们就是凭借这个去了解文物背景的。这就是为什么我们不能像过去那样,任意从地下拔出东西,而是要记录下它们被发现的每一个细节,这很重要。"

我瞥了一眼贾德森小姐。我怕我太过了解这个文物的背景。如果这并非教授莱顿和其他人声称的古老文物,那这其中就有很多暗示。它们穿越了多年的地层,我几乎无法数清。但我知道它们始于甘兰·黑津的失踪,并以亨利·斯潘塞-黑斯廷斯成为斯温伯恩市市长告终——其中至少发生了两次谋杀。

我的手指沿着木制工作台边缘滑动,说道:"关于圣杯和它的发现,你有更多信息吗?也许教授做了一些——呃,关于这些符号的笔记?"

"很遗憾,没有。"史密森先生抬起头,抱歉地笑了笑,"据我了解,教授打算在他去世之前捐赠他的个人档案,但有一些——"他打了一个含糊的手势,暗示着莱顿太太目前生活动荡:"这真是令人失望——当然,我们会很愿意将所有的文件与文物一起收藏。"

"我明白了,是的,太可惜了。"贾德森小姐平静地说,"哦,无论如何,谢谢你。"

我们找了某个借口成功离开博物馆的实验室,没有解释

我们的发现,也没有暴露自己的异常。

"但我们必须告诉某个人。"我坚持道。我们再次蹲在哈德良长城的模型旁边,盯着迷你士兵和他们的模型要塞。现在看来,一切都那么明显。莱顿教授制作了所有这些罗马物品——他会不会多做了一件呢,一个真实大小的东西?我思绪纷飞,试图压低声音,免得在我们还没组织好语言或者决定好要告诉谁的时候,就让这些可怕的真相脱口而出,回响在大理石墙壁上。

"诺拉告诉我,他们从未指望在康沃尔郡有重要发现。所有专家都说,那里并不存在真正的罗马。"我迫切渴望四处走动,但不敢离开贾德森小姐身边。贾德森小姐僵在原地,双手紧紧叉着腰:"他们的时间不多。圣杯挽救了莱顿教授的事业。"

"……直到不能再挽救为止。"她低语道。

我的内心一片混乱。我想起诺拉说的一切,她说在莱顿教授之前,考古学里充满欺诈,而她自己却一直是个骗子!我又想到另一件事。"他们有可能是为了他做的吗?为了拯救他?把假圣杯偷偷放进挖掘现场,好让他找到?"

贾德森小姐表情凝重:"用这种方式回报一位敬爱的导师,似乎非常可怕。而且他肯定会识破这个诡计,不是吗?"

我咬紧牙关(或者说,是我想这么做;我不确定它是如何实现的,但在这种情况下,这听起来似乎完全合乎常理)。"考虑到目前发生的一切,你觉得莱顿太太是没时间翻阅教授的文件——还是她不想交出这些文件?"

"恐怕我们必须考虑这种可能性,她可能像她丈夫一样渴望保守这个秘密。也许随着展馆开业日期的临近,他决定要坦白,而她阻止了他,不愿让他们的名字再次被拖入泥潭。"

"我不相信。"我愤愤地说,我仍然困惑于更早的谜团,"甘兰一定知道——或者发现——他们伪造了圣杯,并威胁要揭露他们所有人。"

"或者,她勒索了所有人,然后带着战利品逃跑了。"

她今天充满了可怕的念头。

我转身面向她:"市长知道。我们必须和他谈谈。"

贾德森小姐摇了摇头——我做好了争辩的准备,但她说:"现在还不是时候。在他面前,我们需要证据。"

"但这显然是个赝品——"

"二十年后被两个业余的年轻淑女发现是赝品?不。他们绝对不会相信我们,市长会有各种合理的解释。他有那么多年的时间来编造这些解释。没有人能够反驳他。"

"因为其他知情人都已经死了。"我嘟囔道。

她用一种令人不寒而栗的眼神盯着我:"确实如此。"

那天晚上,父亲晚餐时又迟到了。

其他所有人(甚至包括皮妮)都离开后,我独自坐在餐桌前,一边戳着吃剩的食物,一边思考着这桩案子。这案子一开始本是一个简单的谜团,可现在,它的嫌疑犯和动机却

紧紧拧成一团，如同城市下方的隧道网络一般错综复杂。我盯着我的水杯，心不在焉地将高高的银色盐瓶推到它边上。一个伪造的罗马圣杯不知何故导致甘兰在大钟楼失踪。然后呢？甘兰在二十年后回来，寄了恐吓信（我把餐巾扔到桌面）给莱顿教授、市长以及一位当地报社的年轻记者（刀被放到桌上），而她失踪时，这位记者差不多还是个幼儿？这一切都毫无道理。

那莱顿太太呢？我将其中一个带凹槽底座的精致水晶烛台移过来。也许贾德森小姐——还有父亲，以及哈迪警长、卡斯泰尔斯警官和穆加尔医生都是对的，她确实非常绝望，不想让丈夫的过去再次成为丑闻。

如果是这样，那她相当失败。

我痛苦地盯着眼前的物品，它们摆放成了一幅毫无意义的画面。我需要极大的耐心，才能克制住自己，不在沮丧中把它们从桌上扫落。

"嚯嚯嚯。"走廊里传来一个柔和的声音。我转过身来，看到父亲站在门口。他面容憔悴，还穿着大衣、戴着帽子，手里拿着公文包。"我看到的是吃剩的斯坦斯果派吗？"

我跳了起来："我去叫厨娘。"

父亲挥了挥手，示意我坐下。"别麻烦了，"他说，"我想我太累了，吃不下东西。"

"不。"皮妮不知从哪儿冒了出来，警惕地说。她跑到厨房，宣布主人回来了，要立即准备第二顿饭。

父亲走进来，坐到我旁边的椅子上，甚至没有摘下帽子："这是什么？"

"没什么。"我嘟囔着。

"啊。好吧，这看起来有点像我现在的办公桌。"他拿起盐瓶，"这代表谁，莱顿太太？"

我瞪了他一眼："不，她是烛台。这是大钟楼。"

"那芥末罐呢？"

"是放芥末的。"我把它推到一边。

我们俩闷闷不乐地看着这个奇怪的陈列。"真是个棘手的问题，是吧，侦探？"他说。

"你真的认为莱顿太太有罪吗？"

父亲沉默了很久，久到我以为他可能已经睡着了。但最终，他说："我不能忽视证据，梅朵。"

"什么证据？"我质问，"你答应过要告诉我们。"

"是的，我答应过。"他叹了口气，揉了揉胡子，"艾米丽·莱顿有作案的动机和机会。她可以进入商店——更重要的是，可以接触到橱窗展示——她可以从任何药剂师那里购买毒参。或者从路边的水沟中获得，这也不是什么难事。"

十二月份没有毒参，这点之前已经指出过了。如果是这样，那这项犯罪早有预谋。"但你不知道她是不是真这么做了。"

"是的，"父亲承认，"我们还没有查到凶器与她之间的关系。"

我踢了一下椅子腿，久久打量着圣杯的替代物。我应该告诉父亲，我们推断出圣杯是伪造的——但我不想再给他更多材料去陷害可怜的莱顿太太。"动机是什么？保险金？遗产继承？她有没有——男性朋友？"这话让我和父亲都皱了皱眉头。

"据我们所知没有。"

"卡迈克尔小姐呢？"

父亲解开领口："诺拉·卡迈克尔最后一次被人看到，是在她进入考古博物馆地下室的时候。据推测，她可能是在晚上的某个时间段里，在那里被杀害的。不过凶手没有留下我们能找到的线索，确切的地点也尚未确定。"

"莱顿太太没有参加宴会。"我提醒他。他没有回答这个疑问。我皱着眉头，坚定地继续说道："你不会认为，是莱顿太太一直在寄所有的恐吓信吧？虽然那些信确实是一个女人写的，可莱顿太太不会说拉丁文。"我讨厌这么想，但其实，对一个下定足够决心的人来说，哪怕不懂拉丁文，也能抄写出一句威胁性的短语。

爸爸从昏昏欲睡的状态猛然惊醒："你说的'所有'，是什么意思？"

我瞪大眼睛看着他："穆加尔医生和市长和——其他人收到的那些信。"

他坐得更直了："你怎么知道的？"

"卡洛琳和拉鲁告诉我的。难道他们……"——我指的是市长和法医——"没告诉你吗?"

父亲严肃地看着摆在桌上的布景:"不,他们没有。"

这意味着市长和穆加尔医生仍然在隐瞒某件事。

我不禁问出一个我知道父亲最不愿回答的问题:"你认为还有其他人处于危险中吗?如果——还有其他人也收到了一封信呢?"

"比如谁?"

我看着桌布。"我不知道。"我嘟囔着,"也许,比如你。"或者吉妮。

父亲试图安慰我:"好吧,信是什么时候收到的?"

"在你逮捕莱顿太太之前。"

"我没有——算了,别管这个。问题是,我们已经关押了一名嫌疑犯,而且无论是信件还是橱窗,都没再收到进一步的威胁。我不会说我们已经得到了所有答案,但我们离结案已经很近了。"他用他在法庭上最权威的声音说着话,仿佛在向持怀疑态度的新闻界发表声明。

话音刚落,厨娘给父亲端上一盘烤肉和豌豆,而我则迎来了第二份斯坦斯果派。当我们大快朵颐时,我只希望我能和父亲一样充满自信。

20
街角的商店

> 假期最好是与朋友们一起欢聚庆祝,共同参与活动。
>
> ——H. M. 哈德卡索,《现代耶鲁节》

周六早上,我们侦探小组集体出发,三名侦探分别是:贾德森小姐、我和皮妮。皮妮拒绝被留在家里,一路跟随我们到了电车站。她跳上电车,逗得售票员哈哈大笑,给我们都免了车票。

这么一来,皮妮要得意忘形了。

布莱肯尼一家已经等在商业街的电车站。吉妮穿着蓝色羊绒外套,单肩背了一个包(我想象着里面塞满了绳索、粉笔和镐,肯定和当初的甘兰一样),布莱肯尼先生戴着一顶漂亮的皮革矿工头盔,上面插着一根蜡烛。

皮妮疯狂地扭动,想朝他冲过去,身体几乎要从皮毛里蹦出来了。

"看来你们又带了一个同伴。"吉妮说,"我能认识一下吗?"她试探地伸出手指,皮妮嗅了嗅她的裙摆。

皮妮警惕地看着她,然后(毫不意外地)说:"不。"

"好吧,你也好。"吉妮说着大笑起来。皮妮觉得受了冒犯,朝着另一个方向大步走开。

"她对付你真有一套,姐姐。"布莱肯尼先生说。

"确实如此。"吉妮说,"那么,现在要怎么办?我想,我和罗比可以去学院,你们两个就在镇上探索一下。"

贾德森小姐点头说:"这正是我想的。之后我们在这里碰头,约在——十点半怎么样?"

"行,除非我们提前碰上了!"吉妮的声音充满期待。我也感觉到激动的情绪像蒸汽一样在体内升腾。

贾德森小姐最后花了一点时间,把我们都聚在一起,像对待学生一样严肃地对我们交代着。但没有人感到冒犯。"你们要小心点,"她说,"这些隧道的状况难以预料,而且,之前可能已经有人在那里丧生了。"

"还可能有凶手潜伏在里面。"我补充道。

"很有可能。"贾德森小姐说。

"您怎么现在才告诉我们。"布莱肯尼先生说。

"我给每个人都带了口哨。"她把口哨分发出去,那是漂亮的黄铜制品,挂在长长的皮绳上。"如果遇到麻烦,一定要用它们。每人带一盏灯,记些笔记。布莱肯尼姐弟——"

说到这里,她的声音变得特别严肃,"——你们的蒸汽隧道可能会非常烫,这很危险。不要去碰你们看到的任何管道,小心前进。我可不想向你们父母解释,我在地下洞穴的探险中把你们两个都弄丢了。"

"他们不会感到惊讶的。"吉妮说,不过她郑重地看着自己的口哨,"谢谢您,贾德森小姐,这太好了。"当她和布莱肯尼先生向电车走去时,我听到她说:"基特里奇小姐绝不会带我们去勘探杀人犯藏身的隧道。"

我看着他们离去,期待变成了焦虑。我们让吉妮冒险进入隧道,只带着一只口哨。那个杀手(正在使用这些隧道悄悄袭击受害者)甚至曾经威胁过她。吉妮可能毫不在意,但她正在冒着极大的风险。

接下来,贾德森小姐拿出的是一把坚固的、带着流苏挂件的钥匙。我想我认得它。

"你有莱顿商店的钥匙?"

"显而易见。"贾德森小姐回答。她走到商业街上,准备带我进去。

"但是——?"我知道我的下一个问题不会得到答案,但我还是问了,"你怎么不解释点什么?你为什么会有钥匙?"

"我答应过在艾米丽——不方便的时候,替她照看店里。"她说,"我们上次访问时,她把钥匙给了我。这似乎很明智。"

"但是之前我们想要翻阅她丈夫的文件,这样做似乎并不明智?"

说到这个,她显得有些局促:"我可能太兴奋,忘了这事。"

我抬起双手,把包带拉高到肩膀上,跟在她后面。

莱顿商店阴暗又寒冷,一点也不像我们记忆中温馨热闹的地方。皮妮迅速消失在了柜台后面,无疑是去寻找被忽略的沙丁鱼罐头了。贾德森小姐脱掉手套,然后想了想,再次戴上它们。

"一切似乎都井井有条。"她观察道。的确,店铺就像任何一个早晨一样整洁有序。每个货架上都摆放着贴了标签的瓦罐和锡罐,橱窗里的圣诞树仍然散发着清香。发现这棵树后,贾德森小姐立刻行动起来,取了水浇在树根处,以免莱顿太太回来时,只剩下一棵枯萎的圣诞树和四处散落的枯黄针叶。我花了一点时间来检查橱窗——以防万一——但是紧闭的台布呢窗帘背后,躺在雪地里的仍然是克里奥帕特拉的雕像。我低头盯着它,仿佛再次看到了真正的诺拉·卡迈克尔的死亡。我克制住不理智的冲动,没让自己用手绢把它盖起来。

贾德森小姐做完了一件理智的事情,将水壶放到一边,建议我们从地下室开始搜查。但她似乎并没有抱太大希望,我对吉妮没有在我们的队伍中感到一丝小小的遗憾。

我们点亮工作室里的每盏灯——这样更容易找到所有的密道。很抱歉,亲爱的读者,密道并没有立即跳出来,通过

地板上的划痕或者砖墙上的裂缝来宣告它们的存在。也没有字迹工整的告示牌，写着密道入口：仅限获得准许的杀手进入。贾德森小姐拿着一盏灯笼，沿着每一面墙壁走过去，照亮了架子后面的角落。我也在做同样的事情。

经过大约二十分钟的彻底研究，我们再次转向彼此，脸上带着相似的挫败。

"我简直不敢相信。"我说，"它一定在这里！"

"你的理论很有道理。"贾德森小姐承认，"但是没有证据，我不确定接下来该怎么办。"

"好吧，继续找。"我说，"皮妮！"当你需要那只好奇心格外强烈的猫咪时，她在哪里？

贾德森小姐将注意力转向架子上存放的纸箱。"也许在教授的文件中，我们能找到一些线索。"她说，但话里没有太大的热情。

我在之前的案件中，体验过这方面的刑侦工作。虽然我确实很喜欢研究，但翻阅某人的旧档案是一项吃力不讨好的任务——是非常辛苦乏味的调查。我不想让贾德森小姐独自焦头烂额，也去拿了一箱文件。但我的手停在半空，意识到有什么东西不太对劲，或者更准确地说，是有什么东西不见了。

"我们上次来的时候，这些架子上堆满了箱子。而且，那个架子下面还有一个储物柜。"我心跳加速，"莱顿太太是不是处理了她丈夫的文件？"

现在,她真的皱起了眉头:"是莱顿太太——或者是其他人。"

"警察?"我低声说,"市长!他知道她这里会有唯一的证据,证明哈德良卫队伪造了农神节圣杯!在他们逮捕她时,他肯定把一切都清理干净了。"得知现在所有的证据可能都沉到了下水道底部,或者被塞到了市长官邸的锅炉里,我唉声叹气道。

"也许他们漏掉了些什么。"这看起来似乎并不乐观,但贾德森小姐决心复查一下他们的工作。作为家庭女教师,她那敏锐的目光能发现任何没有加点的字母i,或者没有横线的字母t。一旦他们有丝毫疏忽,会立即被她揪到错处。

"你继续找吧,"她说,"我会很快搞定这里。布莱肯尼姐弟现在可能已经走了一半路程——也许他们会来找我们。"

这是一个令人振奋的想法,它支撑着我上楼去看皮妮。我甚至可以听到她在地板上抓挠的声音;在把商店归还给莱顿太太时,居然在店里的清漆上留下了爪印。这么回报莱顿太太可不太好。

皮妮仍然在柜台后面,柜台和地板之间的微小缝隙显然滴到了鱼汁。只不过,那道缝隙并没有那么微小。当初那张康沃尔郡的照片就塞在这个地方。我跪在皮妮旁边,把手指伸进镶板,当它轻松弹出时,我震惊得一屁股摔在地上。

"呃?"

"小姐……"我不确定我是否大声地说出了这句话,因

为我正屏住呼吸盯着墙壁上的一个空穴——一个巨洞,木板只是安装在上面掩饰它的。这是干什么用的?商店通常需要逃生出口吗?这一定是为了存储东西,或者爬进去维护管道,或者放置捕鼠器——莱顿商店的地下室很干净,所以捕鼠器似乎是多余的。我急忙捡起灯笼,耳朵里咚咚地回响着剧烈的心跳声。

我先瞥了一眼皮妮。"捕鼠器?"我试探着问。

"不。"她轻蔑地说——我把半个身子挤了进去,灯笼先在前面照着亮。

那里……很黑。

灯笼的光在我手臂周围形成了一个明亮的圆圈,虽然温暖但基本上没什么用。它提供不了多少光明的前景(无论是字面上还是比喻上)。我无法分辨这条隧道是向下还是向外延伸,甚至有可能是向上的。正当我准备爬进去亲身验证时,一只手抓住了我的裙子。

我尖叫一声,扔掉了灯笼。灯笼咔哒一声(向下,且稍微向左倾斜地)落入了黑暗中,然后消失不见。火焰熄灭了。

"你到底在做什么?"贾德森小姐把我拉了出来。尽管她努力保持镇定,但脸上仍然是怒不可遏的表情。

"我——我找到了隧道?"我充满希望地说,"看!"

"我能看到。"她的脸色正在恢复正常,不再那么苍白。她开始拍打我的衣服,凶狠得让我觉得她其实很想适当惩罚我一两下。"告诉我,你的脖子上现在挂着什么?"

我伸手找到被遗忘的口哨:"哦。"

"真是的。你之前有认真听我准备好的讲话吗?"

"但是你看,"我又说,"我找到了!"

贾德森小姐盯着天花板看了很久——我想,她已经在心里用法语数到了三十,或者六十,或者七十五。最终,她在我身边蹲下,仿佛之前的那几个时刻都没有发生过。"嗯,"她承认道,"这真是不可思议。"她伸出手指,抚摸着木制橱柜边缘,抚摸着那块镶板的位置。"我很好奇,艾米丽是否知道这里面有什么。"

我们试着把镶板装回原位。如果没有皮妮的帮助,我们很容易忽视它是可以拆卸的。

"她可能不知道。但凶手显然知道。"我谨慎地瞥了一眼我的家庭教师,她的情绪似乎完全恢复了,"我们必须好好看一看。我们需要再拿个灯笼。"

"那你可以去拿。"她显然怀疑,我会在她刚一转身就一头扎进缝隙里。我心怀忏悔,拿回了第二个灯笼。我们一起弯腰探进这个空间,但双脚依然踩在地上,隔着一个安全的距离。

"如果一位经验丰富的登山者要走那条通道,是不会有任何困难的。"贾德森小姐判断道,"不过,它似乎并不是为人类设计的。"从我们能看到的情况来说,这是一个相对较小的镀铁管道,没法马上判断出它的用途。一圈铆钉将两个

部分封在一起。"洗衣服的?"我提出猜测,"装煤?装面粉?放空罐头和垃圾?"我用力嗅了嗅,但没有闻到垃圾的气味,只有冰冷和潮湿,还有经年累月的斑斑锈迹。

"等等——往回,再把光对准右边照一下。那是什么?"

亲爱的读者,那是被铆钉勾住的某样东西,与漆黑的神秘镀铁管道内部格格不入。

"我想我可以够到它。"

贾德森小姐咬住嘴唇,直到唇上血色全无,但最终点了点头。她紧紧抓着我外套的下摆,让我的身子一半降到通道里。我伸手往下,毫不费力地去够我们看到的碎片。

"拿到了。"我大喊,然后感觉到贾德森小姐把我拽了出来。我坐下来,把我们发现的东西举到光线下。

那是一小块蓝色的羊毛,似乎是从一件起球的外套上掉下来的。

吉妮·雪莱的外套。

"不!"皮妮悲伤地喊道。

21
女性是行动的领导者

为准备家庭的圣诞庆祝活动,很大一部分工作似乎落在了家中的女性身上。也许正因为如此,我们的意大利邻居始终供奉着他们古老的女神斯特雷尼娅,她如今化身为巫婆贝法娜出现,在圣诞时期打扫房中的灰尘。

——H. M. 哈德卡索,《现代耶鲁节》

我们坐在那里,大眼瞪小眼,愣了很久。我们都不知道如何理解这个发现。它似乎是如此不可思议,然而——

"我告诉过你的。"这些话卡着我的喉咙,从我嘴里涌出来,"我说过是她。一直以来,她对发生的事情了解得太多了。那是只有凶手才会知道的事实。"

而且,不仅仅是事实。我真是太迟钝了,我现在才回想起来:她还有只有凶手才会有的纸张——吉妮没收到恐吓

信。那些信一直都是她在寄！难怪她不担心这事。一阵灼烧又恶心的感觉在我体内蔓延开来，逐渐爬上我的脖子和脸颊。我简直无法相信，我竟然被她欺骗了。

贾德森小姐把手搭在我袖子上。"吉妮是布莱肯尼先生的姐姐。"她带着难以置信的语气说，"这事一定有另外的解释。"

"好，"我说，"那是什么解释？"

但她张口结舌。

在皮妮的鼓励下，我们慢慢爬了起来，用木板重新盖住隐藏的通道。我的头很晕。很快我们就要和布莱肯尼姐弟碰面，到时候我们该怎么说？通常，我会用证据跟嫌疑人对质——但这次我不能这样做，不能在布莱肯尼先生面前这样做。

令我惊讶的是，吉妮并没有在约定地点等候。当我们走近有轨电车站时，贾德森小姐紧紧握住我的手，但布莱肯尼先生举起手臂打了招呼。他仍然戴着矿工头盔。

"吉妮回办公室了。她得到了有关市长的新线索，必须要回去。"他说，"你们有什么进展吗？"他热切地搓着手，通红的脸呼着白气。

贾德森小姐和我相互看了一眼。"呃，你先说。"我请他先来。

他挠了挠头盔边缘露出的金发。"哦，很不幸，我们没有达到我们的预期。原来很多人都知道这蒸汽隧道，而且不久前还在被频繁使用。为了阻止闯入者，它们已经被封锁起来。我们无法越过大门。"

"哦，"我说，不知道是应该感到宽慰还是失望。或者怀疑——也许吉妮一直知道，大钟楼入口的隧道被封锁了。毕竟，隧道在整个城镇里蜿蜒，她可以从其他任何一个入口进入隧道网中。

"那你们呢，史蒂芬，情况如何？"

贾德森小姐——背叛了我——让我回答他。"我们找到了凶手可能用来进入商店的入口。"我描述了一下我们发现的入口和金属管道。

"你说，大约这么宽？"他用手比划出一个大致与身体一样大的圈，然后打了个响指，"我敢打赌，那是一条旧的邮政气动管道！"

"像在巴黎的一样？"父亲在去年秋天访问过巴黎，见证了这一技术奇迹：一个由压力管道组成的宏伟系统，用气动力通过地下线路在城市中传递邮件。"我们在斯温伯恩也有这样的管道吗？"

"我想，它从未完工。"布莱肯尼先生说，"太昂贵了。甚至连伦敦的那个管道也废弃了。但他们之前在英格兰各地都铺设过管道。我们在安布罗斯与贝尔格雷夫事务所有一些旧合同。"那是他曾经工作过的律师事务所——也是父亲的旧事务所，是他在成为起诉律师之前工作的地方。"几十年前，人们认为它们会引领未来的潮流——气动地铁和气动电车。

他们建造的数目比你想象的要多得多,仍然四处潜伏着。"

"但人不能藏在里面,"贾德森小姐说,"他们会窒息。"

"未必。"布莱肯尼先生对一个我不知道他会感兴趣的主题产生了浓厚的兴趣,"这些系统使用的是一股气流,而不是真空,提出的设计方案包罗万象——小到仅用于电报的迷你线路,大到足够人类通行的隧道。"

皮妮看起来非常怀疑,于是他补充道:"我甚至听说,他们曾经把一只活猫送入隧道网络,没有对它产生任何不良影响。"

"不。"显然,她并不认为这是令人信服的证据。

看到贾德森小姐和我盯着他看,布莱肯尼先生耸了耸肩:"我考虑过从事工程工作。但我总觉得,法律似乎没那么危险。"他轻轻拍着矿工头盔。

现在,甘兰逃脱的可能性——以及危险性——似乎都越来越大了。"可是,她出了什么事?她去哪了?她为什么从未联系过任何人?她为什么没有和大卫会面?"

"我们可能永远都不会知道。"贾德森小姐温柔地说。

哦,除非我们对整个隧道系统进行彻底的调查,寻找线索,否则我们就不会知道真相。但我只是悄悄在心里抱怨了一番。"她的家人可能知道一些内情。"我说——我没有抱太大希望。我不太可能找到机会去隧道中一探究竟,尤其现在贾德森小姐把"气动事故引起的窒息"加到了隧道危险事项的清单里。然而,想从可怕的黑津家得到有用的答案,这种可能性甚至更小。

布莱肯尼先生面露同情："吉妮对他们的调查也没什么进展。"

贾德森小姐和我心有灵犀，彼此对视了一眼——然后看向布莱肯尼先生。

他的蓝眼睛在我们之间扫视着："史蒂芬，我在吉妮脸上见过太多这种表情了。我快要被你们招募了，对吗？"

"甘兰的父亲或许会和你谈谈。"我急切地说，"首先，你是个男人——他似乎认为，那些行为出格的年轻淑女非常可疑。其次，你既不是记者也不是警察，你还有一个他不会认出来的名字！"

"呃，那我要和他聊什么？我该说我是谁？"

"就凭你这张巧嘴，"贾德森小姐说，"肯定不会有问题的。"

布莱肯尼先生努力不露出泄气的样子，说："还有什么别的事吗？"

"目前没有。在哈德卡索先生起疑心之前，我必须把梅朵送回去。"她说得好像我是她为了某个险恶目的而悄悄窃取的一把钥匙。"我们保持联系吧。"最终，她含糊其辞地说。

"哦。你确定吗？"他看起来有点失望，"我整个下午都很空闲，你知道的。我这一周都有时间。"他向来欢快的语气似乎有所转变，我为他感到双重遗憾。他已经因为一个凶

手而失去了一份工作,现在,他的姐姐也是个凶手?我们至少能让他去做一些有用的事情。

"也许,他可以帮我们查一下圣杯。"我建议道。我开始思考,我们是否应该让他加入我们的日常调查——雇佣一名调查研究员需要多少费用?我可能得不到足够的津贴。

"好主意。"贾德森小姐说,"你告诉过他,我们发现了什么吗?"

他举起一只手。"你最好别说。"他说,"你知道吉妮是什么样的人。在面对一个对故事充满好奇的双胞胎姐姐时,律师与客户的保密协议根本没用。"

贾德森小姐和我考虑了一下,但她说:"我想大家迟早都会知道的,告诉他吧。"

我深吸一口气,大声说出了这句话:"农神节圣杯是假的。"

我几乎有些期待天塌下来,压在我们所有人头上,就像甘兰和莱顿先生的世界一样崩塌。但什么也没发生。我滔滔不绝地谈着细节,以及我们对甘兰的失踪和谋杀案动机的所有猜测。只不过——在我说出我们的新犯罪理论之前,我制止了自己。在这个理论中,他的姐姐正忙着杀死哈德良护卫队的所有成员,但原因还没人知道。即使撇开那部分,布莱肯尼先生的蓝眼睛也瞪得越来越大,最后他用清晰的声音吹了一声长长的口哨。

"博物馆是如何接受这个消息的?啊!"他瞬间就明白

了,"那么,我会小心谨慎的,好吗?"他用食指碰了碰鼻子:"很好,我接受这个任务。我该如何把调查结果告知你们?"

贾德森小姐还没回答,我就插嘴道:"我们可以在那家咖啡馆见面,交流一下消息。就在后天?"这似乎久得永无尽头,但我们必须给布莱肯尼先生一点时间,让他调查出一些结果。而且在我们再次逮捕吉妮之前,我们有四十八小时来想清楚,该如何向他解释吉妮参与其中。

"你做这些就足够了,"贾德森小姐说,"布莱肯尼先生——"

他专注地等待下文:"怎么了?"

"你也要小心。"

那天晚上,贾德森小姐、皮妮和我坐在一起,难以置信与迷惑不解交织在一起,令我们的内心煎熬不已。对于接下来该怎么办,我们也有点争议。我用母亲的显微镜研究了一下那块蓝色羊毛,但它只能看出纤维中有趣的微小特质(毛茸茸的、弯曲多孔,米色、蓝色和灰色的线编织成粗花呢),无法解释它为什么会出现在莱顿商店橱窗下的通道里。

这只有一个显而易见的解释。

我再次责怪自己粗心大意,毁了带 QUÆSTIO REPETUNDARUM 字样的信件。如果我们有那些信,就可以将笔迹与吉妮已有的笔迹样本进行比较,确认她正是我们寻找的罪犯。尽管我并不应该感到惊讶——还有谁会有斯科菲尔德学院的旧信纸呢?她拥有甘兰消失那一年的每一件纪念品。

"我们应该把这块羊毛碎片交给你父亲。"贾德森小姐对目前状况的看法是:摆脱这一切,让父亲和警方去处理吉妮的事。

"市长呢?"我说。

"市长怎么了?"

"还有甘兰?我们还没弄清楚她到底发生了什么事。"我推开显微镜,觉得我们好像失败了。不知为何,我总想象着我们会走到最后,所有的碎片都会整齐地落入固定的位置,就像植物那有序的、绿砖似的矩形细胞。相反,我们得到的只有一团绒毛,纠缠在一起,指向各个方向——但都不是我们想要的那个方向。

贾德森小姐走过来,坐在我身旁:"你比任何人都更接近真相。你可以让她的家人得到一些心灵的解脱。甘兰逃走了,很可能是因为她发现了与伪造的圣杯相关的真相,而哈德良卫队的其他人在威胁她。"

"那只是假设,"我争辩道,"我们没有任何证据,没法证明到底发生了什么。"仍然有一些地方欠缺解释。我不能坐在这里什么都不做。我知道还有更多事情要去了解。至少,市长可以给我们提供最后几个关键信息。要是我能和他谈谈就好了。或者,要是我能亲自进入隧道调查——但这两者似乎都不可能。

没想到,我没法制造的机会倒自己送上门来了。它夹在夜晚送来的信件中,以甜橙和丁香味浓郁的雕花羊皮信纸的形式,被厨娘颇有仪式感地交到了父亲的办公室。为了这个场合,她甚至找了一个(刚擦亮的)银托盘和一双白手套。

那天晚上,贾德森小姐和我躲在走廊里,看到厨娘如此隆重地经过,惊讶得合不拢嘴。呃,至少是我合不拢,要不是贾德森小姐礼貌地咳嗽了一声,我可能一直张着嘴。

"尊敬的斯温伯恩市长亨利·斯潘塞-黑斯廷斯先生请您回信,哈德卡索先生。"她说。

父亲从工作中抬起头:"好吧,好吧。那就把它拿进来吧。"

"是我们所有人想的那个东西吗,厨娘?"贾德森小姐问。

厨娘站在那里,准备就绪。她拿起裁信刀,划过封蜡,从厚厚的信封里取出信,两眼放光。我突然感到一阵恐慌——如果这是一封字迹模糊的拉丁语短笺呢?接下来,吉妮会不会找上我们?

父亲沉默了很久。这悬念要是再得不到答案,我觉得我的心都快爆炸了。皮妮发出了一声痛苦的"喵!",躁动不已。

终于,父亲用几乎和厨娘一样的仪式感,将它举起来给我们看:那是一张精致的小卡片,单面印刷,带有压花。上面手写了父亲的名字。

斯温伯恩

市长和市长夫人

（斯潘塞-黑斯廷斯先生和夫人）

恭请

亚瑟·哈德卡索先生及家人

光临市长官邸

参加圣诞宴会暨舞会

时间：1893年12月19日

6点自助餐，8点舞会，11点马车送客

敬请即复

小声的欢呼响起，尽管我无法确定到底是谁发出的声音。我长长呼出一口气——我终于有了询问市长的机会。

只要父亲愿意让我去。

"能带家人？"我祈求地看向他。厨娘和贾德森小姐也是如此。

皮妮站在装信的托盘上，充满希望地哼哼唧唧。

父亲蹲下身子，单独对她说话。"我想，邀请并不包括猫。"他弯腰抚摸她的脖子，语气非常抱歉。

皮妮并不相信，她要求凑近了亲自检查。

当父亲最终抬起头时，看到贾德森小姐和我端庄地等待着，举止优雅、彬彬有礼、无可挑剔。绝非那种有可能打断一年一度的社交盛事，冒犯地指控主人犯谋杀罪的女性。

父亲小心翼翼地将邀请函放在桌子上。"我会立即回复的。"他继续埋头工作,似乎当我们都不存在。

但厨娘的脚定定站在原地,显然没打算在父亲正式宣布结果之前离开。

"还有其他事吗?"父亲挑挑眉,试图装作严肃的样子。

"事实上,先生,我通常是不会打扰您工作的,但我想问问,是否能在十九号晚上休息一晚。莫莉·卡特——她是市长官邸的女管家——正在为这场活动寻找额外的帮手。"

父亲拍了一下胸口:"但要是整个晚上没有你,我们该怎么活?这意味着没有炖鸡,没有龙利鱼柳,没有斯坦斯果派……"

厨娘脸色通红,努力忍住笑容:"得了吧,先生。"

他松了口:"好吧,好吧,当然,当然可以,希望你在市长家度过愉快的一晚。"

"那你们呢?我要不要提前准备晚餐?"

"哈德卡索先生,如果您能发发善心,免除我们所有人的痛苦……"贾德森小姐插话道。

父亲站起身,打了一个夸张的哈欠,最后说道:"好吧,如果在家没有饭吃,我想我们只好另找他处了。是的,我们都去。我最好看看我的晚礼服还合不合身。"

然后他一边吹着《绿袖子》的曲调,一边漫步回自己的房间。贾德森小姐和我这才意识到,他成功规避了对案件的任何潜在讨论。他在这方面的技巧几乎和我们一样好。

快乐的氛围并没有持续太久。周一早餐时，贾德森小姐和我迎来了一场突如其来的冬季风暴。

"哦，我的天！"惊雷响彻整个餐厅，震得橱柜玻璃都咔嚓作响。父亲正在阅读——或者说，正在用他炽热的目光焚毁——《论坛报》，上面有一个巨大的黑色标题：

甘兰·黑津之谜解开！
市长涉嫌
欺诈、密谋和谋杀

我重重地坐了下来，正常情况下，父亲是不会忽视我这动静的。贾德森小姐优雅地坐到她的座位上，比平时更加沉静。

我们不敢打扰他。我也不敢看贾德森小姐。我思绪翻涌，浑身冰冷。我以为自己不会再感受到背叛，但吉妮又一次震惊了我。

"哈德卡索先生？"贾德森小姐谨慎无比、一针见血地问。

父亲没有回答。他只是一把抓过报纸，扔进壁炉，然后气冲冲地离开了房间。

贾德森小姐迅速又灵活地跳起身，去抢救报纸。但她的动作太迟了，就像在黑津家被烧毁的诺拉的纸条，报纸已经烧成灰烬。她咬着牙说："我们去见布莱肯尼先生的时候再

要一份。"我能感觉到,她几乎和父亲一样生气。

"也许那上面没有提到我们?"如果有的话,父亲肯定不会那么早走,他会把我们也一起烧了。

"希望如此,"她说,"但我们最好还是离开这里。"

伍德斯汀咖啡馆有个惊喜在等我们。一位戴眼镜、穿蓝外套的棕发女记者霸占了一个足够容纳大陪审团的包厢,身边摆着笔记本、报纸和吃剩的饭菜,自在极了。她招手叫我们过去。布莱肯尼先生有些愧疚地坐在她对面。

"你们看到我的报道了吗?"我们甚至还没来到桌前,她就喊道,"是不是很完美?"

"史蒂芬——"布莱肯尼先生试图开口,但贾德森小姐先说话了。

"我可能不会用'完美'这个词。"

吉妮歪头看着她:"我原本认为,您不是这么保守的人,贾德森小姐。"

"你为什么要写这样的事情?"我喊道,"你答应过保密的!"

"你不能怪一个女孩报道她听到的事情。"听到这话,布莱肯尼先生看起来更加痛苦了。我们应该听从他的建议,不要把秘密告诉他。

吉妮略微耸了耸肩:"但它奏效了,不是吗?它会激起全镇的议论,迟早会有人说漏嘴。而且,我没有违背诺言。"她补充说:"报道里完全没有提到你或者你母亲的名字。"她递给我一份新报纸,我看也没看就扔到一边。

"我爸爸对你的看法是正确的。"我说。

她看起来一点也不受伤。"或许吧。现在请坐下,让我们理智地谈一谈。我想知道你们都发现了什么!"

"事实上,您可能不想知道。"贾德森小姐的声音很少如此冷漠。

"吉妮,你到底做了什么?"布莱肯尼先生的声音有些尖锐。

她瞥了他一眼:"唉,我也不知道,弟弟。让我们听听这两位侦探打算指控我什么。"

我走进包厢,贾德森小姐在我旁边,这样我们的谈话就不会被人偷听。至少,布莱肯尼先生值得拥有隐私。我从书包里找出一块蓝色羊毛,它被安全地保存在一个标本瓶中。我本来是把它当作某种护身符的,并不希望向布莱肯尼先生展示它。但他姐姐做出了那样的行为,我再也没有丝毫同情。

她极为欣赏地盯着它,将它举到光线下:"这是什么?"

"这个东西,"我说,"是我们在莱顿商店橱窗下面的通道里发现的。"

"你找到了证据?你为什么不说——我原本可以把它放到我的报道中。梅朵,这太棒了!"

"并没有那么棒。"贾德森小姐说。

"这来自你的外套。"当吉妮拿着瓶子时,我能明显看

出,它与她的外套有多么匹配。

如果我以为她会那么容易暴露自己——拍拍她的袖子和下摆,寻找被扯破的地方——那我就失望了。"我不这么认为。"她把小瓶子放到我们之间的桌子上,"斯温伯恩肯定有几百件蓝色的羊毛外套——或者裙子、围巾、毯子。你自己也有。"她指出。

"我的不是这种颜色。"

"好啦,我从没进入过那些隧道——罗比可以作证。"

布莱肯尼先生震惊地看着他的姐姐:"不会吧?"

"只有这些吗?"吉妮听起来很警惕。

"我们还知道,你用拉丁语写了恐吓信。我见过你书桌上的信纸。"

现在,她缓缓露出一个扭曲的微笑:"真聪明,不愧是大名鼎鼎的梅朵·哈德卡索。"

"你承认了?"

"我总要揽点功劳吧。"她说,"毕竟我在写作上投入了太多的心血。大钟楼的那些椅子也是我弄的。"

布莱肯尼先生正在努力接受这一切,脸色变得十分苍白。他抓住她肩膀(上的蓝色羊毛):"伊莫金·雪莱·布莱肯尼,你做了什么?"

她若无其事地挣脱他:"只是把水搅浑,小弟弟,仅此而已。就像踢了蚁丘。"

"就像用棍子打蜂巢?哦,吉妮。"

她瞪着他："怎么不行？所有的小蚂蚁都在争相掩盖它们的踪迹。很明显，我让每个人都感到了紧张。"

我开始理解了——只是我并没有，没有完全理解。"你让他们紧张到逮捕了莱顿太太！"

这时，她短暂地露出了几分懊恼："那些指控绝对不会成立。特别是当我们揭露真正的罪犯时。"

"你可能害死了诺拉·卡迈克尔。或者是你亲手杀了她。"

她在桌子上俯下身："不。我寄那些愚蠢的信，只是想看看他们所有人的反应。但我没有随意摆弄商店的展示品。那都是凶手干的。"

"也许你们是同谋。"

她的笑声戛然而止："你是认真的，是吗？你真的认为我参与了谋杀案？"

"吉妮，你永远学不到教训吗？这就是你被赶出艾姆赫斯特的原因！"我从未见过布莱肯尼先生如此生气。他的脸涨得通红，甚至连头发都似乎着了火。"你这次太过分了！你在想什么！"

"罗比！你不可能相信我真的会为了一篇报道杀人吧！"

"我不知道，"他说，"我不相信你真的会把皮博迪女校长礼拜日穿的衬裙挂到旗杆上，或者真的在曲棍球场上和驴一起耍花招之类的，但是你真的做了。"

她站了起来："这不一样。我会向你证明的。"她掏了掏

口袋,拿出一把挂在怀表链上的折叠剪刀。她直接当着我们的面,翻起大衣的下摆,剪下一小片布料。"给你。比较一下。检测一下。随便你怎么做。你会发现,我从没去过那条隧道,也没有杀过任何人。"

她把自己的所有东西都往怀里一塞,气呼呼地眨着眼睛。她烧红了脸颊,不愿看我们其他人。当她推开桌子愤愤离去时,她说的最后一句话是:"但我会找出是谁干的。你们就等着瞧吧。"

22
不良后果

> 为朋友和亲人挑选圣诞礼物必须非常谨慎,最好尽可能提前一年规划。等到最后一刻是个致命的错误。
> ——H. M. 哈德卡索,《现代耶鲁节》

之后,我们沉默地坐了一会儿。布莱肯尼先生盯着他姐姐刚才所在的位置发呆。最终,他重新有了反应,用手激烈地揉着自己红润的脸:"真的很抱歉,史蒂芬、贾德森小姐。我早该知道,即便是我,也不能相信她。"

"你不去追她吗?"贾德森小姐说。

"在那种情绪下就不必了。"他说,"我也不是傻瓜。好吧,在你们把这事告诉警察或者哈德卡索先生之前,我们还有多少时间?"

"等一下。"我感到很困惑,"你为什么不为她辩护?捍卫她的名誉之类的?"

"啊。那真是说来话长了。简而言之,我已经一无所有了。"

他的语气中的某些东西阻止了我的话。又或者,这可能是因为贾德森小姐放在我手臂上的手。她严肃地看着他说:"也许,你最好告诉我们。"

我为布莱肯尼先生感到抱歉。"除非这违反了律师与客户之间的保密协议。"我不想让他仅仅因为要满足我们的好奇心而妥协。

"我不清楚她有没有做任何需要我保密的事情。"他僵硬地说。我不知道这话有没有让我感觉好受一些。"但我想,整件事情开始于我们还是孩子的时候。吉妮总是对甘兰·黑津的故事很着迷。她把她看作是志同道合的人——一个遭遇神秘事件的恶作剧者。当她被最后一所学校开除后,就开始努力解开这个谜团。"

他向服务员挥挥手,又要了一壶茶。我有一种预感,这壶茶我们都用得上。"当她在《论坛报》找到工作时,我家人都很高兴,因为我能在这里照顾她。但当她搬进来的时候——"他摇了摇头,"我简直不敢相信,她居然如此执着。记得我们寄给你的所有剪报吗?那些甚至都算不上皮毛。她房间的墙纸就是用剪报糊的。威廉·莫里斯①在伊莫金·布莱肯尼面前都不值一提。我不知道该怎么想——然后店主去

---

① 作者、艺术家和含砷墙纸供应商。

世，她的故事火了起来。但我发誓，我从来没想到两者有任何联系。到现在我仍然不相信。不可能是她。"他震惊地看向我们，"有可能吗？"

我们要怎么回答呢？

布莱肯尼先生疲惫地站了起来："唉，肯定有烂摊子需要我去收拾。如你们所见，她常常惹出麻烦。"

贾德森小姐深深皱着眉头："我希望她不会采取什么极端的行动。"

他的微笑瞬间回到脸上，然后再次消失。"吉妮？"他装作不信，"你们认为她会做什么？"他在口袋里翻找着硬币，要付茶钱，找到了一张纸。"哦，史蒂芬——我不知道这消息还有没有用，但我确实去博物馆问过关于圣杯的事。馆长告诉我，最近几周里，他已经第三次被问起这个问题了。"

"嗯，其中一次是我们。"我说，"另一个人是谁？"

"他只记得是一个年轻女子。"布莱肯尼先生朝咖啡店门口看去，刚才他的姐姐气冲冲地走了出去。他叹了口气："我想，现在我们可以猜到那是谁了。"

贾德森小姐、皮妮和我整个晚上都待在书房里，盯着工作台上那个没人动过的小瓶子，里面是吉妮给我们的羊毛样本。不知为何，尽管有了证据和设备，但我不敢去检验它。

"如果结果不是我们想要的呢？"我问贾德森小姐。

"我们到底想要什么结果？"

"呃，当然是她无罪……"

贾德森小姐双手撑在柜台上："你是在询问我,还是在告诉我?"

"贾德森小姐!"我哀号道,"我不希望她有罪。但如果我们检验完这个,结果证明她有罪——"我挥舞着一只手:"我们就必须告诉布莱肯尼先生。这将是我们的过错。"

她坚定地看着我:"你知道那不是我们的错。"

我点了点头:"但我仍然觉得愧疚。"

她伸手握住我的手:"我明白你的感受。拿出显微镜吧,让我们找出真相。无论是好消息还是坏消息,我们都不会逃避证据。"

几分钟后,我深吸一口气,将吉妮的样本推到显微镜下,悄悄地向母亲祈祷着。我甚至不确定自己问了她什么——毫无疑问,是一些完全不科学的事情。我没有等她回应,低头凑近目镜。

我默默地凝视了很久,贾德森小姐开始坐立不安。"怎么样?"她问道,"结论是什么?"

我仔细研究着吉妮蓝色羊绒外套上的羊毛纤维。它与我们在隧道里找到的样本一样,粗糙又卷曲,指向各个方向。这几缕线看起来都一样,是一种深沉的、均匀的、纯正的蓝色①,在纺纱之前就染好了颜色,并由同一批纱线编织而成。

---

① 贾德森小姐用专业的艺术眼光判断,这种色调的确切名字是"水波蓝"。但坦白说,我认为这名字是她从一个童话故事中听来的。

而隧道里的样本,则是粗花呢的——由多种颜色混合在一起。

"你看看吧。"我让开位置,想要她单独确认我的发现。吉妮的外套用肉眼看起来和它一样,但显微镜说出了真相。

"相似,"贾德森小姐说得很慎重,"但不完全相同。"

我松了一口气:"这不是她的。"

贾德森小姐并没有太过放松:"那会是谁的呢?"

第二天,《斯温伯恩论坛报》上再也没有伊莫金·雪莱的报道。我们也没有收到布莱肯尼先生的消息。这本该是个暂时的喘息(父亲当然是那么认为的),但我忍不住有种不祥的预感。

然而,父亲决定要保持好心情。今晚有市长的舞会,他早早地回了家,在午餐后找到我。

"我得去裁缝那儿取回我的礼服。"他说(贾德森小姐和厨娘对这项特定任务都有些推脱——不是推脱去取礼服,而是不想帮他改动礼服)。"我想,我们可以一起去镇上,好好享受一个下午。"他的目光不断地向前扫视,沿着挂满槲寄生的走廊一路看到贾德森小姐的房门。

"你还没给她买礼物,对吧?"

父亲摇了摇头:"没有,你呢?"

我露出与他一样沮丧的表情。

"那就这么决定了。"他说,"这绝对是两个聪明绝顶的哈德卡索需要解决的事情。或者说,一个聪明绝顶,一个是

带钱包的起诉律师。"

我很高兴能散散心,跑着去拿外套。贾德森小姐在我们身后喊道:"下午茶前回来!我们可不能迟到!"

我们坐上拥挤的电车,前往镇上。节日的气氛变得像雾一般浓厚,车上的三位旅伴正欢快地唱着耳熟能详的圣诞颂歌,互相一争高下。他们鼓励我们一起加入,父亲兴高采烈地答应了,这让我十分尴尬。我缩在外套里,假装不认识他。

我现在很焦虑。电车上和街上看到的每一件蓝色外套,都让我想起吉妮和那个在通道里留下羊毛碎屑的凶手。虽然我们已经排除了吉妮的嫌疑,但她的愤而离去让人感到不安。正如她所说,她踢到了市长的蚁丘,没人能预测他接下来会做什么。他已经安排人逮捕了莱顿太太,以免自己的罪行曝光。他还会做更过分的事吗?或者他已经做了?我在过度闷热的电车里颤抖着,害怕自己已经知道了问题的答案。

就这样,我翻来覆去地想着不愉快的事情,怎么也想不出个结果。《野猪头颂歌》那令人不安的旋律回荡在耳边。这时,电车在商业街停下,把所有人都放下车。狂风大作的午后,人群欢乐地聚作一堆。

"啊,"父亲用双臂环抱住自己说,"多么清新的空气!"

我晃了晃脑袋,回到现实中来。"贾德森小姐不喜欢寒冷。"我留意到。因为她是在热带出生的。

"你说得对。也许她会喜欢一件漂亮的羊毛衫?"

于是我们开始了伟大的探险。由于莱顿商店仍然关着，我们不得不从其他几家帝国精品店中选择。我们花了两个小时，不断进出各种商店，度过了一段有趣又愚蠢的时光，逛到最后却越来越沮丧。我们考虑过但否决了的商品有：一个带字母装饰的银制名片盒（太晚了，无法刻字），一套金属雕刻的文具套装（太昂贵，尽管我努力游说父亲买下它——我相当喜欢那只形状像兔子的墨水瓶），一件羊毛衫（太毛茸茸了）。我们还否决了一个地球仪（太实用）、一顶天鹅绒帽子（太不实用），以及一部哥特言情小说（这个选项太荒谬了，我们俩都默默放下了书）。

终于，另一家商店的橱窗吸引了我的视线。在一层豪华的天鹅绒上摆放着女士的梳妆用品：粉盒、帽针、发夹、头发收纳罐，以及其他各种各样的小玩意，杂乱无章地摆放在梳妆台上，为年轻淑女的仪表做出了贡献。我停下脚步，父亲也在我旁边停了下来。

"那是象牙做的吗？"他问。

"是赛璐珞。"我指了指法国仿制象牙的广告招牌，"不是大象身上的。记得去年夏天我们研究过吧？"

父亲的小胡子抽了抽："我记得似乎是一次不幸的实验，产生了很多烟雾。"①

---

① 事实证明，硝化棉和樟脑在厨房实验室中并不像人们期望的那样容易均匀混合。

"就是那次!"我拽了拽他的袖子,"这很完美。"

"嗯,比那顶帽子好。"他赞同道,然后拉开了商店的门。

二十分钟后,我们胜利地走了出来。至少父亲胜利了。他最终选定了一对赛璐珞梳子,呈斑驳的棕色和琥珀色,保证能衬托出贾德森小姐浓密的黑发(而且能向贾德森小姐表达父亲对她秀发的关注,至少时不时会关注)。

"你应该今晚就把它们送给她,"我坚定地说,"这样她就能在舞会上戴着它们了。"

他皱了皱眉头:"那圣诞节我送她什么?"

对此,店主也有建议。"当然是配套的发梳。"她笑着说道,从父亲手里接过了更多钱。

在给贾德森小姐送礼物这件事上,我就没有父亲的好运气了(毕竟我已经把我最好的主意都告诉了他),但我依然热情地赞美了父亲选的礼物。这些梳子是实用性、美感和技术的理想结合,具有低调优雅的气质,与贾德森小姐完美相称。

至于我送什么,我只需要继续思考。灵感会出现的。一定会。

父亲看了看手表:"我们还有一些时间。要不要进去喝杯热可可?"

在我们购物的时候,清新的空气变得潮湿而阴郁,沉闷的灰云笼罩着商业街上建筑物的屋顶和烟囱。但我欣然点了点头。当我们转向茶馆时，我看到一个熟悉的身影正朝我们的方向漫步走来，她那件流苏斗篷在雪地中沙沙作响。

"是学院的钟琴师！"我热情地挥着手。那位年轻女子也漫不经心地举起一只手，但片刻之后，她认出了我。

"哎呀，这不是梅朵嘛！我们似乎总是遇见。"

"我们告诉了我爸爸，你的独奏有多精彩！"我说——这显然不是真的。实际上，贾德森小姐和我隐瞒了大部分相关的内容。比如吉妮的恶作剧。

"你们太好了。"莉亚说，"午夜的节目更加激动人心。即使没有我们的二重奏！"她欢快的笑声与她演奏的钟铃声十分相配——她走到哪里，钟铃声就在哪里响起——我这才意识到，她在斗篷的边缘挂着迷你的银色雪橇铃，随着她的每个动作叮当作响。"我必须得说，这是一场独特的演出。"

我察觉到等在一边的父亲有些责备的意味，然后想到了这样不太礼貌。"请允许我向你介绍我爸爸，哈德卡索先生。爸爸，这是我跟你说过的钟琴师，呃——"我尴尬地停了下来，"非常抱歉，但我不知道你姓什么。"

"我真是太失礼了。"莉亚说着向父亲伸出手，"我是黑津小姐。"

我目瞪口呆地盯着她。莉亚·黑津在和我父亲握手，我的大脑在回顾她告诉我们的一切。我父亲教神学，我母亲演奏钟琴，甘兰离开去过更幸福的生活了。当然如此。我为自己没有认出他们是一家人而感到尴尬。

她和父亲轻松地聊着天,而父亲并未表现出被她身份所震撼的迹象。哦,为什么甘兰不能再有一个妹妹呢?毕竟,我们在黑津的家庭照片中看到过小莉亚。而且,对于两个因为想打听她姐姐的八卦而冒昧闯入(哦,是"爬上")她私人庇护所的人,可怜的黑津小姐有什么理由向她们彻底坦白身份呢?不,我意识到——她当然不会完全说出自己的身份。

他们正在谈论市长的舞会。"……我今晚要在那里演奏钢琴!能被邀请,我感到非常荣幸。"莉亚说,"斯潘塞-黑斯廷斯先生是我爸爸最喜欢的学生之一。当然,我爸爸没法到场,但我会代表家族出席。您还有机会欣赏我的表演,哈德卡索先生!"

"我很期待。"他说。我插嘴道:"贾德森小姐也会在场。"

"好极了。"她说,"这一定是个令人难忘的晚上!圣诞快乐!"

"圣诞快乐。"父亲说。

最后,莉亚挥了挥手,在雾气中离开,斗篷叮叮当当的。

父亲若有所思地看着她,毫无疑问,他认为那是一位绝对不会与造谣生事的报社记者交往,并指控市长犯谋杀案的年轻淑女。我叹了口气,但父亲没有注意到。他只是挽住我的胳膊,带我去喝热可可。

我们没能喝成。

一个家伙正从商业街穿过，像一辆迎面而来的气动轨道车一样往前冲。一辆马车差点把他撞倒，顿时响起一片刺耳的叫喊声和马鸣声。车夫在最后一刻将马拉开，但叮当的马具声和马的嘶鸣声掩盖不了尖叫辱骂。

"我说，犯不着说那种话吧。"父亲嘟哝着，试图捂住我的耳朵。我挣脱了他的手。

"爸爸，是布莱肯尼先生！"我亲自冲上街去——看好两边的路，避免造成更多的马车事故。"布莱肯尼先生！布莱肯尼先生！"一位年轻淑女并不应该在公共场合奔跑并大声呼喊一位青年的名字，尤其是她父亲就在边上的时候，但我没有别的办法。以布莱肯尼先生目前的状态，很难说他可能会遭遇什么不幸。

"史蒂芬？你是从哪儿来的？"我追上他时，他说。他看起来似乎跑遍了整个镇子。他的大衣没有系上扣子，领子和领结也歪歪扭扭——而且，他再次弄丢了帽子。"哦，你跟你父亲在一起。下午好，哈德卡索先生。"听他的口气，他并不觉得有多好。

"小伙子，你没事吧？"父亲关切地看着外表凌乱、脸色通红的布莱肯尼先生。

"不太好，先生。"他说，"是吉妮——我姐姐。她昨晚没回家。"

23
不要光说不做

> 说到礼物,大多数人通常都不喜欢过于实用的物品。几乎无须指出,尽管水果在某种程度上可以接受(橙子可以,葡萄干不行),但新的内衣和袜子绝对不是人们希望在圣诞树下找到的东西,完全不应该被视作"礼物"。
>
> ——H. M. 哈德卡索,《现代耶鲁节》

我想,我不能再承受更多的惊吓了。显然,布莱肯尼先生也很难接受这个消息。他不断揉着头发,脸涨得通红,紧咬着牙。我几乎能看见他耳朵里冒出的热气。天上开始下起难看的、湿淋淋的雪点,刺痛着我的额头,但布莱肯尼先生似乎并没有注意。

"镇静点,小伙子。"父亲说,"解释一下发生了什么。你说你姐姐?"

"是的,抱歉,先生。"布莱肯尼先生强迫自己冷静下来,"吉妮——伊莫金——和我合住在一起。我们俩都在镇上工作,但我昨天起就再也没见到她。她的雇主说,她今天根本没去上班。"

父亲立刻就做出了最可怕的推断:"你通知警察了吗?"

"我想,她没做错什么事情吧。"我不确定地说。

父亲奇怪地看着我:"她可能出事了。"

我抑制住拉住父亲胳膊的冲动。就在几个月前,这里附近发生了一起令人毛骨悚然的事件,也是类似的情况。但那时,是我告诉布莱肯尼先生,爸爸没有回家。

"我想未必,先生。我更担心她可能会惹出什么麻烦。"

我接口问道:"你知道她有可能在哪吗?你刚才要去哪?"

布莱肯尼先生随意朝大街那边挥了挥手:"我想试试去莱顿商店找她,说不定她去了那里。"

"好主意,"我说,"我们也一起去。"

父亲皱着眉头,显然在想这个任性妄为的姑娘是谁,竟然会经常光顾一家关了门的商店。"你认识这个……伊莫琴吗,梅朵?"

"是伊莫金。"我下意识地纠正。我现在该不该告诉父亲,我一直在与他的敌人交朋友?但布莱肯尼先生越走越快,躲闪着购物的人,速度快到我们难以进行任何对话——更不用说是一场充满忏悔的对话。我闭上了嘴。

很快，我们就聚集在这家被阴影笼罩的商店跟前。贾德森小姐仍然保存着钥匙，而且也没有吉妮已经闯入的迹象（尽管我不排除她会撬锁的可能——撬锁似乎正是她会干的事情）。我检查了一下气动隧道上方的入口，看看是否有被打开。

但我的目光停留在了橱窗展示品身上，牢牢地盯着它："哦，不。"

"史蒂芬，请告诉我你刚才没说'哦，不'。"

"我赞同他。"父亲说。他们加入我，来到橱窗前。我们三个一起朝下看去，看向斯温伯恩的街道模型，以及重新摆放过的微缩景观。

"哦，不。"我们异口同声。

在橄榄和许愿井的阴影下，一个身影笨拙地躺在市政厅的石阶上，被铅制的罗马士兵所包围。一件红披风在他躺着的石阶上铺开，就像是一汪血。附近有一把微小的匕首，刀刃沾满了红色。模型小人的全身都带有红色的划痕——是刺伤。我不需要数，但我还是数了一遍。它们全都在那里，以可怕的微缩模型完美呈现。

"二十三刀。"我说，我觉得骨头发冷，一阵恶心。

"什么？"父亲猛地抬起头。

"尤利乌斯·恺撒被刺了二十三刀。"我僵硬地说，"恺撒、红袍、市政厅……"我几乎说不下去了。"那女人要刺杀市长。"

他们的目光转向我。"或者是个男人。"我往后一退，盯着橄榄和井。

父亲抓住我的肩膀："是谁要杀市长，梅朵？"有些话他没有说出口，只是蕴藏在他悲伤的蓝眼睛里：你答应过我不再调查。你答应过我的。

"我不是故意的。"我说，声音几乎像是低语。

"额——先生，我想，她可能是指我姐姐。"

"什么？你姐姐为什么要杀市长？"父亲以手扶额，看上去很是头疼。

"她没有！"我叫道。

"她不会的。"布莱肯尼先生说。但现在，他盯着恺撒的小人，看着他在市政厅石阶上流血至死的场景，心里似乎一点儿也不确定。

"有人能解释一下到底发生了什么吗？！"父亲紧紧抓着装有他西装的袋子，仿佛这能帮他抵挡危险。

我有生以来第一次不知道该说什么。我盯着父亲，然后盯着展示品。我发现了母亲的信件，绘制了隧道的地图——尽管如此，我并没有真的相信甘兰·黑津会回到斯温伯恩，杀死莱顿先生和卡迈克尔小姐。市长更有可能是凶手。或者市长以某种方式，让这事看起来像是甘兰做的。甚至是莱顿太太做的。

但是这个最新的场景否决了其他所有可能。我们通过羊毛证明了吉妮的清白。莱顿太太在监狱里。市长是下一个

目标。

那就只剩下甘兰了。

布莱肯尼先生最先恢复过来:"解释太花时间了,先生。如果我们想要去救市长,时间就是关键。其他的展示品都出现在受害者死亡前不久。"

父亲揉着胡子:"好吧。让我们请警察过来。"

"难道不应该有人去警告市长吗?很快斯温伯恩的每个人都会到他家去!"我当然没有说,其中也包括凶手——但是父亲还是听到了。

一时间,他犹豫不决地站着,目光在展示品、街对面的警察局和附近的市长官邸之间游移。我抓住了这个时机。

"我去。"趁没人来得及阻止我,我先跑了,"你们去叫警察!"

我听到他们在我身后的声音——先是父亲咕哝着表示反对,然后布莱肯尼先生替我解围,或者说,是替父亲解围:"我会和她一起的,先生。请把我姐姐的事情也告诉警察。她叫伊莫金·雪莱。"

幸好我已经跑得够远,没有听到父亲对此有何反应。

布莱肯尼先生气呼呼地追赶我,但我矮小又灵活,故意和他保持着一段距离。但最终,他的长腿胜过了我。

"哇哦,等一下,史蒂芬。"

我放慢脚步,让他赶上我。我们在沉默中慢跑了一会儿,直到我忍不住羞愧地说:"我没想把你姐姐当作凶手。"

我解释了她的外套是如何替她开脱罪名的："我很高兴不是她。"

他的笑声本不该让我感到吃惊，毕竟我们认识了那么久。"信不信由你，在她被指控过的事里，这件还算好的。"他摇了摇头，"她是自找的。别为这事烦恼。"

我怎么能不烦恼？"她失踪了，她可能在做疯狂的事情，而这都是我的错。"

布莱肯尼先生停下脚步，抓住我的胳膊："不，史蒂芬。无论吉妮这次闯了什么祸，都不是你的错。她要为自己的行为负责。如果她早点坦白——"他停了下来，揉揉头发。"这话听起来像我们的爸爸当初劝我的。而现在我正在用同样的话劝你。看来，那老头一直都是对的。真好笑。"

那听起来一点也不好笑，我似乎只能听出布莱肯尼先生很悲伤。

"我们会找到她的。"我发誓——尽管我的声音像大钟楼的钟声一样空洞，令人不寒而栗。"她可能在哪里？在，呃——踢了马蜂窝之后？马蜂会找到她吗？"她是不是去追甘兰了，结果——我没法设想下去。

一片云掠过布莱肯尼先生的脸，但他摇摇头，摆脱了这个念头。"吉妮？"他由衷地说，"不可能。无论她在哪里，我敢肯定她在大笑。"

我斜眼看着他。他说得很有把握。

雪越来越厚，越来越湿，光滑地覆盖在寒冷的人行道和

砖石街道上。我们低头抵挡着风,加快速度走完剩下的路,匆匆赶到市长家。

我们转过街角,正好碰上几辆忙碌的送货马车,仆人们正在对装饰进行最后的调整——绿色植物、丝绒丝带和闪亮的银铃装点着宅邸的每个表面。在其他庄严得体的邻居面前如此炫耀,这座可怜的建筑感到有些羞愧。

布莱肯尼先生和我从两个女仆中间穿过,她们正徒劳地从楼梯上刷去新落下的雪,也停下活计向我们点头致意。布莱肯尼先生狠狠地敲了敲黄铜门环。

门开了,出现在门口的是拉鲁·斯潘塞-黑斯廷斯。她穿着一件红色的天鹅绒舞会礼服——露着肩膀,头发半扎,柔顺的卷发从脖子上倾泻而下。

"你们不应该在舞会开始前来。"

"我不在乎你那愚蠢的舞会。凶手接下来会袭击你父亲。"

她后退一步,双臂交叉在胸前,挤压着裙子上的装饰带:"你只是想吓唬我。我们上周看到他们逮捕了凶手。"

"恐怕她是对的,斯——"我没有让布莱肯尼先生说完。

"是的,我是在吓唬你!凶手也在吓唬你。她已经杀了两次人。先是苏格拉底,然后是克里奥帕特拉——现在是恺撒!"

"你在胡说八道。"拉鲁打算当着我们的面摔上门。

"你这头自命不凡的蠢牛!"是的,亲爱的读者。这可能不是我最有说服力的措辞。

幸运的是，我们引起了注意。拉鲁身后的走廊里出现了几个人——我看到斯潘塞-黑斯廷斯太太穿得像位冰雪女王，一身亮晶晶的白色和银色，还带着几个焦虑的仆人。

"喂，这到底怎么回事？拉鲁，亲爱的，你不应该开门；那是管家的活——哇哦。"斯潘塞-黑斯廷斯市长走到门口，"哎呀，这不是小哈德卡索小姐吗？还有你是谁？"

"布莱肯尼，市长先生。"

"你们两个看起来像是受了惊吓。最好进来暖和一下。"

"爸爸！"拉鲁尖叫着。

"亨利！"她的母亲附和道。

"市长先生，您需要警察保护，而且您可能应该取消舞会。"

"不可能！迪尔伯恩，在我们的客人看到他们之前，打发他们走。"

"别犯傻，伊娃。"斯潘塞-黑斯廷斯市长走到门廊上，雪花落在他新打过蜡的地板和刚擦亮的鞋子上。他把我们拉进屋。

四面八方涌来的圣诞气氛暂时将我淹没。外面的绿色植物只是道开胃菜，如果全英格兰还存在着没有因为这场盛会而彻底牺牲的松树林，那我将感到非常惊讶。常青树的香气让人窒息，布莱肯尼先生不得不避过一根树枝才进了屋。在他闪躲的过程中，至少碰掉了一颗松果。至少，在甘兰接近

斯潘塞-黑斯廷斯市长之前,她必须冒着窒息、被刺、被埋,或者被冬青木穿透心脏的风险。

"现在,你最好从头开始说起。"

我咬着嘴唇,看着围观的人群:"您可能不希望被其他人听到,先生。"

"我们哪儿也不会去。"斯潘塞-黑斯廷斯太太瞪着我,"不管你要报告什么,你有话快说。"

"伊娃,拜托。你带着拉鲁去跟乐师确定一下节目单。"

这个指令毫无意义,但市长心不在焉,似乎没有意识到这一点——但他的妻子显然发现自己被打发了。她和拉鲁转身走了出去,就像两只羽毛凌乱的斑鸠。市长带我们走进一个小房间,里面散发着烧了很久的火炉和沉闷的椅子气味。

"拜托,告诉我发生了什么。"他显得很焦虑,脸色憔悴、流着汗。我看向布莱肯尼先生,寻求帮助。

"先生,莱顿商店的橱窗里又布置了新的一幕。刺杀尤利乌斯·恺撒。"

市长——原本就很苍白的脸色——变得更加惨白。"你也有份,布鲁图?"①这几个词几乎是在耳语。

这里太热了,我觉得整个人都在发烧,之前冻僵的皮肤一阵刺痛。"您知道,"我低声说,"您知道是谁在杀害所

---

① "Et tu, Brute?"是一句拉丁语名言。据说是恺撒临死前对背叛自己、刺杀自己的养子布鲁图说的最后一句话。——译者注

有人!"

"嘘!不,我不确定。这不可能……"他无神的眼睛在房间里紧张地乱瞟,我几乎都有些同情他。他看起来真的只是想逃避一切——逃避杀手,逃避市长的职位,逃避他的妻子和女儿,逃避他的过去。他解开长袍,倒在扶手椅上:"是一些可怕的人,玩弄着可怕的恶作剧。"

"谋杀不是恶作剧。"

"不,当然不是。"他说,"我的意思是,假装是甘兰。现在她已经失踪了二十年。她肯定死了。肯定死了!"

"也许您应该告诉我们,您知道些什么,先生。"布莱肯尼先生已经站在大门前。我不确定如果真的有危险,他瘦长的身躯是否足以对抗杀手,但我很高兴得到他的支援。

"甘兰·黑津为什么要追杀您?"我追问,"是因为农神节圣杯吗?我们知道那是伪造的。"

他猛地抬头看我。

"我们看到了你们的签名。"我说,"哈德良卫队的签名。"

"啊。整件不幸的事发展得越来越离谱了。"

"甘兰威胁要揭发您。"

市长点了点头:"她已经写信给董事会。他们会认真对待她的检举——她父亲是受人尊敬的教职员。"

"所以你们必须要摆脱她?"布莱肯尼先生说。

"这是诺拉的主意。"市长说,"但我们都有责任。我们

只是想吓唬吓唬她——让她知道卫队不容小觑，如果她坚持要指控，就等于和我们所有人作对。"

"你们是怎么把她带到塔楼上的?"布莱肯尼先生今天下午问的都是明智的问题。

"告诉她我们会让她成为正式成员，掌握卫队成员的所有秘密和特权。你们知道，在当时，那确实是成功的关键。卫队成员都事业有成。我自己的父亲——"他摇了摇头，没说下去，"我们以为，我们可以贿赂她，可以获得她的忠诚。"

"所以，发生了什么?"

他盯着壁炉，满脸是汗。

"市长先生，您必须告诉我们。"我说。他并没有法律义务向起诉律师的女儿和一名失业的律师助理坦白自己的罪行，但我希望能够打动他的良心，引发他长期的愧疚。他一定很想向某个人倾诉这些罪行。

"我不知道。"他说，"我对天发誓我不知道。我们蒙上她的眼睛，我们在吟唱，然后——她就消失了。我——我一直以为，肯定是诺拉用某种方式把她推了下去。但她去哪里了? 当我们没有找到她的尸体时，我不知道自己是宽慰还是害怕。"

轮到布莱肯尼先生打动我的良心了："你最好告诉他，史蒂芬。"

市长抬起头："告诉我什么?"

"我们认为甘兰逃跑了。通过蒸汽隧道。"

一时间,他看上去大大松了一口气——但随后一道阴影掠过他的脸庞:"哦,天哪。这是真的——她真的来找我了?"

布莱肯尼先生点点头:"似乎是这样,先生。"

"好吧,让我们好好想一想。"市长站起身,用紧张的手拍了拍头顶稀疏的头发。我意识到,他看起来比他们其他人都要苍老,疲惫不堪,渴望结束这一切。不过我想,他并不愿用自己被谋杀来结束它。"我们目前是安全的。"

"她可以到任何地方。"我说,"她一直在使用镇子地下的隧道。莱顿商店里有某条气动管道的入口——"

"气动管道,你说?当然!哦,聪明的姑娘。"他的嘴扭曲成一种半是微笑、半是苦笑的表情。我觉得他不是在说我。

"您知道它们吗?"布莱肯尼先生似乎有些惊讶。

"知道它们?唉,我设计过它们!"他轻笑了一声,"我以为,我会成为这个时代的伟大工程师之一。我说服我父亲投资了某个气动铁路的试验系统——一种不仅能传递信件,而且还能传递包裹的系统。"他思索着说:"事实上,这条线路的终点就在这座房子里。我父亲的生意伙伴当时住在这里。我以为这是个好想法。然而,它从没正式使用过。我们无法把压力调整到正确数值,密封处不断破裂。真是可惜。"

"这就是她进来的方式!"我大喊,但市长摇了摇头。

"不可能。"他说,"太小了。这里的孔径绝对钻不进成年人。她必须找到另一种进入的方法。现在,多亏了你,我们周围都是警察。"

确实,我们听到了警车逼近时的铃声。

"肯定是爸爸来了!"我高兴地说。

一阵马蹄声和叮当的雪橇铃声穿透了正在落下的夜幕。与此同时,一位恭敬的管家敲响了书房的门。"客人们来了,市长先生。"

"啊,谢谢你,迪尔伯恩。"斯潘塞-黑斯廷斯先生转向我说,"看来,我们的时间已经用完了。"

"您不会是要出去吧?"我说。

他穿上了市长的袍子:"我还有什么选择?"

我拼命想着主意:"其他人可以穿上袍子——布莱肯尼先生可以!您乔装打扮一下,我们偷偷带您出去!"

"史蒂芬?"

市长看起来既伤心又觉得好笑:"我会说,这是廉价恐怖小说①中的情节。不,我不能让其他人冒险。"他拍了拍布莱肯尼先生的肩膀。"我不想让凶手把其他人当成我。"

我既感动又惊讶。"您真是太高尚了。"我非常怀疑,拉鲁或者斯潘塞-黑斯廷斯太太是否会如此无私。

"我一点都不高尚。"他说着坚定地站起身,"今晚这里

---

① 《比利·加勒特4:伪造女王》。

有许多警察和官员,他们很可靠。黑津小姐——如果真的是她——今晚不会出手。"

"但是——"我犹豫不决。

"如果可以的话,我希望你能为我做一件事。请带拉鲁去安全的地方。"

我内心哀叹一声,但当我成为一名警局的侦探时,将不得不经常接受不愉快的任务。我迅速站了起来。"当然,市长先生。但我们能去哪里呢?"外面的雪下得比以往更大。天很快就会黑了,如果步行离开,既寒冷又危险。但街道上拥挤不堪,我们也没法乘坐马车离开。

市长得出了同样的结论。他认真打量了我一下——亲爱的读者,那确实是非常认真的表情。看来,亨利·费尔布什·斯潘塞-黑斯廷斯在他那秃顶的脑袋中,仍然跃动着一些有关工程的激进想法。

"一个成年人无法钻进气动管道,"他说,"但你们可以。"

24
一支火炬,珍妮特,伊莎贝尔[①]

> 如果你发现自己想不出要送人什么礼物,以下物品几乎受到每个人的喜爱:相机设备、书籍(越厚越好)、《岸滨月刊》杂志、打字机、钢笔、优质文稿纸、解剖模型或者一部电话。饼干和巧克力也是可以接受的。
> ——H. M.哈德卡索,《现代耶鲁节》

听了她父亲的建议,拉鲁·斯潘塞-黑斯廷斯得知,自己不仅要错过她家族历史上最伟大的社交盛事,而且还要与变态的梅朵·哈德卡索一起进行不可思议的探险,爬着钻过一条微小的通道。她狠狠地发了一通牢骚和抗议。亲爱的读者,这些话我就不说出来让你们闹心了。

---
① 一首法国圣诞颂歌的歌名。——译者注

我们聚集在已经很拥挤的厨房，忙碌的工作人员（包括厨娘）停下手里的活，非常惊讶地看着我们。气动管道的入口位于餐具室，是一扇铜环装饰的圆形窗户，就像船上的舷窗一样。它比我们在莱顿商店看到的通道要小得多。凶手必须得找别的办法进来。气动管道并非市长官邸里唯一的技术奇观：我还观察到一系列家用信号铃和内部通话用的扬声器。拉鲁居住在这里真是太不公平了，她对这些装置的机械结构毫无欣赏。

现在，她对她父亲和我投去的那种眼神，表明她的怨恨将持续一生。我犹豫了一下，希望可以有别的选择。

布莱肯尼先生似乎也在思考同样的问题："您确定吗，先生？这样的反应似乎有些激进。"

"胡说，这安全极了。这条线路直通西边到市政厅。离警察局只有一步之遥。"

我看了看布莱肯尼先生——我们俩都不愿意指出，恺撒之死的场景正是在市政厅模型的台阶上上演的。我只能希望小人模型中不包括描绘茱利亚·恺撒丽丝①，这样拉鲁就不在甘兰的目标之列。我们无法预测她的复仇范围会扩大到何种地步。

斯潘塞-黑斯廷斯太太勃然大怒。"真的，亨利，这太过分了！"她怒气冲冲地说，"我们有贵宾——连主教都从厄普

---

① 恺撒大帝唯一的孩子。——译者注

顿来这里了！这时候你竟然要送我们的女儿去下水道？你疯了吗？"

他握住她的肩膀："我是要送她走，我也没有疯。我现在的头脑比过去某些时候清醒得多。如果我觉得你能钻得过去，我也会把你塞下去。我已经解释过情况了。这两个女孩很有勇气，她们会很安全的。除非你想让她们在暴风雪中步行离开？"

"我想让你恢复理智！"那一刻，如果他们的争论没有被厨房传来的骚动打断，她也许能说服他。

后门被人疯狂地敲着，声音如此之大，我们在隔壁房间都能听到。斯潘塞-黑斯廷斯太太发出了淑女般的小声尖叫，市长将拉鲁紧紧抱在胸前。她甚至都没有反对。厨娘匆忙走到门口——但门在她面前猛然打开，一个脸色苍白的身影扑了进来，带来一阵风雪。

"我——我看到她了！"年轻女子喘着气，金发盘在头顶，眼睛瞪得像餐盘一样大。莉亚·黑津穿着蓝色长斗篷，怀里抱着一个破旧的音乐盒。"我姐姐——是她，真的是她。甘兰。"

厨娘狠狠地关上门。她挺身而出，仿佛是被雇来提供额外安全保障的。布莱肯尼先生帮助莉亚坐到一把椅子上。"没事了，小姐。警察正在赶来的路上。"

她微微点头，仍然在颤抖。

市长站在门口，紧紧抓住餐具室的门框。他脸上仅剩的一点血色也消失了,鲜艳的红袍显得格外骇人。他颤抖着。"她在这里?"他摇摇头,"她在这里。哈德卡索小姐,拜托了。现在就走。带上拉鲁。拉鲁,别争了。如果你因为我出了什么事,我无法承受后果。"

"但是——"她迟疑着,但她父亲的表情似乎非常迫切。她伸手从橱柜里拿出两个牛眼灯笼,点燃它们。"别把你的弄丢。"她咬牙切齿地说,然后头朝下——连带着红色天鹅绒礼服一起——钻进了铁管道里。

我吸了一口气,默默向贾德森小姐道歉,然后跟在拉鲁身后。

亲爱的读者,在气动包裹管道中爬行的刺激感非常短暂。也许是因为同伴的缘故,但我们爬了不到十英尺,拉鲁的抱怨就已经变得索然无味。

"你的冒险精神哪去了?"我低声嘀咕着——我不确定我是在和谁说话。

通道黑暗、冰冷、狭窄,而且光滑得出奇——我猜这是必须的,为了迅速传送包裹。市长是正确的:没有一个成年人能够挤过去。这里只勉强容得下拉鲁的裙子。

"这件……礼服……花了……十五……金币。"她嘟哝着,"我……会……跟你……算账①。"但她握紧手中的灯,单手稳定地向前爬着。我只能看到她的屁股和脚后跟,还有

---

① 至少,我认为她说的是"算账"。

她那盏晃动的灯,像是萤火虫的尾巴。我用手指紧紧捏住灯,一寸一寸地爬着,沿着从未见过阳光的铁管往下蠕动。

"那里有多远?"拉鲁回头喊道。封闭的环境吞噬了她的声音,回荡出沉闷的低语。

一步之遥?我们已走完那一步了吗?"不远了。继续前进。"

"我们怎么知道到了没?"

我没有回答,但拉鲁一直在说话:"如果我们迷路了呢?或者闷死了?"

是窒息——我在心中默默纠正——我们会因吸入自己产生的二氧化碳而死。但用哪个词都无关紧要。

"我们不会。"尽管她提出的观点很好,但我自己正努力不去想它,"你父亲说,隧道直接通到那里。"

"我到底为什么在这里?"她哭嚎着,"为什么这种事会发生在我身上?"

因为你父亲在大学时参与了一桩卑鄙的罪行,并且这二十年一直在掩盖它,而现在他害的人回来报仇了。我没有把这话说出来,这或许是因为我在努力爬行、举灯,尽量不烫到自己,同时庆幸我现在的位置够不到拉鲁,没法掐死她。

这感觉很像在铁造的地下墓穴中穿行,我忍住不去想象:甘兰从塔楼窗口爬下来之后再爬这条隧道,她必须要经历些什么?市政厅现在应该很近了,只要我们坚持下去,很快就会到达那里。

终于,在屏息凝神地度过了似乎漫无尽头的几分钟、几小时,甚至几周之后,我听到了拉鲁如释重负的呜咽声。她推着灯向前爬,我想——我希望——我观察到那灯的光晕在微微扩散。

　　"我看到了!"她喊道,"有个出口!"她挣扎着加快速度——这可不容易——没多久,她从爬着变成了蹲着,然后她在一个更大的隧道口,半个身子站立起来。"我得跳下去。"她说着果断地跳了下去。

　　我出去得没那么优雅,落在了拉鲁的天鹅绒裙子上。她没有反应。我摔倒时,灯灭了,但拉鲁举着她的灯。我看不到她的脸。我不需要看也知道,她一定一脸惊愕。

　　从种种迹象看来,我们并不在市政厅。

　　铁管道把我们扔到了其他隧道网络之中,分支通向好几个方向。

　　"发生了什么?"拉鲁说,"余下的路在哪里?"

　　我盯着我们下来的洞口,那是头顶上方砖墙上凸出来的、光秃秃的金属圆圈。"你父亲说,他们从来没完成过这个系统……"我没说下去,这话毫无意义。我们被困在这里了吗?

　　拉鲁猛吸了一口气。"我们该走哪条路?"她低声说。

　　"往西?"我说。

　　她转向我:"哪边是西?"

　　我试图不被她的焦虑感染,一边努力想办法,一边摸索

我的灯笼:"我应该带上地图。"

"你有地图?"拉鲁的声音从砖墙上传来。

"我见过一张地图。"我承认,"但这并没有什么帮助。"如果我们不能确定我们的位置并找到方向,我们可能会在城市地下游荡数英里。想想办法,梅朵。一定有办法弄清楚这一切。

我的采样工具包里有火柴,所以我在包里翻找着。拉鲁用她空着的手搂住自己。她光着的胳膊、脖子和肩膀肯定已经快冻僵了。在我们上方,任何事情都有可能发生。甘兰真的在市长官邸吗?父亲和警察能及时阻止她吗?等我们出现在市政厅时,我们的父亲会在那里等着我们,甘兰会被逮捕,其他人安然无恙。还有贾德森小姐和布莱肯尼先生。还有厨娘。还有毯子和可可。

这个想法让人感到欣慰。

如果我能相信它的话。

拉鲁的牙齿格格作响,我有一种冲动,想脱掉我的外套,有骑士风度地披在她身上。但她曾经把我锁在停尸间里,所以这外套我还是自己留着吧。

然后,我听到了假想中贾德森小姐的声音在责备我。

"你想要我的外套吗?"我嘟囔着——她那个恶狠狠的表情正合我意。

"现在怎么办?"她问,"你肯定有主意。"

"那当然。"我撒了个谎,"安静一会儿,让我想想。"

我们不可能在地下走那么远——一条街有多深？我想起，学院的道路没有积雪，因为下面有蒸汽管道的热量。也许这会对我们有帮助。会不会有某个方向更加暖和？蒸汽通道与下水道相连的地方在哪里？那一定很近。一阵寒风在头顶呼啸而过，这表明其中一个下水道格栅离我们不远。

"我觉得我听到了什么。"她低声说，"在我们上面？车辆的声音？"

我竖耳听着，她说得对——上面传来了微弱的隆隆声。"是有轨电车！"我喊道，"哦，棒极了，拉鲁！有轨电车直接沿着商业街行驶。我们只需要沿着轨道走，就能到达某个能出去的地方。在莱顿商店有个出入口。"

她默默地看了我好一会儿："杀手用的那个？"

我点点头。

她挺起胸膛。"好极了，"她说，"哪个方向？"

我重新点亮我的灯，我们一起搜索着隧道顶部，在上方寻找电车轨道的踪迹。"我什么都没看到。"

"那就去听。"我们努力去听那微弱的隆隆声——声音正变得越来越大。

"它越来越近了！"我的声音充满期待，"那儿！"当隆隆声在我们头顶达到最响的音量时，我们能够追踪出它在中央通道上方的路线。"那个方向！"我推了推拉鲁，她放松地喊了一声，跟跟跄跄地往前走。

然而，事情并没有那么简单。有轨电车在夜晚运行得并

不频繁,可能不会有另一辆电车来继续指引我们。"我们要确保不会迷路。"

"你有一卷线吗?就像阿里阿德涅①一样?"

我看起来像是有线的人吗?"我有粉笔。我们可以在隧道墙上做标记,这样我们就不会不小心原路返回。"如果这一次我们能活下来,我保证绝不让贾德森小姐知道,她那些可怕的缝纫工具本可以更早拯救我们。

这里比气动管道好走一些。至少,隧道足够宽敞,人能站在里面。但通道中央结了一层冰,有些地方还积满了飘落的雪花。我试图把这当作一个充满希望的迹象——地表上的某个地方肯定有出口。我们只需要找到它。我把灯光照在墙上,用粉笔在每隔三十步的地方做下标记——漂亮的大写字母M加上指向我们前进方向的箭头。这样,一百年后的某支考古队可以追踪我们的路径,找到我们的骨头。

我绊倒在拉鲁身上,她生气地尖叫了一声。

"对不起,"我嘟囔着,"怎么了?"

"又有一个岔路口。"她举起灯,我们再次面临可怕的选择。隧道分出两条支路,左右各一条。不管我们原来是去哪里,追着商业街电车轨道的那条路,我们已经走到了尽头。

这一次,拉鲁没再费心尝试。她只是扑到岔路口坐

---

① 这位神话中的克里特公主用她的线帮忒修斯找到了迷宫中心,杀死她同父异母的兄弟牛头人,并再次安全逃脱。

下——正好坐在冰上——说："就这样吧。我放弃了。你继续走吧，我在这里等着。"

有一瞬间，我没有和她争论。我在外面跑了一整天——先是和父亲，然后是和布莱肯尼先生，现在又是跟拉鲁。我还没和父亲一起喝可可，我错过了下午茶时间，厨娘甚至不在家里给我做晚餐。我想坐下来和拉鲁一起哭泣。

但专业的侦探是不会放弃的，而且他们（一般）不会在调查过程中哭泣。我必须继续前进——而且，拉鲁还需要我。虽然我并不是特别想救她，但我必须这么做。

"别那么快放弃。"我伸出一只手，她不情愿地握住，我把她拉了起来，"我们在一起会更安全。而且能想出更聪明的办法。"我勉强补充道。是她想到了标记我们路径的方法，她还听到了头顶车辆的声音。"现在再听听。我们能听到什么？"

这一次，头顶没有任何动静。我们是不是陷入了更深的地下？或者是在建筑物下方？我环顾四周，观察温度是否有在上升。如果是的话，说明我们正在接近学院的蒸汽隧道。

但相反，我们听到远处有一个微弱的呜咽声。

拉鲁那魔爪般的手指抓住了我。我慢慢挣脱她。"那是什么声音？"她喘着气问。

"可能只是老鼠。"我说——我没有意识到拉鲁对这句话会有什么反应。好吧，至少没有立刻意识到。虽然等我真正说出来的时候，我可能已经有些预感——但是你没有办法证

明这一点，亲爱的读者。

"老鼠!"她把我抓得更紧了，我努力想把她的手从我外套袖口上掰开。

"冷静点。它们只是饿了。"

亲爱的读者，我知道你在想什么，我承认我乐在其中，这只是一点点乐子而已。毕竟，每个被判死刑的囚犯都能许下最后一个愿望。

"也许是甘兰。"我阴森森地说。

她松开抓着我的手。"你，"她冷冷地说，"这一点都不好笑。"她抓起她的灯笼，大步走向其中一条隧道，完全是随意选的。

我几乎立刻发现，拉鲁显然选错了。宽敞又现代化的砖砌隧道变窄、变旧，崎岖不平、弯弯曲曲。"这是什么地方?"她说，"这里不再是下水道了，对吧?"

"也许是他们放弃了气动管道的地方?"或许布莱肯尼先生能告诉我们答案。

"我觉得这方向不太对。"拉鲁犹豫地说。她举起灯笼，小心翼翼地走了几步。隧道拐了个弯，突然一片黑暗。"哦，"她说，"我好像看到了点什么。"

我就在她身后。她找到了另一条狭窄、曲折的通道，它不存在于任何地图上。灯光几乎无法穿透黑暗。错综复杂的植物根须和常春藤穿过砖石生长出来，证明我们上方已经是一块草坪或者树木茂盛的地区。我试图想象那可能会是哪里。拉鲁推开面前的根须,继续前进。"这是一扇门!"她喊道——一扇镶嵌在填土墙上的古老木门。"这是个菜窖吗?"

她拉着古老的木头,但它纹丝不动:"帮帮我!"

我走过去,和她一起用力,又是拉、又是撬、又是拧。最终,门发出了微弱的吱嘎声。我们咬紧牙关,用尽全力猛地一拉,门嘎吱一声裂开,令我们向后倒去。

倒下的不只是我们。

拉鲁高声尖叫起来。

25
通过实际行动解决

> 在考虑所谓的"恶作剧礼物"之前，请务必确保收礼者与你有一致的幽默感。如果期待着一盒巧克力或一本可爱的新故事书，打开盒子却发现……其实是别的东西，这该多么令人失望。
>
> ——H. M. 哈德卡索，《现代耶鲁节》

不知怎么，我俩都把灯丢掉了，它们咣当一声把我们留在黑暗之中。拉鲁抱紧了我，压得我喘不过气来。

"那是什么？那是什么？"

在我们因为震惊而陷入黑暗之前，我几乎什么也没看到。我在黑暗中摸索着灯笼。"让我找到——呃。"我缩回了手。那不是温暖又光滑的触感，不是我希望摸到的灯笼上的黄铜。它又湿又冷，长着苔藓，还带有纸质感，浓郁的陈年泥土气息扑鼻而来。

还有某样别的东西。我再次伸出一只手,这次是出于科学的好奇心。是的,那是——那有可能是我想的东西吗?

我不太确定我是不是真想知道。

拉鲁找到一个灯笼,摸索着递给我。我们蹲在狭窄的通道里,膝盖碰着膝盖,周围是泥土的碎屑和木头的碎片。我们一起设法找到了我的火柴,把灯笼重新点亮——光芒照亮四周,揭示出我们并不孤单。我们不再孤单。

甘兰·黑津也在这里。

或者说,是她的遗骸在这里。

她终究没有成功地走出隧道。

值得称赞的是,拉鲁只是目瞪口呆,手指放在她自己的嘴唇上。当然是她自己的嘴唇,我有点疯狂地想——甘兰再也没有嘴唇了。我从她手中夺过灯,以便更仔细地看清楚。在我们打破木门的时候,甘兰的骷髅残骸有一部分掉到了门外——她的头骨,一部分肩膀,一部分手臂和肋骨。我仍然能辨认出来,那被老鼠啃食过的破旧碎布,是她死时穿的衣服:那肯定是一条深色裙子、带红边的白色羊毛衫,以及一件长袍。

"这——这男人怎么了?"

"是女人,"我轻声说,"她是甘兰·黑津,那个失踪的姑娘。"

"那个凶手?那个试图杀死我爸爸的人?"

她提醒了我。"我想不是。"我慢慢地说。

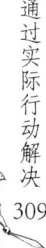

"她是怎么死的?"

我将灯靠近可怜的甘兰,靠近她孤零零的尸体,感到一阵悲伤。"发生了什么?"我问她,"你迷路了吗,就像我们一样?"

"梅朵!"

目前没有条件进行正常的尸检,尽管甘兰最终安息的地方是寒冷的隧道,这在一定程度上保存了她的尸体。我的目光掠过她的尸体,望向她这些年一直藏身的房间。那里有一盏旧灯笼,一个背包,一卷绳子。她准备得如此周全。我从拉鲁身边爬过,尽可能地靠近那里,希望甘兰仍有可能告诉我,她的故事是如何结束的。我不愿意相信,她已经走到了这一步,最终却失败了。

"你在哭吗?"拉鲁的声音出奇温柔。她伸出手,捏了捏我的手指。"仁慈的救主,感谢你愿意拯救这位姐妹脱离这世界的苦难。奉主耶稣基督的名,阿门。"

"阿门。"我跟着说。拉鲁·斯潘塞-黑斯廷斯在甘兰·黑津的骷髅上祈祷——这看起来一点也不奇怪。"你能点亮另一盏灯吗?我想看看她到底发生了什么。"

没过多久,灯就点亮了。我们俩尽最大努力对甘兰·黑津进行了尸检。拉鲁一言不发。我用手指沿着头骨和下颌摸索(小心地不使它脱落),寻找着她受伤的地方。她是不是撞到了头?摔断了脚踝?饿死的?窒息死的?无聊死的?

在她腐烂的长袍褶皱处,有某样东西被灯一照,微弱地闪烁了一下。"那是什么？"我靠得更近，轻轻地移开布料。在我的触摸下，碎布化为尘土。但在那下面，我找到了闪光的源头。在甘兰的左臂上，在她尺骨和桡骨中间偏上的位置，戴着一只金手镯。

"那样子是一条蛇吗？"

"是蝮蛇。"我说，我的心堵在了嗓子眼里。那是一条衔尾蛇，是哈德良卫队成员的标志。**我们上次见面时，我送给了她一件离别礼物。**这是真的吗？我的动作小心翼翼，完全不确定自己在处理什么。我将手指伸入蛇颈下方的冰冷弯弧，找到了一个搭扣。手镯打开，就像它一直在等我一样。我将它举到灯光下——一个金圈形成了一条引人注目的蛇，尖牙准备发动致命一击。我把它翻过来，在空心的金属内有一个微小的玻璃瓶。现在瓶子是空的，谢天谢地，否则诺拉·卡迈克尔可能又夺走了一条生命。

"我想这就是凶器。"我把它展示给拉鲁看，弯曲着手镯上的铰链，演示了这种动作如何使空心的毒牙伸缩，从小瓶中吸取毒液。

"这太邪恶了。"我觉得她的声音中带有欣赏，"我听说过毒戒指，但从未听说过毒手镯。"

我想知道这一切是如何发生的。诺拉是不是跟踪甘兰进入了隧道，在甘兰认为自己安全之后袭击了她？还是说，诺拉事先就把毒手镯给了甘兰，也许甚至是在大钟楼里给的，而甘兰却一直认为，她正在走向全新的生活，脱离旧生活的

枷锁？她受了很多苦吗？还是死得比较平静？服毒的反应很少像大多数人想象的那样平静①，但有些毒药发作得比其他毒药更快，没那么激烈。比如毒参——这让我不寒而栗。瓶子里是否还留有痕迹，能识别出是哪种毒药？

但这还重要吗？甘兰已经死了——她一直都是死的。诺拉死了。大卫死了。母亲也死了。我沮丧地倚在隧道的墙上。经历这一切后，我也想坐在这里，自暴自弃。

"她的家人最终会知道真相的。"拉鲁说。我无法确定她是不是读出了我的心思，或者只是与我产生了共鸣。或许，她是出于公民义务，毕竟她是斯温伯恩市长的女儿。

她的视线越过甘兰，打量着房间。"她真的有很多蜡烛。"她说。

"什么？"我猛地回到调查中来，看向拉鲁所指的方向。甘兰刚才小小的摔倒多少破坏了她的安息之地，但是除了她遗体肯定坐过的地方，以及她仔细摆放的物品之外，还有一圈教堂用的圆柱形粗蜡烛。它们被点燃过，尽管不知道是多久前点的。

"但如果是甘兰临终时点燃它们的，蜡烛早就烧完了。"我心跳加速，几乎让我的舌头跟不上思绪，可我还是说出了接下来的想法，"有人吹灭了这些蜡烛。"

---

① 被埃及眼镜蛇咬伤当然不平静，它会引起胃肠不适、起水疱、痉挛、瘫痪和身体组织坏死——无论克里奥帕特拉可能会怎么说。

拉鲁震惊地看着我。

"有人知道她在这里?"

我匆忙用手帕包裹住手镯,塞进小包底部。我们必须带回一些证据,而我们沿着隧道画的粉笔线将引导警察找到甘兰的尸体。

"我们得走了。"我说着,拉着拉鲁站起来。

"哎哟!这么急干什么?"

"你刚才说,"我说,"有人知道她在这里。"突然间,所有想法一起涌上心头。甘兰死了。甘兰不是凶手。有人在我们之前来过这里——并决定对哈德良卫队进行报复。还有其他人知道隧道的事情。那个人沉迷于甘兰·黑津的故事。还有其他人,还有其他人,还有其他人……这些词在我脑中回响。我拖着拉鲁匆忙走过狭窄的通道。我们拨开植物根须和常青藤,走回下水道分岔的地方。

我们再次听到了沉闷的叫声。

那不是老鼠。

这一次,我抓着拉鲁靠近我。"原路返回。"我在她耳边低声说。

"那边没有出口。而且凶手——"

"不在你家。"

拉鲁没有听。她像往常一样傲慢,挣脱了我的手,径直朝另一条通道走去——那条传出动静的通道。我站了一会儿,心里默念着我知道的每一个不雅的词语。所有的念头都

在叫嚣着让我朝反方向逃跑,但我还是向着拉鲁追了过去。我们两个或许可以用毒参抵御凶手,肯定可以吧?还有氯仿?

此刻,我头痛欲裂,跌跌撞撞地沿着隧道走去。这是下水道的一个正常分支,宽敞而开阔,垃圾管道在头顶嘎吱作响。

"我好像看到了什么。"拉鲁回头喊道,她绕过一个拐角。

我跟着她,在她突然停下时撞到了她。

她困惑地说:"是你?"

"看起来是这样。梅朵,你花的时间真够久的!"在黑暗和阴影中,我认出了这个声音。

吉妮·雪莱正在等着我们。

我猛地向后退去,慌得喘不上气。

"梅朵,等等!"她的声音很嘶哑。

尽管理智告诉我不要,但我的脚却听从了她的指挥。我站在拉鲁身后的通道里,一动不动。

"你在这里做什么?"我哑着嗓子问。我试图理解这个场景,但我的大脑像受了惊的兔子一样乱窜,拼命地发出逃跑的信号。我一直都是对的。现在,我们被困在了这里,和她一起。

"我想她受伤了。梅朵,天啊,过来一下。"

拉鲁把灯光照在吉妮身上,她并没有拿着浸透氯仿的抹布冲向我们。她瘫坐着靠在弧形的砖墙上，虚弱地挥了挥手。理智上，我注意到的第一件事是她丢失了眼镜。很显然，她带来的灯也都丢了。这似乎不是一场好好计划过的伏击。

拉鲁蹲在她旁边。在摇曳的灯光中，吉妮脸色苍白，头发乱糟糟的，手和下巴上带有划痕。她摔得很重。

"我想我的脚踝断了。"她咳嗽着，我看到她的裙子被撕破了，"我在这里呆了几个小时，一直大声尖叫。我知道你会来的。或者罗比。或者别人。但不知怎么，我希望来的是你。"

"你怎么在这里？"我说。我依然很谨慎。

"我告诉过你，我要找出是谁杀了莱顿和诺拉。但和往常一样，吉妮完全不能按照计划行事。罗比还好吗？恐怕我们之前大吵了一架。现在是周二吗？"

"是的，周二晚上。"我说，"你昨天就在这里？"

"你没有冻僵可真幸运。"拉鲁说。

"你找到什么证据了吗？"我还没有决定是否要相信她。她看起来确实受伤了，但在这里碰到太巧了。难道不是吗？可如果她昨晚就在这里，那就意味着她在展示品中出现恺撒之前，就已经来到了这里。

"我不想麻烦你们，"吉妮说，"但我的脚踝真的很痛，还渴得要命。我们可以待会再谈吗？"她皱着脸，试图看得清楚些。"你是市长的女儿，对吧？"她挣扎着坐起来，发出

一声呻吟,"发生了什么事?该死,我把我的铅笔弄丢了。"

"你可以稍后采访她。"我说,"我们得去找人帮忙。"

"不用,"吉妮说,"我不会在这里多等一分钟。我们都是坚强的姑娘,可以一起走出这里。"

终于,我慢慢地靠近了她。不可否认,吉妮的右脚踝有些问题。她脚趾指向的角度是不可能伪装出来的。甘兰·黑津的骷髅并没有让我感到恶心,但看到吉妮受伤的脚,我的胃就一阵翻腾。我咽了口唾沫,但还是走了过去。也许我们可以找些东西给她做个夹板——用甘兰墓室门上腐烂的木头和拉鲁紧身胸衣上的绳子?

吉妮坚毅地盯着我。"我没事。"她说,"我只是需要一点帮助。"

"我们找到她了。"我突然说,"甘兰。她就在这里。她死了。"我轻声补充道。

吉妮热切的表情变得阴郁,她画了一个十字架。"幸好我有梅朵·哈德卡索的恩典。"她喃喃道,"是意外吗?"

"是谋杀。"我从包里掏出那只手镯。

吉妮眯起眼睛,将它凑近眼前打量,然后叹了口气:"诺拉?那么,这几乎是'诗意'的。我想去看看她。"

"你甚至不能走路,"我指出,"而且也看不见。"

她与我对视着。"我从你这个年纪开始,就一直在搜寻甘兰·黑津的消息。"她说,"就算是爬,我也要爬到那里。"

"等等。"拉鲁打断我们,"如果甘兰不是凶手,你也不是凶手——那是谁在追杀我爸爸?"

吉妮和我交换了一个迟来的眼神,至少她的眼神很茫然。

"我们排除了所有嫌疑人。"我说。

"或者,更准确地说,是凶手排除了所有嫌疑人。"吉妮回答。她试图换个更舒适的姿势。"哎呀,"她说,"这个蠢东西。我在摔倒时想去拿它。我甚至没看见那是什么。"

她拿出一个小巧又闪亮的圆形物体,我很惊讶她竟然没有听出那是什么——但她一定是把它压扁了,弄丢或损坏了铃舌。我轻轻晃动了一下,听到微弱而沉闷的咔哒声,而不是愉悦的叮当声。

"这是个铃铛?"吉妮说,"这是从哪儿来的?"

我知道答案了。意识到这点时,我猛然站了起来,差点撞到吉妮所在空间的低矮天花板。

"梅朵!怎么了?"

"我们得走了。凶手在你家。"

拉鲁哀叫道:"你刚才不是说不在吗!"

"我错了。"我说,"一直以来我都搞错了。根本不是甘兰。是莉亚。"羊毛碎片,铃铛——都来自莉亚那件蓝色的长斗篷。

她们两个都惊讶地盯着我。"莉亚是谁?"拉鲁问。

吉妮似乎在记忆中搜寻着这个名字。"等等——那个演奏钟琴的人?她是——"我看着她把零碎信息拼凑在一起。

"莉亚·黑津。他们家的小妹妹。我怎么会遗漏她?"她轻轻地拍了一下额头。"她每天都在大钟楼。她对蒸汽隧道了如指掌。她一定曾经去探险过,然后发现了她姐姐的尸体。"

"那些蜡烛!"拉鲁惊叫道,"就像神殿一样。"

"长久以来,她一直以为甘兰逃跑了。"我能想象她当时的失望——在发现她的希望被如此残酷地粉碎时,她一定非常幻灭。她是否发现甘兰是被谋杀的,而不仅仅是遭遇了一些不幸?但那又有什么关系呢?

"但是——不对。"吉妮说,"她不可能是凶手。在诺拉被谋杀的时候,她正在演奏钟琴。我当时在场。我听到她在演奏。"

就这样,齿轮开始转动,整个节目在我面前上演,展示出所有精彩又阴险的编排。"钟是自动的!就像一个音乐盒——如果莉亚能够安排它们自动报时,肯定也有办法事先设置好,自动播放她的圣诞音乐。"我瞥了眼隧道天花板,叹了口气,心想:如果斯科菲尔德学院能够少培养几个聪明的工程师,或许我们全都会过得更好。

"让我们成为她的不在场证明。"吉妮说,"她可真是聪明。"

"她要杀我爸爸!"拉鲁喊道,"我们可能已经太迟了!"

"扶我起来。"吉妮要求,"我们会找到离开这里的办法。地图在我的外套口袋里。我那件蓝色的、不是凶手穿的外套的口袋。"她虚弱地笑着补充。

拉鲁看起来似乎想要亲吻吉妮。"你有地图！"她发出一种愉悦的叹息。

"我是有备而来的。"拉鲁帮助吉妮调整了姿势，让她能够将手伸进口袋。吉妮掏出一张折叠的纸——还有一根长长的皮绳，上面挂着一只黄铜哨子。"哦。"她虚弱地说。

"把那个给我。"我从她手中夺过哨子，"贾德森小姐警告过你可能会发生什么。"

"可我屡教不改。"吉妮说，"我告诉过你的。"

"我讨厌你们俩。"拉鲁说。

26
永远的假日

最重要的是,圣诞节是一段美好欢乐的时光。

——H. M. 哈德卡索,《现代耶鲁节》

无论拉鲁如何抱怨、哄骗和劝说,都无法催促吉妮加快行动。她很愿意参与,几乎没有抗议,但脚踝骨断了可不是什么小事。至少,我们找回了她的眼镜。当我们经过甘兰·黑津所在的地方时(她等了那么久才被人发现),吉妮发出了一声伤感的叹息,但将拉鲁抓得更紧,并点头示意她往前走。

缓慢而痛苦的前进过程并不利于理性思考。我的想象力发散得很远,一路穿过隧道,回到市长官邸。市长还活着吗?莉亚现在是否正在无辜地弹奏钢琴,等待时机从音乐盒中取出匕首,将他切成碎片?要是我没有向父亲许下那个承诺,或许我们能更早解决这个案子。这样当甜美但疯狂的莉

亚闯进来哭诉她姐姐的事情时,大家就不至于被糊弄。等我们最终走出这片地下坟墓之后,我们会发现什么?我不敢猜测,但忍不住担心起来。

吉妮收紧了搭在我肩上的手,我振作起来。拉鲁比我高,承担了吉妮大部分的重量,所以灯由我拿着。我们不得不经常停下,确认方向并让吉妮喘口气,但最终我们成功回到了电车轨道下的洞穴。

"这里就是我们之前迷路的地方。"拉鲁指出。她帮助吉妮调整到更舒适的位置,吉妮喘着粗气,我研究起地图。

吉妮咳嗽了一声:"我觉得我听到有人来了。"

"也许是帮手!"拉鲁叫道。

"也许是凶手。"我说。

"到了这一步,不管是谁,我都愿意接受。"吉妮回答,"吹哨子,梅朵。"

我只是稍作犹豫,就照办了。这是一枚合格的警哨,发出了光荣的响声。声音在砖块和铁制品中回荡,沿着隧道传了出去。我用它吹了几声响亮的哨音。我承认,最后几声纯粹是为了享受乐趣。

当最后一声冰冷的高音消散时,我们听到了虽然遥远但非常清晰的"不"。

"等等,"吉妮说,"不管我在哪里,都能认出那轻蔑的猫叫。"

"皮妮?皮妮!"我兴奋地松了口气,挥动着灯笼,将我们笼罩在烟雾中。

"有——人——吗……"一个男人的声音回荡在隧道中,我再次吹响了哨子。回应我的是一声爆破声。拉鲁和吉妮大喊起来,吉妮的声音有点沙哑。

"救命!你好!我们在这里!她受伤了!"

我们先看到了晃动的灯笼,然后才看到我们的救援者。渐渐地,我们认出那是一群聚在一起的黑衣警官,还有几个我没能马上认出来的人。

"爸爸?"拉鲁的声音有些犹豫,"我爸爸还好吗?"

"拉鲁?"一个小个子冲进人群,沿着冰冷的下水道跑下来,将拉鲁紧紧抱进怀里。斯潘塞-黑斯廷斯市长失去了他的红袍,但似乎没有受伤。

"你们得帮帮雪莱小姐。"拉鲁恢复了几分往日的威严,她父亲挥手叫警察们过来。吉妮笨拙地靠在隧道的弧形墙壁上。绕着她受伤的脚踝,用坚硬的黑脑袋撞着它的,正是皮妮。吉妮咬紧牙关,尽管她痛得都翻白眼了,但没发出一点声音。

"梅朵!"

我转过身,看到父亲和贾德森小姐朝我跑来。

父亲看起来和我上次见到他时差不多,但贾德森小姐——她是从哪里来的?

"你怎么——?"我挥舞着灯笼,一片明亮的光芒照在她的裙子、外套和脸上。她脸上沾满了——什么东西?石膏?

油漆？我甚至辨认不出颜色，更别说物质了……但我感觉闻到了圣诞晚餐的味道：牛肉、蛋奶糕、白兰地、肉豆蔻。显然，这是太过震惊而引起的嗅觉幻觉。一颗樱桃从她的裙子上滚下来，啪嗒一声落到隧道的地板上。

"你没有穿礼服。"我说。

她疲倦地举起一根手指——同样是黏糊糊的："别问。"

"你是从哪儿来的？"我问道，"莉亚呢？"

父亲抱住我，就像市长抱拉鲁一样紧，暂时让我所有的问题都说不出口。"我的女儿真勇敢。"他说。

我一直到喘不过气来才推开他——然后立刻继续我的报告："莉亚是凶手！我们找到了她的铃铛——"

父亲的手放在我的肩上："我们知道。"

"你们知道？怎么知道的？"

父亲伸出一只手，邀请贾德森小姐发言。她叹了口气："一定有更愉快的地方来进行这次谈话——"

"不！"我的声音像哨声一样尖锐，"现在就告诉我！"我跺了跺脚。在我们身后，布莱肯尼先生和两名警察一同挤过人群，其中一个怀里塞满了毯子。

"史蒂芬！"他抬起手臂，大幅度地挥了挥。

"我找到了吉妮。"我主动报告，他咧嘴一笑。

"我救了市长。"他说，"或者说，是贾德森小姐救的。但我有帮忙。"

"你非常英勇，布莱肯尼先生。"

"难道没人打算告诉我发生了什么吗?"

皮妮放弃了对吉妮的折磨。她得意扬扬地坐着,卷着尾巴:"不。"

最终,所有细节都被揭露出来,过程慢得令人无比煎熬,就像与吉妮同行那般痛苦。警察和布莱肯尼先生带吉妮去医院治腿,市长带着拉鲁回家,我们其他人则返回地面,聚集到事件开始的地方——莱顿商店。贾德森小姐开口讲述自己的经历。

"在你和你父亲离开后,我又看了看雪莱小姐的剪报。"她解释说,"她似乎已经解决了这个案子——尽管她自己还没有意识到。"其中有一篇之前被我们忽略的回顾性文章,是在甘兰失踪十周年时由《厄普顿纪事报》发表的。"它刊登了另一张家庭照的特写——照片上是黑津家剩下的两个姐妹。厨娘提到,学院有一位年轻女士被市长家聘请,去舞会上奏乐演出——正如吉妮说的,我只是像一加一等于二一样,猜出了真相。所以我急忙赶过去警告大家。"

"还带着皮妮,"我说,"冒着暴风雪赶过去。"

"那当然。"

父亲接过话茬:"这时,我已经带着警察前往市长官邸。我到达的时候……差不多是贾德森小姐和莉亚在自助餐桌上搏斗的时候。"

贾德森小姐从紧身胸衣上擦掉一块污渍,悲伤地看着它。"厨娘的乳脂松糕,"她说,"真可惜。"

他们的叙述简直难以置信，然而，我不能忽略自己亲眼所见的证据。我没去想象贾德森小姐和莉亚·黑津在燃烧的圣诞布丁上进行希腊罗马式摔跤的场面，而是专注于法律上的实际问题。"莉亚呢？她有说什么吗？"

"只是一堆恶毒的胡言乱语。"父亲摇了摇头，"带着匕首来参加市长的圣诞舞会？我建议对她进行精神病学评估。"

我叹了口气，皮妮蜷缩在我腿上。这一切太令人难过了。"现在黑津一家失去了两个女儿。"有时候，糟糕的事情发生了太多。

"我认为，莉亚一直都对他们很失望。"贾德森小姐说，"她生活在甘兰失踪的阴影中，被冷落在一边，从没拥有过属于自己的正常童年。"

"正常的童年。"父亲沉思着，"不知道那是什么样的？"

贾德森小姐斜眼看着我："应该不会有那么多下水道探险。"她猜测道。

"哦，"我抚摸着皮妮的脖子说，"幸好我们永远不会知道。"

圣诞早晨，家里一片繁忙的景象。我强迫自己躺在床上，直到听到厨娘在厨房里吵吵嚷嚷，然后匆忙穿好衣服下楼。

距离市长的圣诞派对已经过去了好几天。大家没想到舞会会以如此丢脸的方式结束，村子里仍在努力接受那天晚上披露的所有事情。吉妮一直在她的病床上为大家提供消遣和消息，生动报告了故事的每个阶段。莉亚代替莱顿太太蹲了牢房，黑津家的其他成员为甘兰举行了一个私人小葬礼。大钟楼静默无声。

吉妮充分利用了这次冒险（她在斯温伯恩皇家医院经历了一些最为可怕的细节，这让她格外高兴），甚至写了一篇精彩的文章，把我和拉鲁描绘成她的营救者。市长本来可能会给我们颁发奖章——如果他没有辞职的话。

父亲端着一杯冒热气的苹果酒，看着我绕过客厅里挂满装饰品的圣诞树，无视餐厅中诱人的圣诞早餐（为了不去吃那些热气腾腾、散发着浓郁丁香味的姜饼，我忍耐得很辛苦），溜出了门。

"圣诞老人是从烟囱里进来的。"他告诉我。

"我在等卡洛琳。她那里有贾德森小姐的礼物！"送礼物的灵感终于在这激动人心的一周降临。我希望她还能带来其他消息——那些吉妮在公开发表的文章中巧妙回避的事情。

她确实带来了。卡洛琳匆匆走上屋前的走廊，辫子一摇一摆。"我不能待很长时间。妈妈安排我们去医院唱圣诞颂歌。"她递给我一个已经包好的、四四方方的小包裹。"看起来很棒。南内特做得不错。"

而且速度很快，谢天谢地。"她把肉汁都擦掉了？"

"大部分。"

我咧嘴笑了。这样甚至更好。"你父亲呢？有消息吗？"

"前几天，他和哈迪警长谈了几个小时。"她沉思道，

"斯潘塞-黑斯廷斯先生将要去加拿大任职了。在西北地区。"

我心中涌上一股陌生的情绪:"可怜的拉鲁。"

"无论如何,你是对的。爸爸把从莱顿太太那里得到的所有文件都交给了警长,还有他在"断头"档案里整理的一切。他保存了所有相关资料,时间一直追溯到二十年前。甚至包括警方早期对甘兰失踪案的通报。"

"所以,它们并没有丢失。"我说。

她摇了摇头:"它们一直在我家!你能相信吗?他担心它们可能会出事。他想确保整个故事都被保留下来,无论是好是坏。"

想到吉妮和她的怀疑,我不得不赞同这点。

"他没有做错任何事。"我说。市长——斯潘塞-黑斯廷斯先生已经替他证明,他完全没有参与过甘兰案或者伪造圣杯的阴谋。顺便说一下,圣杯现在仍然在展出,并清楚地标明:它是由哈德良卫队制作和捐赠的复制品。我不知道我该对此作何感想。

"你母亲也没有做错任何事。"

我们庄重地对视了一眼。或许是这样,但他们俩都失去了一个好朋友——几个好朋友——以这样一种可怕的方式。"告诉他,我为甘兰·黑津没能像妈妈希望的那样逃脱而感到遗憾。"

她迅速抱了抱我,抱得很紧:"他让我感谢你,谢谢你让一切都归于平静。"她轻轻挥了挥手,匆匆返回,穿过积雪的公园。公园里到处都是欢乐的一家子，男孩们在打雪仗，这看起来就像莱顿先生希望在他的展示品中创造的场景。莱顿太太现在已经恢复自由，也许，她会把展示品修好的。

屋里，父亲、贾德森小姐、厨娘和皮妮都在等待着。一堆礼物在等着被人拆。热可可、姜饼和饼干也在等着被人吃——而在镇上的某个地方，海伦娜姑婆也在等待她的圣诞树干蛋糕。不过，格雷夫森德巷14号的哈德卡索家要先完成一项严肃的任务。

我们拉开彩纸爆竹，戴上纸皇冠，开始整理礼物。在那场骚乱中，贾德森小姐摔坏了一把漂亮的梳子，父亲也没有机会送给她，但新的发刷也算一种安慰。她满意地用手指拨弄着猪鬃毛。

"现在轮到你了。"她说着递给我一个包裹，"来自布莱肯尼家的礼物。"

这是一个僵硬的、凹凸不平的、包装随意的、形状神秘的包裹。当我试探性地晃动它时，它发出了极其轻微的格格声。我揭开包装纸时，皮妮也对它进行了自己的检查，然后我惊奇地举起它。

"我不知道矿工头盔可以刻字。"父亲评论道。

我抚摸着刻在金属蜡烛支架上的字母：

致SM：请保持屡教不改。—G&RB

皮妮表示赞同,用长长的胡须轻轻一刷,得意地发出咕噜声。也可能是我自己的咕噜声。

最后,到了给贾德森小姐送礼物的时刻。正如你可能预料的那样,贾德森小姐拆礼物的时候很有条理,细致入微。她会耐心打开每一个翻盖,轻轻将包装纸撕下。这个过程可能会让一个旁观者觉得疯狂。经历了漫长的一刻,她终于打开了礼盒的盖子,展开包装纸,将其中的东西举起来,给我们大家欣赏。

这是一条各种碎布拼起来的梳妆台桌布,采用的元素十分疯狂——她的破裙子、吉妮蓝色外套的碎片、爸爸的旧马甲、厨娘的围裙、匿名捐赠者的一小块蘑菇色羊毛,以及我去年夏天毁掉的一条蓝色蕾丝裙。在她裙子上剪下来的那块沾了污渍的棕色羊毛上,绣着一小枝橄榄、一口许愿井和一个哨子,以及精致的1893字样。

贾德森小姐过了很久才做出反应,她用优雅的、富有艺术感的手指思索着抚摸那些针脚和污渍。"这,"最终,她宣布道,眼中光彩夺目,"是一件伟大的作品。"

"是南内特·穆加尔做的。"我说,"但主意是我出的。她打算教我在午茶会的礼服上绣一朵百合花。"以此来纪念贾德森小姐和我的第一次调查。

父亲微笑着与我对视,说:"Bene factum,Filia。"①

---

① 拉丁文,意思是:做得好,女儿。——译者注

在每一块布料都被识别出来、每一个针脚都被检查和赞美过之后，贾德森小姐站起身，骄傲地把桌布铺在壁炉架上。壁炉架边上悬挂着鼓鼓囊囊的长筒袜。

"我看到了什么？"她戳着一个写着海伦娜名字的长筒袜问。（虽然我恳求了很多年，但这只袜子从未被取下过。）

我思考了一下证据。"脚趾处的圆鼓状物体，大小和形状与 Citrus sinensis，也就是甜橙大致相同。另一件物品坚硬且呈圆柱形，但不太可能是望远镜管，因为我已经有一个了。因此，我推断——它是一本卷起来的杂志。"

在胜利的欢呼声中，我把它取了出来：12月份的《岸滨月刊》杂志，浅蓝色的封面，插图为伦敦街景。我立即展开它，霸占了长沙发，迫不及待地想要安顿下来。我终于能读这篇备受期待的福尔摩斯谜案了。

"你必须等一等再看。"贾德森小姐把它从我手中拿走，放回到长筒袜里。"我答应过布莱肯尼姐弟，我们会在和海伦娜姑婆共进晚餐之前去看望吉妮，普瑞希拉还邀请我们去喝下午茶。"

我跳了起来，将杂志遗忘在一旁。"医院有一个对公众开放的解剖剧场[①]。也许他们会让我们观看一场手术！"然后

[①] 一栋类似于剧院的专用建筑物或者房间，用于早期现代大学的解剖教学。它们通常采用围绕中央桌子的分层结构构建，让更多观众看到尸体解剖。——译者注

我看到父亲一脸震惊。"好吧,或许在圣诞节不太适合。"

父亲松了口气。"是的,"他干巴巴地说,"我们把这项家庭娱乐节目留到其他时候吧。"

作者的话

悬案——这个我们如今使用的贴切又引人注目的术语，直到20世纪70年代才进入刑侦学词汇，尽管在这个词被发明出来之前，就已经有许多案件一直悬而未决，萦绕在案件调查人员的想象中。有史以来最著名的悬案之一，发生在1888年秋天，伦敦白教堂区有五名妇女被谋杀，案件至今仍未侦破。

《岸滨月刊》杂志1893年12月刊，刊登了19世纪的最后一篇福尔摩斯故事。《最后一案》讲述了福尔摩斯与一位新出场的劲敌莫里亚蒂教授之间的不幸对决。看到这位文学作品中的民间英雄落得如此耻辱的结局，当时的书迷们无不感到震惊、愤慨和沮丧。与布莱肯尼小姐一样，这位博学的作者的看法并不适合刊印出来。最终，阿瑟·柯南·道尔重新开始创作福尔摩斯系列，包括1901年至1902年在《岸滨月刊》连载的《巴斯克维尔的猎犬》。如果你想找一个真正与福尔摩斯旗鼓相当的反派角色，你应该去阅读《米尔沃顿探

案》。而这个故事对于梅朵来说,要再等十一年。

几千年来,学者们一直在辩论苏格拉底最后的神秘遗言(由柏拉图引用)有何含义。提出的解释涵盖方方面面,从对医药之神的简单祈求到粗鲁的笑话,无所不包。古典学家科林·韦尔斯采取了一种调查方法,系统地检查了犯罪现场,寻找线索去理解这位哲学家垂死时最后的请求。

自文明诞生起,欧洲人就对考古文物着迷。但现代考古学在19世纪70年代仍处于起步阶段,梅朵的母亲和她的同学们当时还是学生。赝品和骗局困扰着早期的考古学,一些知名的文物现在都被认为起源存疑。有时候,这些赝品会被用于证明某种偏见。骗子试图贬低科学家,或者给某个地区赋予他们认为的更显赫的历史(例如,莱顿教授的农神节圣杯证明,古代不列颠的某些地区有罗马人的存在;或者19世纪70年代,所谓的达文波特碑证明欧洲有"失落的种族"史前曾在北美定居)。科学方法的进步和严格的挖掘实践逐渐将遗址探险家和盗墓者变成了学者和科学家。在美国,考古学隶属人类学的一个领域,而在英国和欧洲,则被视为历史学的一个分支。在我获得人类学学位后的这些年里,考古学在道德和科学层面,已经有了更深远的发展。

斯科菲尔德学院的大钟楼受到爱荷华州立大学钟楼的启发。它位于我的家乡爱荷华州埃姆斯市(据我所知,那里从未有人掉下去摔死……或许没有)。我要感谢罗切斯特大学霍普曼纪念钟楼的钟琴师多丽丝·阿曼,感谢她回答了我关于钟琴的问题，并引人入胜地描绘出钟琴那神奇的音响效果。我希望我对她美妙的乐器表示了应有的敬意。

一如既往地感谢梅朵在阿尔贡金少年读物出版社的不可思议的同伴们：编辑伊莉丝·霍华德、阿什莉·梅森、莎拉·阿尔佩特、布雷特·赫尔奎斯特、卡拉·韦斯和劳拉·威廉姆斯，感谢你们把书做得如此好。感谢凯利·道尔、梅根·哈利和凯特琳·鲁宾斯坦四处奔波，将梅朵的消息传得更广。特别感谢优秀至极的副编辑苏·威尔金斯（毫无疑问，她对这个句子会有话要说）。非常感谢斯科特·麦克昆在19世纪的物理学、数学和化学方面提供的咨询。还要感谢与我亲密无间、陪我干所有坏事的搭档C. J. 邦斯。